QUE MON DÉSIR
SOIT TA DEMEURE

La photographie de l'auteur,
Dominique Blondeau, en page couverture,
est de Tamas Posfaï, et la maquette
a été exécutée par Jean Provencher.

Éditeurs:
LES ÉDITIONS LA PRESSE, LTÉE
7, rue Saint-Jacques
Montréal H2Y 1K9

Dépôt légal:
BIBLIOTHÈQUE NATIONALE DU QUÉBEC
4e trimestre 1975
ISBN 0-7777-0165-0

Dominique Blondeau

QUE MON DÉSIR
SOIT TA DEMEURE

Roman

 LA PRESSE

DU MÊME AUTEUR

LES VISAGES DE L'ENFANCE, éditions de l'Actuelle, 1970
DEMAIN, C'EST L'ORIENT…, éditions Leméac, 1972

« *En un sens, ce n'était pas la vie qu'elle recherchait, mais une révélation profonde et absolue qui aiguiserait tous ses sens.* »

LAWRENCE DURRELL
(Le Quatuor d'Alexandrie)

I

Le nom d'un pays est aussi fragile que celui d'une personne que l'on ne connaît pas. On peut les assimiler très facilement à des souvenirs, mais la pulsation de l'un ou de l'autre demeure composée par le passé dont on les affuble; alors ce n'est plus nous qui entrons dans une action en harmonie avec un milieu approprié à nos émotions, ou bien avec l'apparition soudaine d'un visage qui nous transporte de joie, mais un individu qui se profile dans une foule, peut-être même dans un lieu solitaire pour mieux entretenir notre imagination dans une qualité se déplaçant des plaisirs aux déceptions d'une vie non vécue mais cependant réelle grâce à la faculté simpliste d'oublier où nous vivons et de nous transporter par la pensée, dans un pays que nous n'avons jamais vu, qui nous fait désirer de vieillir plus vite pour l'aborder, non plus cette fois dans le rêve, mais avec le point de vue humain de nos contradictions dans lesquelles nous nous égarons avec une volupté immatérielle, sans méfiance pour le moment venu où seuls nos yeux auront à contempler toutes les images fausses accumulées au cours de plusieurs mois et parfois d'années, le miracle du rêve ne possédant aucune frontière d'espace et de temps, dissemblable en cela au regard qui pose ses amarres sur un ensemble de choses et ne sait pas exalter le détail ou créer d'emblée ce qui n'existe pas. La curiosité ne s'ébauche chez certains êtres que par à-coups, comme une respiration difficile et, chez d'autres, elle s'éveille lentement comme une lecture que l'on ne comprend qu'une fois le livre terminé et qui nous cause un profond soulagement. Parfois, une saison peut détruire l'image grandiose que nous nous promettons de ne pas saccager quand les voyages succèdent aux voyages. Les saisons sont des contraintes qui agissent sans aucun respect sur la vue fatiguée des non-initiés à l'imaginaire.

J'avais l'habitude de ces altérations et parfois de ces émerveillements; j'avais appris à tranquilliser ma curiosité, à en faire une petite sourdine lente et gauche, à ne plus la précipiter en des lieux inaccessibles parce que je savais qu'une simple variation atmosphérique pouvait tout compromettre. Si je sortais d'une ville médiévale pour entrer dans une ville d'acier, alors que je n'avais pas songé un seul instant à cette possibilité, il fallait saisir très vite la scène qui se déroulait devant moi et faire taire la petite sourdine qui ne cessait de protester et demandait à partir ailleurs.

Même avec l'évasif plaisir de savoir transformer à volonté les paysages étrangers, il ne faut pas être lâche et craindre les conséquences que nous réserve ce qui correspond vraiment à la réalité. C'est à ce niveau qu'intervient la fragilité du nom inconnu que nous commençons de murmurer à voix basse, craintivement, et peu à peu, quand le regard ose se déployer, la petite sourdine, s'endormir, les lèvres deviennent plus audacieuses et le nom s'affirme; le pays bouge et naît, accouche de ses raisons d'être; l'innocence se retire et le pays ressemble à la marée basse d'un océan qui délivre une existence insoupçonnée, un grouillement anonyme partagé momentanément entre l'ordre et le désordre de la force de l'eau qui reprendra sa place féroce au moment voulu. C'est le cycle excessif du pays d'où j'écris; terre équinoxe, car je ne retiens d'elle que le vert et le blanc de ses deux saisons. Je ne l'imaginais pas ainsi, pain et eau. Le printemps s'ignore;

il se devine quand le manteau devient trop lourd à faire mal sur les épaules et que les souliers enfoncent dans le sol gras et brun, plus noir que certains autres foulés à diverses périodes de ma vie.

La première fois que l'on part, on cherche un pays de lait et de miel; la seconde fois, on laisse faire un long détour à l'imagination et quand le moment est arrivé on accepte ou on refuse. Personnellement, j'avais été étonnée. C'était l'été vert et fou, presque sec comme celui d'un pays exotique. Une image avait exorcisé ma joie: le corps allongé d'un garçon sur une pelouse, que j'avais distingué à travers des arbres, immobile, lointain, présent, les bras noués aux cheveux de paille de sa compagne, une fleur presque mourante entre les dents. J'arrivais d'un pays aux pelouses interdites, aux allées trop bien alignées, d'un coin du monde altéré par la brûlure constamment oblique d'un soleil qui ne désarmait que deux mois par an. Matraque suspendue au-dessus des têtes, le soleil discipline les corps et les maintient dans une inertie assez relative pour comprendre le sens des interdictions.

J'allais plus loin durant cet été, hors de la ville qui contenait sa chaleur entre ses immeubles, l'enserrait jalousement pour deux mois courts comme des aubes. Je me précipitais dans la campagne qui me faisait rire jusqu'aux larmes, tant les plaines étaient larges comme des idées d'adolescent; j'errais à travers des forêts aux arbres fragiles comme des doigts féminins. Je vivais dans une perpétuelle nuit de la Saint-Jean, et cet été-là braillait comme un feu d'artifices, éclaboussait mes yeux d'un éclat si vert et bleu, semait sans interruption dans ma mémoire des orages qui ne cédaient en rien à la violence des gens de ce pays né du ventre de la planète Terre, riche et pauvre, sans juste milieu, puisque je ne pouvais qu'ouvrir les yeux sans comprendre la magie de l'automne rouge et or; à peine le souffle d'un soupir de bien-être et ce pays chaud se transformait en un gigantesque glacier, ce qui me semblait une éternelle nuit blanche, laiteuse, confondant nuit et jour, terre et ciel. Étonnement sans merci, sans pitié, mais la grâce de posséder le temps à pleines mains. J'avais besoin de ce compagnon que je cherchais et qui risquait de m'oublier un jour, car plus on veut se souvenir du détail d'une image lointaine, plus le temps nous prouve que l'on a déjà oublié. L'effort de la mémoire est une catastrophe. J'avais aussi besoin de repos et de sang neuf. La déroute des grands chemins, de nouveaux pays, ne me tentait plus. L'accord s'établissait entre ce mâle pays qui n'était pas le mien et d'où la protection neigeuse rejoignait l'image d'un beau vieillard à la chevelure blanche qui aurait pu être mon père tant de fois échappé à mon affection...

Depuis des années je voyageais du Nord au Sud. Devant mes yeux, des avions s'envolaient et atterrissaient d'un aéroport à un autre. Je les connaissais tous; ces aéroports se ressemblaient avec leurs lignes droites et leurs courbes de marbre, leurs fontaines exotiques d'eau javellisée dégoulinant contre des murs moisis de vase et de plantes accrochées à la base d'une racine torturée par le ciment ou la brique, des couloirs feutrés de rouge ou de gris, des uniformes bleus, des corps mécanisés: un seul peuple marchant dans la même direction. Et de l'Est à l'Ouest, rien ne différait: un brassage de mouvements, une profusion de langues étrangères, le mirage tant souhaité d'une Tour de Babel qui se transformait, hostile et inhumaine, en tour de contrôle.

L'évasion n'existe pas physiquement; elle demeure au niveau de la mémoire et du repos que l'on peut acquérir en contemplant une très belle chose. Et encore si la très belle chose contient le défaut ou la fissure que d'autres yeux ne remarquent pas ou ne veulent pas remarquer (c'est le point faible des gens heureux), l'œuvre se détériore et le nom de l'auteur ne paraît plus remarquable ni génial. Lâchement, notre déception devient mauvaise critique, alors que le sens de la beauté ne peut être identique à tous ceux qui auront admiré de près la même œuvre. Il en est ainsi des pays. J'ignore toujours si la neige est un bienfait ou un mystère, si elle est nécessaire ou contre nature, si elle est homme ou femme, asexuée, androgyne, déesse, mère. Dans la ville, elle est nulle. Elle défait le travail des hommes, cette ville aux fuseaux d'acier que j'abandonnais à la fonte des glaces pour me trouver un repaire inconnu, un paysage boréal qui me permettrait de défier le temps et l'espace dont je désirais l'arrêt momentané sans pour cela modifier le cours de ma vie, ni bouleverser l'appareil sanguin des fleuves et des lacs qui nourrissaient le corps frais de ce pays aux deux saisons. Il me fallait des noms comme points cardinaux puisque j'étais certaine que ma vérité existait dans ce tableau de maître et qu'elle surgirait peu à peu, de préférence durant une nuit crayeuse.

Il suffisait d'attendre et déjà des plaques d'herbe attaquaient la dernière couche de neige fondue, quand je réalisais qu'il n'y aurait plus, pour cette saison, de nuit reflétée d'une pâleur mortelle, mais au contraire, une palette aux couleurs hardies qui cherchait une toile de fond.

De cette nuit hasardeuse, patiemment souhaitée par la guerrière que j'étais et qui s'offrait à moi, habillée de tendresse molle, de ronflements incongrus, de bourdonnements peureux, je n'en souhaitais que la complicité absolue, la subordination à mon délire. Aucune nuit ne sait être silencieuse; chaque ombre est une question, chaque lueur qui se déplace, une demande de comptes, un jugement; n'allait-elle pas devenir le lieu de mon misérable procès où j'allais jeter à corps perdu mes culpabilités et mes moyens de défense afin de me justifier dans cet antre de désolation en la compagnie de chauves-souris, de serpents venimeux, de hiboux? N'allait-elle pas préparer la marmite rouillée de mon supplice chaque fois que ma fatigue serait plus accablante?

Nous allions user d'habileté et non de barbarie; je me promettais de la conquérir, de l'éduquer, de la doper d'une substance vénéneuse comme au temps de mon adolescence... Je la polirais du ton mellifue des arbres quand l'heure ne se calcule plus, et que seules les nuances que nous accordons à notre expérience de la vie démarquent les indulgences que nous accordons aux autres à l'heure de leur mort.

Le temps de l'hiver m'avais appris à prononcer et à aimer le nom du pays qui, lentement, m'adoptait. Je n'avais rien à craindre de lui, comme moi sensitif jusqu'au bout de son ciel et de ses frontières, de sa peur et de son courage; pays majeur qui avait su m'attendre, moi l'étrangère, fille des aéroports, moi sans commencement ni fin. Pays humoriste, fou de ses villes, de ses campagnes que je connaissais par cœur comme un livre aux gravures anciennes dont je ne me lasserais pas de tourner les pages... Ensemble, nous étions bien. Violence de l'été; paix de l'hiver, je ne lui en demandais pas plus pour m'encourager à charrier mes paroles, mes pensées muettes comme des tombeaux. Il n'était qu'un être humain, homme ou femme, cela m'était égal, mais je le voulais présent dans cette nuit, à pleins poumons; je le voulais aussi étonné de moi que je l'avais été de lui dès notre première rencontre. Amant peut-être, quand il saurait qui j'étais: douce et folle, rabâchant mes histoires de pluie et de crépuscule.

Il m'avait fallu trois années pour m'abandonner à des tendresses que je ne comprenais pas et pour cesser de me prolonger au-delà de la non-existence d'où j'arrivais seule, expulsée de la carapace rocailleuse qui me protégeait des silicates, de leurs combinaisons néfastes, répandant autour de leurs domaines des défenses redoutables, domaines qui me poursuivaient, renaissaient, habiles comme des singes, ennemis de l'entité que j'étais. Courant le risque de me faire dévorer, je me défendais du mieux que je pouvais, l'enjeu de cette bataille préludant l'immortalité, semblable à certaines races d'animaux dont les origines nous sont inconnues.

Il n'était même pas question de choisir entre les lumières et les ombres, entre des contacts extérieurs et des communications vivantes: je subissais la somme de tous les espoirs qui m'échoueraient plus tard en commençant par délaisser le merveilleux, ultime masque tragique de mon moi négatif à la surface de la terre, et dont il fallait modifier les habitudes sans tarder. Rien ne m'extasiait, surtout pas les visages de femmes se penchant sur moi, particulièrement deux yeux verts, mornes comme une algue morte, et que j'appris plus tard par instinct, être ceux de ma mère. Je refusais tout venant d'elle: son lait s'extravasant d'un sein flasque, ses doigts blancs aux ongles carrés, sa peau trop douce quand elle me prenait contre elle, ma tête à l'abri d'une longue traîne de cheveux blonds, calée entre l'épaule et une joue toujours un peu froide.

Il est vrai que je ne lui ressemblais en rien; j'étais noire et verte, des cheveux à la peau, inhumaine et vibrante: ma mère était fade comme un aliment mal cuisiné. D'autres visages féminins que je ne reconnaissais pas, tant ils étaient nombreux, balbutiaient un langage qui s'apparentait à des sons discordants comme une bande magnétique que l'on écoute à l'envers; c'est du moins ce qui grésillait à mes oreilles et je ne savais comment faire taire ces bouches souriantes mais disgracieuses, pastellisées de mimiques ridicules pour tenter de capter mon premier sourire, comme il est de convenance de précipiter le nouveau-né vers le premier pas ou de s'émerveiller sur la petite dent de lait qui perce la gencive et le fait hurler de douleur. L'amour maternel se manifeste chez certaines femmes par une étrange reconnaissance que l'enfant lui doit à cause de ses maladies infantiles et d'autres souffrances du même genre qu'il ne peut exprimer que par des cris.

Je ne devais pas avoir ces capacités, car aucune complicité de ce genre, malsaine et viscérale chez ma mère, ne nous liait et je crois affirmer que je réalisais très vite ce détachement, ce désintéressement pour aboutir plus tard à l'indifférence, manière comme une autre de me remercier des bonnes nuits qu'elle passait à dormir alors que j'attendais pendant des heures que le sommeil me submergeât, sans jamais verser une larme ou me plaindre du plus léger gémissement, jusqu'à discipliner mon

15

corps à ne pas se révolter pour ne pas éveiller la femme aux yeux verts, ma mère, tant elle dispersait mes petites joies. La première, subtile comme une vraie caresse vint du drap que j'éternisais contre ma joue et l'autre, de la laine qui m'emmitouflait jusqu'à la pointe de mon nez recourbé. Toutes deux chatouillaient, par intermittence, la disgrâce prometteuse de mes traits inachevés, me demandant de quelle matière parfumée j'étais constituée, et quand, surprise, je bougeais une main ou un pied, le plaisir s'installait bien au chaud dans un repli du tissu ou dans l'empreinte minuscule d'un membre qui s'endormait tout seul, indépendant de moi, lourd, assoupi dans un bien-être qui, aussitôt repéré, entraînait à son tour le reste de mon corps. Je captais alors l'onde légère d'un sommeil réparateur, éloignée momentanément de ma mère qui n'aurait pas compris le silence dans lequel je me complaisais, le devoir maternel et l'amour filial se conjuguant l'un et l'autre dans la plus parfaite harmonie. Certaines journées ne s'annonçaient pas aussi révélatrices; ces journées et nuits, dans cet état presque larvaire comme un clair-obscur, pourtant duraient comme une autre forme d'insomnie. Une heure de semblant de vie ou une heure de repos trop léger nous comble d'un ennui, d'une fatigue qui finissent par se traduire par une durée absolument irréelle du temps, alors que déjà nous sommes hors du temps, de l'heure, durée temporelle qui ne regarde que soi pour l'introverti, ce qui nous ramène d'une manière inévitable au désir de se dépouiller d'une peau humaine et de retrouver le ventre originel de la pourriture logique avant de s'épanouir aux rayons d'un soleil régénérateur comme l'orchidée, fleur de luxe dont le fumier est indispensable à la beauté.

À ce degré d'irréalité, la présence des autres est un supplice puisque nous dérangeons le cours normal de leur vie et le privilège de l'originalité dans ce domaine n'est réservé qu'aux adultes qui peuvent vaguement l'expliquer. Mais que peut-on faire de la faiblesse enfantine lorsqu'elle est muette, à la merci des choses qui se font et d'autres qui ne se font pas? Il ne me restait qu'à respirer sans joie, à feindre l'évanouissement qui finissait par devenir réel tellement j'avais appris à simuler la mort quand le découragement venant des autres me retranchait au niveau du grain de blé sous une terre grasse et printanière.

Je ne savais pas que je m'illusionnais dans une gesticulation inutile puisque au niveau de la création mémorielle, il n'y a plus d'échappatoire possible et que seul le corps anéanti nous déverse dans le néant, sans ménager l'âme qui s'enfuit comme elle peut de ce sombre dépotoir.

Cette vie, la mienne, n'était faite que d'instants réduits surgissant de retraites aux limites du réel, comme si j'avais été l'un des personnages importants d'une toile de maître et que d'un seul coup je sois descendue, transportée, manipulée, dans un dessein inconnu de ce moi qui s'ignorait encore, pour le plaisir des yeux de quelque mécène qui de temps à autre me permettrait de retourner à mon perchoir, considérant qu'une toile est toujours ou très souvent hors de portée du regard tant elle est suspendue à une hauteur qui plus tard devait me décourager à admirer certaines d'entre elles.

Quand je revenais à moi, un liquide sucré adoucissait ma gorge. C'était bon. Des larmes coulaient de mes yeux et de mon nez; je roulais loin de la vague de peur, afin de renaître, essayant d'aimer la sécurité du bras protecteur qui soutenait ma tête, me berçait dans un mouvement houleux de mal de mer et tout recommençait entre la vie et la mort, mes inconsciences ralentissaient à nouveau les voix, abaissaient leur niveau; je goûtais enfin l'apprentissage de mes jeunes chimères qui tenaient du rêve au contact des tissus vaporeux où je me croyais volontairement abandonnée, si sûre de moi, ayant une fois de plus évité le jour et les yeux verts de ma mère trop soumise au quotidien pour comprendre et rejoindre les phantasmes d'une ascendance extra-terrestre mal digérés. Les sons et les couleurs furent plus précieux que les jouets; ma vulnérabilité m'autorisait à les décomposer comme les pièces fragiles d'une horloge, ordonnées et cataloguées dans ma tête selon l'heure et le moment de la journée.

Les sons et les couleurs peuvent s'assimiler facilement et se satisfaire, offrir à l'œil et à l'oreille l'émerveillement le plus joyeux, le plus complet car la vue et l'ouïe en font des proies dociles, impalpables certes mais qui se projettent là où le plaisir momentané s'émeut sur une forme, sur une chose, nous dispensant du moindre effort: il suffit de vouloir et la magie opère son pouvoir comme à travers un kaléidoscope composé de mille facettes différentes, inventé pour l'enfant épris de vraie féerie et non de contes de fées. J'observais la rigueur absolue qui réglementait le moment me séparant des femmes, se jetant sur moi comme des louves et tout le monde sait combien les louves sont des mères accaparantes; ces femmes me répugnaient, l'indiscrétion de leurs visages me faisant sursauter; j'enrageais sans hurler devant la grossièreté qu'elles manifestaient à qui mieux mieux, à coups de sourires, d'yeux cajoleurs dès que j'ouvrais une bouche démesurée pour bâiller ou découvrir avec jubilation que j'avais enfin découvert mes petites mains gantées d'une peau fripée. Les sons repartaient d'où je les avais fait venir avec le sac de couleurs et le kaléidoscope que je braquais sur un ciel de cristal tel qu'on l'imaginait au Moyen-Âge. Ce matraquage de béatitude ne durait pas longtemps, la patience familiale ayant des limites fragmentées comme les zones de sécurité d'un chat domestique; j'attendais le déclic de la poignée de ma porte, frontière abandonnée pour quelques heures. Rejetant le concert du vide en moi, je triomphais à nouveau de l'imaginaire et l'apparence de ma fragilité devenait ma véritable force. Je ne rêvais pas; j'étais l'impulsion savante d'idées millénaires que personne dans mon entourage n'aurait pu comprendre si j'avais été en demeure de les exprimer. Je tenais là ma première liberté comme si je savais d'avance que toutes les formes de beauté éblouiraient mon enfance à son éclosion et que je détenais un douloureux secret:

l'appartenance à une poignée d'individus, à une densité, à un ordre dont le nombre restreint se moque des conventions pour vivre instinctivement et s'observe dans un miroir qui mène à d'autres miroirs, à d'autres enchaînements; je devais être le témoin d'une vérité à définir, d'une raison d'exister, faite pour quitter les grands chemins des sentiments ordinaires et m'aventurer dans un sentier broussailleux de sentiments plus particuliers.

Il était encore trop tôt et je ne savais pas de quels gestes attentifs, prémédités, mes doigts déliés comme une langue tisseraient patiemment la trame de mon avenir. Je ne savais rien des pensées subtiles qui sont la clé de toute intelligence; l'action me guidait et s'apparentait aux formules primitives de mon esprit: je m'accomplissais. Ma mère surveillait cette métamorphose, les rythmes fondamentaux de tout ce qui se nomme homme ou femme puisqu'il ne m'avait pas été permis d'être feuille, animal, pierre, mais esprit, mémoire, face à ses étendues personnelles. Je commençais à jeter des coups d'œil plus précis autour de moi; je prenais garde aux phonèmes encore maladroits que ma gorge balançait jusqu'aux lèvres, sorte d'épreuve douteuse en porte-à-faux, celle de me défendre, de m'envelopper dans une autorité qui donnait à ma vie l'accent prédominant d'un invidualisme trop grave, ne voulant pas satisfaire celle-ci d'une collectivité de bon aloi, mais découvrir un don qui n'appartenait qu'à moi seule. Enfoncée dans mon gouffre paisible, j'écoutais battre l'organe essentiel et capital, responsable de mes défaillances quand je me sentais le centre de tendresse humiliant de la femme aux yeux verts et que j'allais à la débandade dans le repli des laines et des voiles; quand l'imaginaire aurait pu se lire, s'inscrire dans un regard prévenu, reflet du mien, noir et douloureux, hérité de mon père qui n'intervenait jamais, consciencieux de ne pas me déplaire; il gardait sa place dans ma vie pour plus tard comme je le fais par l'évidence de son absence, son tour de garde et d'amour trahissant une autre période bien plus douloureuse parce que trop innocente et couchée sur l'herbe fraîchement coupée de mon adolescence. Quelque chose m'intriguait dans cette poche de sang que je ne voyais jamais, qui se gonflait, se dégonflait, muscle basculé à la gauche de tous les autres muscles; je décidai d'œuvrer à bâbord de toutes mes forces pour mieux le servir jusqu'à l'épuisement. C'est ainsi que je devins, plus tard, la servante de ce cœur qui n'en finirait plus de battre pour les autres non pas seulement par amour, ce sentiment si généreux ne me suffisant pas pour éprouver l'affection des autres qui se résume tout d'abord à se savoir aimé, pour aimer ensuite, cette solution étant fortuite car les êtres aimés portent rarement le même nom et l'amour sans passion n'est jamais que la continuité du précédent, c'est-à-dire la monotonie de la première rencontre, un grain de beauté émouvant ou même parfois une cicatrice, un œil vert et l'autre marron, autant de détails qui servent à nous étonner et à engendrer, d'abord dans la tête, ensuite au niveau du cœur, un regain de désir, sentiment subalterne à l'amour dont nous n'hésitons pas à profaner le nom quand les autres mots font défaut et que toute logique perturbe notre état dit normal à l'occasion de différentes circonstances. Quand plus tard on me rappellerait à la raison, on gouvernerait mes actes et gestes, le mal serait fait; la petite merveille tellement individuelle aurait pris sa place dans toute la partie gauche de mon corps, doux tapage coronaire plus furieux que les traditions qui virent à droite, petite merveille que j'exerçais en grand dans mon petit monde qui percevait des reliefs subits, la tentation de détendre les doigts pour saisir des objets qui pesaient comme du plomb et que je ne manquais pas de lâcher sur la pointe de mes pieds, bras et jambes aussi malhabiles que la première leçon de natation. Je rampais, je coulais au fond de la piscine, détestant toute la symétrie de l'univers terrestre.

De ces échecs, la vue d'objets plus grands, plus forts que moi me devenait insupportable, irrationnelle; j'entrevoyais là une coalition dirigée contre moi; les peluches, les poupées faisaient partie de tout ce qui se soustrayait à mon approche alors que j'étais responsable de ces désastres minimes quand ils reprenaient leurs proportions normales. J'abandonnais l'effort de la distance, hostile à la curiosité d'un angle, d'un verre plus joli que les autres bibelots posés çà et là sur différents meubles que je n'aimais pas. Je cherchais la phosphorescence impalpable que je trouvais dans un clair de jour, un matin que je me réveillais. Elle se trouvait encadrée dans un pan de fenêtre qui ne m'avait jamais préoccupée et cette nouveauté à conquérir reculait les bornes d'une réalité qui surpassait en beauté tous les jouets délaissés. N'ayant plus rien à saisir, je m'acharnais à décomposer (comme je l'avais fait pour les sons) cette nappe nuageuse qui virait du bleu au blanc, ce que je ne savais pas expliquer, le mystère d'une chose étant plus fascinant que sa découverte. Ce n'était pas non plus un mensonge puisque la radiation s'alliait parfaitement au cadre rectangulaire de la fenêtre sans jamais entrer vraiment dans la chambre; j'en déduisais qu'elle ne me voulait aucun mal, que nous formions une unité, me transformant moi-même en un second pan de fenêtre, tout au moins le rêvant, comme nous voulons tellement changer ceux que nous aimons, tendus vers un idéal dont nous ignorons la cause mais dont les effets sont souvent catastrophiques. Comblées de chaleur, de paresse, les heures s'écoulaient et je grandissais en observant le mouvement de ce bleu et de ce blanc qui disparaissait doucement en fin d'après-midi, luminosité qui me quittait sans un souffle, sans un cri, sans aveuglement et sans crainte de ma part; j'attendais le lendemain qui me ramènerait l'objet préféré et nécessaire à ma petite existence. Ma conscience s'éveillait joyeusement à ce contact visuel même si les nuances s'échappaient dans cette illusion qui satisfaisait et encourageait mes futures découvertes, ne pouvant éviter l'intervention de ma mère qui ne flattait que mes premiers balbutiements, comme si j'avais inventé l'histoire du langage, dont elle persistait à châtier les toutes petites phrases que je composais. En attendant mieux, je décidais de me taire, d'absoudre les bruits; ma solitude était telle que j'oubliais mes plus belles impressions à mesure que j'entrais à pas feutrés dans le monde impertinent, cartésien des adultes, que je regardais de bas en haut, en levant la tête, ne saisissant pas du tout la prolongation de leurs corps qui, me semblait-il, touchaient le plafond. C'était un constant roulis entre eux et moi, un tangage envahissant qui prenait du recul pour mieux me sauter à la gorge; c'est ce que j'éprouvais, une descente d'un train encore en marche, quelque chose qui se passait très vite, trop vite, dont j'avais peur. Sans cesse, la superposition de visages ricanant au-dessus du mien m'inspirait une frayeur d'ombres chinoises sur un mur blanc. C'était un monde qui tournait comme une toupie dont on ne distingue plus les dessins attrayants quand elle pirouette et qui, au repos, redevient la petite chose inutile et rassurante. Il en était de même pour moi et quand je tentais un signe de ralliement pour stopper ce vacarme, j'entrais dans un autre piège dont il fallait démolir la tangibilité pour ne pas m'enfuir comme l'apprenti-sorcier sans savoir quoi faire.

Ce continuum de sensations se poursuivait jusque dans ma chambre: c'était un ballet monté sur une mauvaise chorégraphie, un film lent dans lequel les portes se ferment, s'ouvrent, se referment sans cesse sur des personnages inconsistants, sans histoire, improvisé à l'œil nu sur la caméra quotidienne qui ne me lâchait pas, pouce par pouce, fixée sur mon rôle d'enfant avec, pour décor, une perception très lente, très douce de vagues lointaines que l'on attend à l'heure de la marée et, quand on est un peu las de ce paysage assoupi, on est impatient du réveil de la personne qui nous intéresse momentanément et qui nous fatiguera par ses discours quelques heures plus tard. On n'y pense pas, le triomphe accompli dénature continuellement nos véritables sources de joie.

Ce décor existait dans ma tête, dans un champ de vision qui s'échancrait de plus en plus, tel un éventail esquissant une courbe idéale correspondant à la connaissance qui alimentait des moments plus calmes, des instants qui s'enlaçaient les uns les autres, unifiant mon désert d'expressions légères, contenues dans des bulles qui ne crevaient pas lorsque je les touchais et qui symbolisaient lentement l'expérience aventureuse de ce MOI bridé par une volonté qui individualisait cet autre MOI que je devenais. J'avais de bonnes raisons de croire que je n'y étais pour rien et que des illuminations éthérées de ma préhistoire retournaient aux sources intersidérales où j'avais vécu pendant des millénaires. Il n'y avait plus de lignes parallèles sur lesquelles je glissais, reine d'un vaste empire, sans destinée, mais joyeuse de me transformer sans cesse. Non! Il me fallait vivre: un ordre que des inconnus (qui?) ne discutaient pas sous peine d'un châtiment pire que la vie, le chantage se mariant à la peur nous faisant agir comme des moutons, le manque d'imagination réveillant des tabous institués par des hommes incultes dans des temps reculés où seules les femmes, rusées par instinct, sceptiques par contradiction, nourrissaient des opinions qu'elles ne savaient comment exprimer, confinées aux superstitions qui ravageaient leur intelligence endormie et qui rassuraient les hommes ne manquant pas d'instituer d'autres lois égales aux premières, employant des termes différents... Ainsi le doux patois de certaines régions terriennes s'est amolli sans que l'on sache pourquoi avant de disparaître finalement sous la menace dégradante d'être ou de ne pas être semblable à son prochain.

Tout comme ces malheureux, ces opprimés, mortevivante, je ne m'inquiétais pas trop, une ressource à portée de mon habileté féminine: l'intelligence des fous, puisque là encore, quelques privilégiés font partie de ce royaume dénaturé, monde étrange comme un parc réservé à certains animaux en voie d'extinction. Univers de souffrance, de lucidité, de révolte, un cheminement lent vers sa propre solitude, tout un savoir-vivre qui finit par s'apprendre avec un brin de génie.

Comme je me personnalisais, la peur s'éloignait,

les instants prenaient des airs conciliants, j'en parlerais plus tard, réfléchissant au bienfait trouvé dans le silence, ce don arraché à l'homme qui m'observait à la dérobée, mon père. Aucune fulgurance ne me transperçait les yeux: je m'habituais. L'orchestre inspiré de tous les sons, de toutes les lignes, de toutes les couleurs terrestres vibrait dans mes veines, dans mes muscles, dans le chaud et le froid de mes jours, de mes nuits comme une extase, presque un enchantement. Et les autres qui commençaient tout juste à m'intéresser s'inséraient, au niveau mineur d'une petite note musicale, dans cette fanfare coloriée en tapinois de ce qui se dégageait du cocon malodorant, odeur de talc et d'urine que je nommais les généralités et non les exceptions puisque je ne possédais aucun moyen de défense assez persuasif pour faire partager ce qui, à moi, me semblait plus important que les minutes, les secondes, sœurs siamoises inopportunes qui donnaient vie à ces instants auxquels je n'ai jamais cru, sinon comme le crève-cœur permanent de mes jeunes défaites, quand l'angoisse monopolisait les yeux, les oreilles des « autres » au point de sombrer, héréditaire que j'étais de ces yeux, de ces oreilles, dans la cacophonie de la fanfare que j'avais créée mais qui me trahissait à la base des instruments légers, printaniers, refusant d'exécuter la mélodie de mon temps, pour se venger de la marginalité talentueuse où le processus à contre-courant de ma vie démarquait le point de départ ou d'arrivée, de commencement ou de fin, dans cette famille qui m'avait choisie au hasard de cinq milliards d'entités, me plaisant à croire que quelque part dans l'univers, cinq milliards de planètes, immense laboratoire, conservaient bien au chaud, à la surface de chacune d'elles, sous d'immenses oliviers, arganiers, paradis perdu de la Bible, l'âme dénudée de toute carcasse périssable.

Il me fallait beaucoup de temps pour renaître de ces crises; j'en gardais un sentiment étrange, décourageant avant tout, car ce que j'entreprenais d'une manière aussi maladroite vis-à-vis de ma mère, des femmes qui venaient trop souvent me sourire ou me parler, était à recommencer sans exigence, sans démanteler mes déceptions, ni chercher à me perdre dans des convoitises invraisemblables. Il fallait bien... Déjà, le pessimisme de mon existence future s'inscrivait dans cette phrase monotone: « Il fallait bien...» comme nous poursuit sans pitié l'odeur écœurante d'un parfum bon marché. « Il fallait bien...» déferlait de sommets vertigineux dont les hauteurs ne se calculaient ni en kilomètres, ni en heures, mais face à une éternité brumeuse, consciente jusqu'au délire, et jouait à mon corps des tours douloureux, sorte de nervosité asthmatique qui inquiétait la femme aux yeux verts qui ne voulait pas admettre mes volontés; j'entendais sans encore très bien les comprendre, ces mots injustes, accusateurs: « Elle a tout pour être heureuse... De mon temps...» Je ne savais pas répliquer; je m'écroulais, flasque et molle, comme un carré d'herbe après une averse. Tout me quittait: l'instant me projetait hors des sons, des couleurs, des mobilités. Je repartais avec une élégance rare vers mes contrées prénatales que je croyais avoir désertées pour toujours et ce fut dans ces secondes évanouies, à fleur de vie, semblant de mort, quand je me dépouillais d'une existence dont j'étais lasse et qui me faisait sangloter parce que l'effort que je soutenais ne me concernait plus, que je cédais à une profonde évidence, souhaitée d'ailleurs dans la non-vie, en cours de route, mais effrayée malgré moi de savoir que je ne serais jamais tout à fait humaine, terrestre, un arrière-flash étincelant, aveuglant, devrais-je écrire, à la structure de mon cerveau, comme ces fleurs que l'on appelle sensitives et qui se ferment brusquement au contact d'un élément étranger.

Il aurait été plus simple, plus pacifique de me forcer à imiter ma mère pour faciliter les rapports de notre coexistence, d'arpenter les chemins humbles et mesquins de la reconnaissance qu'elle attendait de moi, comme elle devait le faire pendant mon adolescence, ce qui m'empêchait de l'aimer, mon âme si jolie de toutes les teintes de ma vie antérieure ne pouvant basculer dans une affection sans chaleur, sans feu, joyeuse, libératrice comme une flamme dans un foyer. Je n'aimais pas. Je ne cédais pas à ce chantage de la vie contre le néant; j'organisais ma loi de solitude, privilège que ne connaissent pas les gens ordinaires. Quand je revenais à moi, hypocrite et méfiante, je me cramponnais bravement aux murs, aux meubles, afin de me tenir en équilibre et de permettre à ma tête de guetter, féroce et têtue, des échappatoires, étapes les plus naturelles mises à ma portée, acceptant de grandir avec un trésor de patience en moi dont, peu à peu, je réalisais la magistrale envergure quand le moment serait venu d'utiliser mes forces toutes neuves. Ce qui comptait, en vivant dans ces conditions de dépendance, était de rester hors d'atteinte, de ne plus essayer de me rebiffer pour des mots inutiles qui fusaient entre les dents et la langue, symboles éternels que ces bouches, il faut bien les nommer, se contentaient d'extraire, de se donner en spectacle, ce qui m'amusait: lucarne principale de tout commandement où j'entrevoyais (cela m'évitait d'entendre) les ruses les plus absurdes pour m'apprivoiser, me leurrer, et désenchanter mes années à venir. D'où le refuge dans mon silence (même aujourd'hui), dans ma cause personnelle.

À cette époque, je sacrifiais mes premiers regards pour mieux dévorer ceux des autres, au lieu de les laisser traîner sur la nouveauté; je bêlais comme un agneau pris au piège de quelque religion nouvelle; je faisais mes dents et mes griffes dans l'ignorance, la mienne surtout, ce que je ne savais pas, étant trop tendre. Si je me traînais hors de la portée des humains, une seule chose me rassurait (déjà, la première expérience du premier espoir!): je me demandais *qui* j'étais et *pourquoi* j'étais. En ces questions, personne ne m'atteignait. Pauvre victoire intègre au seuil d'une gloire qui se mourait comme un coucher de soleil derrière un océan. C'était bien cela! Moi aussi, j'existais à un certain moment derrière la ligne de démarcation de toute vie normale. Il ne me restait plus qu'à plonger dans un autre océan, passer de l'inconnu au connu, comme je l'avais fait trois années plus tôt. Rien n'était perdu: un immense soleil vert, ma création, humanisait les sursauts agonisants d'une toute petite fille qui ignorait qu'elle était loin de sa retombée sur une autre terre, sur plusieurs terres (ou planètes), de rebondissement en rebondissement, du pire au meilleur, du désespoir à l'exaltation, de la bêtise à la folie, de l'amour à l'indifférence: sentiments qui se mêleraient à ceux que je prétendais dédaigner pour mieux m'anéantir et me préparer à la pensée du génie et de la mort.

II

Si certains pays de notre planète se plient et se déplient au gré des saisons, plus encore au gré de notre fantaisie vagabonde, celle qui ne concerne que le regard, identique à des doigts nerveux qui froissent et jettent à l'extrémité d'une pièce l'image décevante d'un paysage que l'imagination, toujours elle, avait calligraphié dans notre mémoire d'une manière exagérée et que la réalité n'hésite pas à détériorer comme elle le fait souvent, sans penser aux nuances d'un ciel qui d'une heure à l'autre peut changer et nous combler de bonheur, la déception parfois se fait autre et, au lieu de ce geste d'humeur, une frénésie s'empare d'une oubliette de notre cerveau et charpente au milieu d'une chambre où nous nous trouvons, un bureau, un couloir, une sorte de folie venue tout droit d'un éclaboussement de tournesols à la Van Gogh, quelque chose de plus tempéré dans la texture, mais fou aussi, ironique et tendre, un « Douanier » Rousseau, issu d'une forêt vierge d'où les serpents étonnés, inoffensifs, suspendus à des arbres parfaits, déchargent de leurs yeux ronds comme ceux des chats, une curieuse immobilité vers un point lumineux qui nous mène droit à la nuit d'une ville exploitée de milliers d'yeux phosphorescents de toutes formes et de toutes couleurs, aux dimensions écartelées comme une énorme roue de fête, une nuit posée en équilibre entre terre et ciel pour nous humilier davantage, nous faire comprendre qu'elle fut le seul refuge établi dès la première génération lorsqu'un homme avait levé les bras vers le mystère des étoiles filantes, une superstition, un dieu peut-être, mais qui, après avoir osé réfléchir, pris d'une panique à l'audace d'avoir pensé sans rien demander, s'était réfugié dans sa caverne puante, en compagnie de bêtes, de femmes et d'enfants pouilleux...

La chute originelle offrait l'ancienne perspective d'une peur ancestrale que d'autres avaient éprouvée bien avant moi, échoués sur la berge d'une eau laiteuse, la face cachée dans un sable rongé par les crustacés et les insectes préhistoriques. À l'horizon, aucune main secourable ne se tendait pour nous aider à déplier notre colonne vertébrale, petits os montés en chaîne, les uns sur les autres: notre unique force. Se tenir debout. De cette supériorité héritée dans la souffrance, j'usais, semblable à l'homme des cavernes, ne demandant pas le droit de crier, de chanter, de jurer et plus tard de me souvenir... Grâce à cette force dérisoire, je n'oubliais pas que j'étais lourde des pieds, à la fois grandie et rapetissée en cette fin d'hiver, en ce début de printemps, poids qui m'encombrait, me clouait à la terre, ma propre croix, et que je n'avais que moi-même à racheter en jetant au vent froid ma peau de fortune, hermine d'occasion, bête de cirque, ce qui ajoutait à mes espérances en forme de grimaces l'imbécile illusion de me croire l'interprète supérieure de ce que je voulais dévoiler comme si les reposoirs insensés de l'agonie ouvraient soudain leurs ailes éternelles et poussiéreuses à ma peur, l'or débordant d'une corne de vie, écrasée par l'irresponsabilité d'un acte plus grand que la pensée et qui s'appelle la démence. N'étant qu'une contraction dans cette nuit, c'est-à-dire poussière dans un rayon de soleil, je devais garder une prudence certaine; ne pas me défaire de la chair, du sang, de l'eau dans lesquels je surnageais. Je n'avais qu'à me laisser séduire par la facilité nocturne, courtiser par des assauts d'ombres et des ardeurs muettes que la nuit dirigeait sur moi comme des proies créées de toutes pièces, pour m'intimider alors que j'essayais simplement d'embellir l'exaltation de ma création, trois années plus tôt. Rien ne m'échappait: je passais des sortilèges aux incantations. Une puissance étrangère dépouillait la personnalité du MOI que j'étais, comme si, à chaque instant, allait surgir du néant un frère ou une sœur qui me ressemblerait d'une telle manière biologique que la seule comparaison valable en serait d'immenses anneaux s'emboîtant les uns dans les autres et dont les effets générateurs obéiraient à une loi qui remettrait la nature elle-même en question. Dans cette nuit particulière et dans de telles conditions délirantes, une politesse s'imposait, celle de présenter ce JE que je n'étais pas, refusant de m'identifier, de me nommer, de me compromettre, laissant le soin à la narratrice de ce JE, de penser librement qu'elle n'était pas la seule dans ce cas précis et de présenter à ceux qui voudraient la lire la carte de visite d'Arthur Rimbaud: « JE est un autre. » Comment en vouloir à ce frère ou à cette sœur qui se prolongent discrètement dans ce récit, m'assurent que Rimbaud avait raison, car nous sommes divisés en tellement de MOI différents qu'il faudrait édifier un monument tarabiscoté de tous les côtés pour posséder l'exacte figure du héros qui hante son créateur et nous confirme une fois de plus qu'en dehors de l'imaginaire les miroirs cachés d'un visage sont les plus puissants, puisque décrire un être fictif nous mène au labyrinthe d'un Minotaure inconnu.

J'affirme que la narratrice ne me connaît pas mais que, si elle fait partie de moi, c'est un mystère qui peut s'expliquer par les rêves d'êtres que nous avons connus bien des années plus tôt et qui échappent à la réalité, perturbent le sommeil, portent un autre nom que nous ne retrouvons plus, une fois éveillés, ce qui m'arrivait au sujet de Léna quand je ne l'aimais plus. Rêves très doux dans lesquels elle s'insinuait et que j'essayais de poursuivre au moment de m'éveiller, en proie à une nostalgie d'un temps révolu pour elle et moi... Dans la journée, comme le souvenir du rêve me tourmentait, je me demandais quel MOI Léna attaquait, pénétrait dans mon sommeil, alors que beaucoup d'années avaient défait son visage, qu'une distance très grande nous séparait en même temps qu'une immense indifférence de moi à elle. Parcelle du Temps qu'il faudrait remonter à l'envers, de la fin au commencement, pour analyser ce grand amour qui n'existait plus qu'au niveau de l'enthousiasme de mes vingt ans perdus et que je regrettais un peu... C'était tout ce qui me restait dans la journée, la nostalgie d'un point de non-retour, innommable, qu'il aurait fallu disséquer avec une patience que je n'avais plus puisque Léna n'intervenait pas à ce degré de curiosité. C'est peut-être pour ne pas déranger tous ces MOI en nous, les différencier, que le baptême nous pare de plusieurs prénoms que j'ai toujours utilisés selon le moment vécu et surtout en rapport avec la personne qui m'en destinait un plutôt qu'un autre...

Sujette de ma narratrice, j'incarnais l'incommunicabilité d'aimer et lui laissais le choix de passer du frère à la sœur, du masculin au féminin, délaissant pour lui ou elle mon enveloppe charnelle que je ressentais comme la pelure d'un fruit trop mûr sur moi. Et puis, au nom de quel pays, de quelle personne (j'ai déjà parlé de la fragilité de l'un et de l'autre) pouvais-je m'extraire de mon écorce sanglante? Je ne possédais rien, ce qui signifie souvent que la terre entière est nôtre. Cette ville au loin que j'entendais rugir et qui ne se définissait encore par aucune beauté physique, souillée des boues hivernales qu'un relatif printemps essayait d'amollir. Ville ni grise, ni noire, à la merci des supercheries naturelles, alors que la campagne, la colline de mes confidences, faisait peau neuve sans hésitation. De la fragilité du lieu où je me trouve, ne m'adressant à personne en particulier, il se pourrait que je décrive la suite d'un rêve, que je l'intègre à la réalité d'où les événements ordinaires seraient exclus. Transcrire des impressions est un lot gratuit quand on sait d'avance qu'un groupe de gens en sera le confident et non une personne désignée comme le témoin capital d'une confession qui risquerait de l'ennuyer si le droit de l'interpréter, de la critiquer plus ou moins justement ne lui était pas offert. Pour moi ou pour JE, ces raisons suffisaient pour ne pas étaler ma lâcheté au beau milieu de mes personnages délaissés dans leur monde si vieux, usé jusqu'à la moëlle du noyau de la terre. Eux, anonymes, ennuyeux surtout, puisque je les avais trop aimés quand il aurait fallu les ignorer et les aimer à une autre heure plus grave que celle de ma jeunesse.

Réfugiée dans un pays neuf, aux environs d'une ville plantée au pied d'une île verte et blanche selon ses deux saisons, île, mais aussi volcan, panorama grandiose à la mesure de mes pensées et à la démesure de ce pays que je venais de découvrir. Il me fallait un tel paysage, presque minéral dans son printemps, tout juste installé pour puiser la foi, le courage nécessaire, et tous les pays bleus et blancs, neufs, engendrent ce renouveau de soi, ce goût de réinventer par à-coups ou par cris ce que d'autres, ailleurs, ont déjà murmuré afin de dépasser les lois et les censures de l'intelligence puisque tout amour a besoin d'un décor lorsqu'il n'est pas absolu et ne se suffit pas à lui-même, le décor n'ayant de pouvoir qu'à partir du moment où nous lui en accordons un, les plus profonds sentiments ressentis s'en passant volontiers. Dans notre mémoire, ce décor inutile reprend sa consistance, sa place exacte quand les sentiments tiédissent, s'usent, se perdent d'eux-mêmes à cause de notre médiocrité à les faire vivre. Alors, villes et campagnes nous émeuvent parce que nous sommes désarmés devant notre propre échec de ne pas savoir aimer. Que ce soit dehors ou dedans, rien ne nous protège et ce dehors et ce dedans deviennent chaleureux, accueillants, quand l'horloge du village ou celle du salon égrène lamentablement ce que l'on aurait voulu qui soit, qui n'a jamais été et ne sera plus jamais malgré notre bonne volonté...

Étant seule dans ce pays très grand, j'utilisais un cadre tout simple, celui inachevé, blanc, ennemi du rouge et qui, peu à peu, fondait de ses dernières giboulées blêmes, dégoulinait de pastel, de sève qui ouvrait l'écorce des arbres, s'épanchait à l'air libre et sentait bon comme les corps d'un homme et d'une femme après l'amour. C'est peut-être cette languissante sensualité qui m'avait fait repérer l'endroit, au sommet de la colline, comme un puits d'eau dans le désert. J'y venais pendant le jour, reniflant je ne sais quelle odeur, quels relents animaux ou végétaux, jamais humains, attirée par la qualité du silence qui se resserrait autour de mes reins et de mon front, les liens euphoriques de l'extra-temporel fécondant une nouvelle enfance de bleu et d'orange en veilleuse, novatrice de sensations, imperceptibles, à peine audibles, venant de très loin, qui se renouvelaient chaque fois que je posais le pied sur ce tertre d'où la ville, je me retournais pour la contempler, s'étalait à la fois mer et goéland, géante des temps modernes, ville bienheureuse qui respectait mon anonymat en apaisant le point sensible d'une morsure que j'éprouvais depuis toujours à l'endroit du cœur. Ailleurs, je ne résistais pas à l'armature dénaturée du béton, pas plus qu'aux odeurs de peinture, rafales de civilisation dont les atteintes néfastes creusaient des sillons de douleur dans ma tête, des brûlures dans les yeux et dans les poumons qui violentaient mes résolutions et je courais vers un aéroport avec le rêve de la terre promise entre les dents. La terreur des villes raffinait un vieux cauchemar que je fuyais sans le résoudre, que je ressentais à la surface de l'épiderme, tellement physique qu'il n'était qu'un cri de guerre, qu'un peuple aux lèvres éclatées par la peur, une sirène d'alarme interrompant le plaisir de se nourrir quand on le pouvait mais surtout, le sommeil interrompu comme un long martyre entre quatre murs que je revois sans cesse ou dans une noirceur bloquée à longueur d'un bras tendu vers elle ou d'un pas qui essayait de ne pas trébucher...

Mais là, pour mon plaisir, la ville luisait comme une torche, ouverte en éventail à mon regard, surgissant du présent avec ses immeubles flambant neufs et juste ce qu'il fallait d'histoire pour la ressentir réellement authentique. C'était un repaire aux effets bénéfiques pour l'étranger qui avait connu des voluptés plus rares que cette terre et ces arbres venteux, sortis tout droit des glaces. Je la connaissais mieux que ceux qui l'habitaient depuis des générations; à travers mon désir resplendissant, mon coup de foudre, aucun repos, aucune indulgence de ma part ne lui avaient été concédés. Traitée comme une personne, c'est-à-dire avec au fond de moi la méfiance et l'espoir inconscient d'être déçue, et c'est vrai, nous trouvons anormal, quand la raison a pris la place du cœur, de ne pas avoir encore capté le défaut qui rongera nos sentiments et nous libérera en quelque sorte, puisque le tour d'un être est si vite fait que tout délai sentimental nous semble une perte de temps, les qualités essentielles de l'être aimé servant de rempart solide à notre cynisme qui un jour ou l'autre nous épuise, nous, et ce pauvre grand amour...

C'était un miracle que les heures dévoraient et la fatigue de mon bonheur (une trop grande joie est épuisante) me conduisait n'importe où, un peu ivre, le cœur lourd, la main moins alerte, la parole de plus en plus hasardeuse et peu nécessaire pour exprimer ce que je ressentais. Alors je me servais de la colline comme d'un lit nuptial dans l'attente d'un amant que je ne désirais pas, le silence se partageant rarement. Un pas suffisait et j'entrais dans un nuage de brouillard qui collait son humidité fangeuse sur le couvert et le découvert de mon corps. Je marchais un peu plus vite pour sortir de cette chambre blanche, fantômatique et avec un cri de désir au bord des lèvres, j'échouais en plein soleil, en soudaine eurythmie comme si je venais de fermer une porte derrière moi sur une antique cité suspendue dans le vide.

Allongée sur une herbe tendre, je reprenais mon souffle; une saveur acide piquait mes narines, celle d'un mélange de racines ou du pelage d'un animal dépossédé momentanément de son refuge. Je vivais, en alerte, une sorte de rêve qui m'allait bien; l'irresponsabilité, la paresse, m'enduisaient d'un sommeil vitriolique, bain de soufre et d'ammoniaque, comme au commencement de tous les temps, si ce commencement eut lieu. Là, j'attendais entre jour et nuit, entre chien et loup, pour essayer de me dissoudre dans la courte durée crépusculaire pendant laquelle tout bouillonne pour préparer le grand œuvre du lendemain. J'imaginais que le secret de la vie se livrerait du centre de la terre, d'abîmes jamais sondés par les hommes, que des mains invisibles tapaient un message envoyé de ces abîmes sur la peau desséchée d'énormes derboukas... Au bout de ce rêve, dans le branle-bas de ce corridor tangible, le repos fécondait mon retour au réel et ce n'était plus moi qui visais d'un doigt incertain le signe quotidien de l'alliance entre des forces qui se cramponnaient à l'aventure nocturne, non pas comme une menace, mais comme l'attrait primordial d'une initiation avant la prise du pouvoir surnaturel de la nuit ronde et pleine, matrice réconfortante ou nuisible, en complet contraste avec ce que nous attendons d'elle lorsqu'il ne se passe rien. Quand le petit matin me surprenait, j'émergeais, telle une gorgone, de cette cure d'abandon, de ce cœur du monde que j'avais possédé plus que les autres au sommet de ma colline venteuse, brune, verte, de moins en moins blanche de sa neige liquéfiée en matière nourrissante. Ce réveil annonçait une nouvelle naissance chromatique vers laquelle je marchais, je m'élevais, sans me rendre compte que je n'avais jamais atteint la hauteur véritable de la colline, mais que je l'escaladais toujours à la verticale en laissant derrière moi la ville, souple comme une lisière forestière ou un bord de mer. Lorsque je me retournais, pierres et arbres ne se distinguaient plus qu'au microscope; les uns et les autres se détachaient, pris entre un relief lumineux d'estampes japonaises et une irréalité dangereuse qui me tenait et m'invitait à sauter de l'autre côté de la lumière.

Ces expressions naturelles vivaient et mouraient à la vitesse de l'éclair; je titubais, gauche et abasourdie, peu sûre de moi, partagée entre des peurs mélancoliques et des joies primitives qui me vidaient l'esprit à grand fracas de flash et que j'appréhendais malgré toute la fascination qui s'en dégageait car je virais dans les trois années de mon enfance, errant dans un pays insolite d'où toute laideur, toute promiscuité s'épuraient dans ce coin de frontière terrienne qui ne cesserait d'exister autant de fois que je voudrais l'ouvrir à volonté, ayant déjà exécuté cette manœuvre agile plusieurs années auparavant sans me douter que je risquais de me rompre le cou à force d'exaltation, de dépouillement, à croire que j'avais fait éclater des moules névrotiques pour ne pas crouler justement dans la folie de l'instant à vivre. L'instant n'est qu'un chamboulement physique; c'est déjà le geste accompli, le désir assouvi, le *rien* du présent qui s'assimile au passé et s'accouple à l'avenir. Il file entre les doigts pour ne jamais ressembler à ce qu'il a été; il s'ajuste à la danse du vent dans les arbres pour élever le regard à des temps mémorables, essentiels; il se dessine sous le pied tordu dans un chemin de chèvres; partout il peut devenir accident car je crois que l'instant ne fait pas partie du Temps mais de l'impulsion réelle d'une félicité isolée. Ce serait trop humain d'expliquer les revirements d'un corps afin de mettre en évidence les multiples aspects de ces nuits, objets de mon dénuement et d'une spiritualité toute païenne, croyance comme une autre et non scepticisme.

Tout ne s'interprète pas par l'esprit critique ou imaginatif, car dans la créativité muette de toute œuvre, soit-elle arbitraire ou non, il faut un brin de vécu, de rupture culturelle de façon à s'adjoindre par les yeux et par le silence ce qui s'oppose à la réalité monotone, de manière à abstraire ce que l'instant, la seconde vécue nous offre de merveilleux et d'inconditionnel. Demeurer toujours l'élément étranger, le spectateur de sa propre vie en état d'étonnement, d'agilité, de bulle prête à éclater sur le chantier du destin, vertu que j'avais constamment possédée, que je projetais dans mon espace personnel et dont les éclats en fusion furent les grandes marques, la trajectoire visant les êtres, les paysages de mes rêves prémonitoires comme si j'écrivais non pas l'histoire de JE, mais celle de l'humanité entière. Abuser, consumer à fond le Temps. Ébranler majestueusement les années-lumière qui firent de moi (nous) la transcendance énergique de cette race de voyageurs suspendus au-delà de nos drames et surtout de nos consciences, comme si chaque halte transfigurait l'attente en station de repos ou en durée variable. Il est anormal de dire que le temps passe puisqu'il se dilate dans l'univers, au contraire de nos cellules qui se dessèchent et finissent par mourir; bien souvent, nous n'y pensons pas, nous demandons si peu de chose au cours d'une vie que nous édifions à peine, puisque l'imagination se borne aux quatre murs d'une pièce; doucement, nous nous évaporons, nous nous déshydratons comme une personne qui souffre de la faim, s'endort et meurt.

De ces matins aux forces neuves, abyssales, lourdes, quand le repos avait fait ses preuves sur moi, je n'hésitais plus à enfermer les personnages moribonds de mon théâtre hanté de leurs gémissements, de nos premières rides, voile impudique de lucidité et de décadence dans la promesse d'une nouvelle nuit à l'abri d'une lune pleine, frissonnante comme un lac et qui sait, avide de hardes de serpents, de dragons préhistoriques qui creusent le centre de la terre et reflètent nos vices en équilibre permanent dans le subconscient du sommeil ou de l'insomnie la plus évolutive. Le jour devenait une attente, le charme d'une devinette mais, aussi, la préparation d'une attaque contre un événement possible, face à face, lame contre lame, ma paix menacée. Les tentations de mon désert ne duraient pas mais comme tous les êtres particulièrement vulnérables, je subissais dans un délai de temps très court la souffrance de tous les opprimés, la misère du monde entier: les Juifs éternels allochtones, les Noirs, les femmes, les animaux, tous ceux que j'oublie dans plusieurs mondes différents, convaincue qu'il me faudrait mourir des milliers de fois avant d'être l'un d'eux, l'une d'elles, sans âme, le visage méconnaissable afin de bien renforcer l'importance de la solitude, les yeux de plus en plus démesurés, devant ce que l'on suppose n'être qu'une parcelle de haine, presque l'oubli, une tache sombre sur le soleil.

Que j'étais loin de moi et si proche de JE (paralogisme de la mémoire), quand je me tordais les pieds en descendant la colline et que je m'arrêtais une seconde, tremblante d'une terreur venue du fond des âges; je pataugeais dans une boue jusqu'aux chevilles, boue encore blanche et froide qui m'obligeait à repartir à petits pas, d'une démarche austère que seul Hugo distinguait en me disant malicieusement: « Tu as les pieds païens! »

Pour parler de Hugo B., je devrais me munir d'une carapace d'humilité, ce que l'on éprouve accroupi et rêveur devant un grand feu de bois; cette homonymie pesait sur moi comme un lieu familier puisqu'elle fut pour moi l'image attirante de notre rencontre, un soir qui ne prédisait rien de bon, sinon l'ennui que l'on ressent en présence de certaines personnes. Un verre à la main, une cigarette dans l'autre, un sourire à peine ébauché quand je prenais la peine de croiser un regard ou d'échanger quelques mots, j'étais enfermée dans cette jungle d'indifférence que crée parfois ce genre de manifestation appelée communément party, surboum, etc., mais dans laquelle peu de gens se connaissent et se reconnaissent pour les lendemains à venir. Plus ennuyée qu'à l'ordinaire, à cause peut-être de la chaleur de la pièce où je me trouvais, je décidais de sortir dans le jardin, de respirer un grand coup, assise sur la pelouse. Un feu de bois attendait d'être allumé car la raison de cette réunion consistait à inaugurer une piscine nouvellement construite dans la propriété et, bien qu'en juin, la soirée risquait de rafraîchir plus encore les téméraires qui piqueraient une tête dans l'eau tiède et fade de ladite piscine. Je n'étais pas de ceux-là. En sortant avant les autres, je rompais la digue des convenances et, afin de passer inaperçue, je marchais vers un coin sombre du jardin, un châle noir serré autour des épaules, exagérément frileuse quand l'ennui fait aller ma chair trop longtemps contenue dans des réserves appropriées, croquées sur-le-champ, prêtes à rebondir plus loin, du temporel au subespace, n'étant jamais parvenue au point de chute définitif du traumatisme de ma naissance. Je voguais dans des incandescences qui me brûlaient jusqu'à l'âme et prête à atteindre le saut final, des voix maladroites, comme celles des gens qui réveillent les somnambules, coupèrent mon rêve en deux.

Les sons s'embrouillaient, rires des hommes, petits cris des femmes, gerbes d'eau comme un coup de fouet à mes oreilles, crépitement léger des branches qui commençaient à brûler dans l'air du jardin et à submerger toutes les senteurs nocturnes. Je détournais mon regard de la piscine que j'apercevais au travers des projecteurs installés là, assistant de loin à la séquence d'une vie prête à être tournée... Je me disais que le scénario n'était pas très bon, lorsque devant le feu, crinière maintenant rouge et furieuse, je remarquai l'ombre fantastique d'un homme parfaitement immobile. Seule, la chevelure vivait aussi furieuse que le brasier, le profil noir, immergé dans ces flammes, présence plus absente que la mienne. Je délaissais mon coin d'ombre pour approcher de cet inconnu que le feu inventait pour moi seule, comme si j'entrais dans un miroir déformant, à l'affût de la chevelure blanche, des bras le long du corps, du profil tendu, du moindre bruit qui ferait frémir d'impatience l'homme qui ne me voyait toujours pas. « Quand Prométhée s'anima et s'empara du feu du ciel, je le vis avec cette extraordinaire immobilité... » Je venais de penser tout haut et accrochant l'inconnu de mes paroles étranges qu'il n'attendait pas, ses yeux opérèrent dans les miens une transaction atroce, presque inhumaine, des yeux laiteux et clairs qui me demandaient froidement des explications. Je niais avoir prononcé cette litanie mais Hugo déversant sur moi une pile d'autorité me retenait de toute la force de son visage craquelé de douleurs et de joies inconnues. Il n'avait pas d'âge et ses yeux traînaient comme des vers luisants sur les miens et, saisissant ma peur au moment voulu, il se rendait compte que je ne mentais pas, que je ne trichais pas. « Tu as les pieds païens!» Même voix des mois plus tard.

À ce moment-là, c'était vrai et beau. L'antiquité de ma démarche tournait le dos au royaume des morts en ce sens que je combattais mes pires ennemis, ceux que l'aube créait dans une brume ardente, chauffée à blanc. Comme l'univers, mon aventure se fractionnait en secondes ou en infini; un grand rire découpait ma gorge et mes lèvres d'une oreille à l'autre et je baignais dans une aura universelle, cyclopéenne, que je cachais en moi jusqu'à la maison de Hugo qui régnait sur mon atmosphère de paresse et de sensations, heureux de me savoir hors de chez lui, agitée dans une folle équipée nocturne qui me jetterait, fatiguée et repue, sur le tapis du salon où je m'endormais, splendide androgyne qui lui tombait du ciel comme un doux embrasement mégalomane et dont il attendait patiemment l'éveil pour surprendre le premier geste, Hugo prétendant que durant mon sommeil j'abordais les contrées surprenantes de l'enfance tant la grâce renaissait chaque matin sur mon visage, rien à voir avec le masque des adultes qui se compose en même temps qu'un ciel hivernal mais avec la vérité nue, érotiquement superbe de l'attente venue et souhaitée de son très beau sourire qui me réconfortait avec une vie plus simple: le langage avant tout. Hugo était ainsi, une forme de préconscience obstinée envers moi, ce qui le dénaturait quand je le voyais avec les autres, courtois et poli, distant, phénomène de dépersonnalisation que j'étais incapable de rejoindre comme si ses rapports personnels ne dépendaient pas de lui mais d'une savante technique, d'un savoir-vivre, fruit positif d'une transmigration que j'avais déjà observée chez les êtres les plus doux. Parler de Hugo B., c'est encore rétablir l'ordre chronologique de mes souffrances, persuadée que ma vie se déroulait, avec, à sa base, une source d'énergie terrible, chaque période marquée inévitablement d'une douleur immense, révélant par ce moyen l'identité de JE lorsque ce moi devenait trop végétatif, empoisonnée de ma condition humaine et inconsciemment la refusant pour ne plus ressentir les grands sentiments qui tissaient une couverture rouge de médiocrité sur le quotidien de mes actes.

Mais ce soir de juin, la vie de Hugo passait en moi comme un suc. Il décidait brusquement que nous allions partir ensemble, sans rien dire aux autres, la curiosité au bout de son regard flou, voulant en savoir davantage et débander cette momie au visage pointu et creux sortie des ombres avec des paroles prophétiques jusque dans la démarche. Je n'inventais rien de Hugo; c'est de cette façon fragmentaire qu'il m'entraînait loin de cette soirée où je cassais son verre et le mien contre la portière de sa voiture. Sur le chemin du retour, je subissais un examen tout en étant persuadée que nos deux pouls battaient à l'unisson quand il questionnait et que je répondais. Rien d'un enthousiasme enfantin ne nous unissait mais la fantasmagorie essoufflée de deux imaginations qui n'en revenaient pas de s'être trouvées aussi disponibles dans un jardin ennuyeux, au bord des flammes. Manière comme une autre de nous chercher et de nous aimer un peu. Je surprenais Hugo par mille anecdotes au cours de notre randonnée, mêlant la connaissance à l'ignorance. Il devait se demander quel démon me possédait lorsque je lui parlais d'Athéna sortie à la verticale, les armures au poing, du cerveau de Zeus; de Séraphîta, fille mystique de Swedenborg et de la Norvège.

Un océan de divagations cernait mon esprit et, observant Hugo qui conduisait lentement pour ne pas perdre une seule de mes folies, je comprenais que je le commotionnais jusqu'au plus profond de lui-même. Je lui expliquais mes égarements dans un labyrinthe antique, dans un monde en migration derrière les deux déesses qui se transformaient à volonté alors que moi, j'essayais en vain d'engloutir mon organisme dans des événements menacés par la lèpre des grandes ténèbres.

L'assaut furieux dont Hugo avait fait preuve devant le brasier ne l'inspirait plus; son silence enfantait des sentiments supérieurs que je découvrirais plus tard. Sentiments mathématiques qui s'ajoutent, se soustraient, se multiplient, se divisent par le nombre de sentiments inférieurs dont Hugo était dépourvu. Pour avoir trop parlé, j'étais vaincue en descendant de sa voiture et je me trouvais impliquée dans une vague de fatigue, d'impuissance, de tendresse devant cet homme au milieu de cette nuit d'été aussi fragile que je l'étais.

Je remarquais mieux les cheveux blancs, les yeux bleus, les mains grandes et nerveuses. Je défaillais d'humilité à mesure que j'approchais de lui pour le dévisager. Toute sa vie heurtait mes histoires insolentes et, en réalisant mon erreur, je poussais un cri aussi ridicule que mon attitude. Instant que Hugo attendait pour se mettre à ma portée, redevenir plus accessible, plus humain. Mon visage ondoyait entre ses doigts comme si nous ne devions plus nous revoir. C'était lui qui parlait maintenant: il me racontait l'histoire de mes cheveux courts et bouclés comme ceux d'Athéna, la noirceur fiévreuse de mes yeux, la transparence mate de ma peau, couleur d'olive, la douceur de ma bouche, parfum de myrte sur la sienne, plante dédiée non pas à Séraphîta mais à Aphrodite. Nous étions devant chez moi. Je me détachais de lui, des larmes au bord des cils en lui confiant mon nom. Je commençais à croire que j'ouvrageais une trame de disponibilité et de solitude, vulnérable comme un paysage de neige à la fin de l'hiver, qu'il serait bon de ne plus mourir constamment mais de ranimer mes sensations les plus obscures au contact discret du royaume de Hugo.

III

Il ne faudrait pas croire que nous allions devenir des amants ordinaires. Ce n'était pas nous qui décidions de la valeur de nos rencontres, mais nos deux vies passées l'un sans l'autre, confrontant ainsi leurs gloires (une heure de bonheur est une heure de gloire), leurs échecs et parfois menaçaient le bien-être que nous éprouvions ensemble. Il y avait des minutes de grand silence télépathique et lorsque je croyais qu'un désastre planait au-dessus de nos têtes, ce n'était qu'une immense nostalgie venant de Hugo qui me parvenait en ondes douloureuses, ignorant de quoi cette tristesse s'encombrait. Sur quelle route intermédiaire m'entraînait Hugo avec patience?

Des jours de timidité et de bonté fortifiaient un mur derrière nous, jours exceptionnels d'où le quotidien était banni car nous nous imposions des absences et l'orbite magistrale de nos rencontres s'épanouissait sur le champ comme une jeune plante trop tôt exposée au soleil, ce qui nous faisait languir en un comportement inhabituel, parfois mensonger et donnait à mes sens une lourdeur d'outre-tombe. C'était le prélude des silences dans lesquels Hugo s'enfermait; les questions, les réponses ne correspondaient plus à rien d'humain, d'autant plus que je ne désirais pas connaître l'existence physique de Hugo. Nos ombres s'allongeaient, transfigurées par un mystère trop difficile à résoudre. Je me contentais d'une tendresse qui s'accordait bien avec moi dans ces moments-là. Jamais l'ennui ne suçait nos os jusqu'à la moëlle; jamais l'instinct de l'homme et de la femme réunis ne se concentrait sur nos corps au point de démolir la curiosité impulsive que je surprenais dans les yeux nordiques de Hugo lorsque je marchais pieds nus sur la moquette tiède d'une pièce que j'aimais plus que les autres. Quand je me rendais compte que le piège se refermait sur nous, telle un félin, je guettais le crépuscule pour m'enfuir. Hugo m'appelait et, au son de sa voix, je savais que son amour pour moi ou pour une inconnue se transformait subitement en une affection dévorante, privilège que la maturité seule permet aux êtres de lumière.

Je m'absentais un, deux, trois jours et le même compte de nuits bien entendu. À mon tour, pour mieux comprendre Hugo, comment savoir si je ne voulais pas faire de ce qu'il était une autre image plus identique, plus médiocre, plus conforme à ce qui facilite la lente désintégration entre deux êtres; je construisais une voie qui ne menait nulle part, surtout pas à Hugo, lâchement croyant ou faisant semblant que la lassitude, des faiblesses découpées en tranches régulières comme des quartiers lunaires, me protégeraient de la grandeur déshumanisée dont Hugo faisait preuve quand je retournais chez lui et que je ne disais rien, douce mais insoumise, prête à fuir à nouveau au moindre signe d'impatience dans le regard de mon compagnon. Le poids fatal du temps qui passait modifiait graduellement nos rapports et nous guidait dans un dédale inévitable de défenses périmées: l'agressivité de mon imagination présentait à Hugo une face connue et vieille comme le monde. Quant à lui, ridiculement indulgent, il finissait par me prendre dans ses bras pour me signifier que tout allait bien. Je croyais ne pas demander tant de persévérance à Hugo mais, durant toutes ces journées vécues ensemble, comment aurais-je pu prévoir que Hugo m'offrirait des fragments de mon enfance? Je les reconnaissais sur son visage las, sortes d'élans immarcescibles des êtres qui ont beaucoup aimé et ne veulent plus interrompre le courant monotone, presque végétal du futur, de peur que le pire et le meilleur soient à nouveau partagés, non pas d'une manière efficace comme le font les êtres épris d'enthousiasme mais dans le monde réel qui pour ceux-là est le miroir brisé d'une jeunesse débordante et trop souvent ignorée.

De tous les pores de Hugo filtraient les anomalies de son comportement envers moi: il souffrait discrètement, élégamment et sa façon de rire, d'agiter les mains en parlant me transperçait de son étrange tendresse, me cernait de toutes parts. Un soir, après un tel retour sur lui-même, je n'avais pas su dissimuler l'effort que je soutenais quand l'exception de tels sentiments foisonnait avec une profusion assaillante, me coupait le souffle, me pétrifiait d'une humeur vagabonde, partagée que j'étais entre le désir de flairer un sang plus neuf coulant à flots dans mes veines et la voie lactée d'une nuit, elle aussi toute neuve... La fuite l'avait emporté... Nous avions beaucoup parlé, beaucoup ri. La générosité de Hugo créait un des nombreux liens divers entre nous; le fait que nous étions seuls et détendus conférait à notre entente une harmonie qui naissait de nos consciences et, plus particulièrement ce soir-là, le sens instinctif de ma jeunesse fascinait Hugo qui ne cessait de me poser des questions sans jamais parler de lui, comme si j'incarnais la lumineuse adolescence, cet état de grâce si fragile qu'un simple conseil ou un malentendu peut détourner en dérision ou en tragédie.

Hugo riait tendrement, m'écoutait avec lenteur, accordait au temps une personnalité un peu folle qui était la mienne. Il m'expliquait que mon enfance différait de celle des autres, ce qu'elle avait contenu de surnaturel. Il la décomposait à la manière d'un mouvement héraldique que l'on remarque dans certains portraits de Picasso. J'y voyais simplement le mouvement de la vie perçu sur d'autres visages qui avaient empoisonné mes toutes petites années comme des lueurs agaçantes qui ne trouvent jamais de formes définitives et nous laissent un souvenir glacial au fond de l'âme, lueurs de chair qui me causaient de profondes émotions que je n'avouais pas de manière à ce qu'elles soient la raison plus élaborée de toutes mes morts subites comme le point zéro du blason de mon enfance découpée de cellules mortes en cellules vivantes, phénomène qui se reproduirait tous les sept ans... C'était ainsi ce soir-là. Hugo me faisait encore remarquer ma manière enfantine de boire: le bord du verre calé entre mes dents et ce même verre calé entre mes deux mains. Quant à mon goût prononcé pour la vodka que je dégustais glacée et pure, il y voyait un signe évident de sensualité. J'avais posé mon verre au hasard d'un meuble ou d'une table pour regarder machinalement par la fenêtre. Il faisait beau et presque jour encore. J'essayais de rejoindre l'image bleue des yeux de Hugo qui ne s'occupait plus de moi; je ne distinguais que des maisons, des jardins, un jour qui s'étiolait et l'immobilité inexplicable du temps entre Hugo et moi. Nos paroles, nos rires s'étaient épuisés dans le regard de cet homme qui parlait toujours avec un léger accent de l'Est, comme un héros légendaire du Rhin. De quels gouffres et de quelles chimères émergeait-il? L'étranger de l'Est se frayait un chemin large pour lui seul qui ne lui suffirait plus un jour ou l'autre; les remparts animés de son royaume s'écrouleraient en ruines, en flammes comme dans la légende et le sortilège rompu ne m'imposerait plus ces yeux fatigués, un esprit coupable mais une immense perspective d'imperfection, la perfection détruisant l'être humain à sa base d'imperfection afin qu'elle soit nécessaire à la vie comme une croyance du Mal au Moyen-Âge mais qui, dans la réalité, existe d'une manière volontaire pour faire exploser le Bien de son cocon de matière grise qui est notre cerveau. La contemplation dans laquelle nous nous enfoncions, véritable source de nos sentiments, se peuplait d'images et j'étais seule à absorber à grandes goulées, du moins je le pensais, un déploiement d'angles inimaginables, de flèches d'acier, de plaines en suspens, de soleils de fête foraine.

Présent près de Hugo mais sans lui que je voulais éviter à tout prix car je craignais la parure de ce talisman rare qui se tendait vers moi comme une orchidée déracinée du tas de fumier de l'amalgame de mes souvenirs. Je parlais pour dissoudre ce qui me nourrissait; je m'arrachais de ce que j'aimais en hurlant le nom de Hugo, plongeant de toute la surface de mon corps vers un traquenard nocturne, comme une survivante après un tremblement de terre. J'abordais la ville, je cherchais des portes imaginaires pour mieux me séparer de la présence lourde de Hugo, pensant qu'un aéroport accueillerait une fois encore la passagère de la nuit que j'étais, semant derrière moi les désordres, les dissonances, espérant déjà que Hugo me chercherait, apaiserait ma rage née de l'impuissance et l'impuissance née de l'orgueil, me dopant d'un air d'excitation et de frivolité quand je l'apercevrais...

C'était autre chose qui usait l'eau, le sang, le sel de mon corps. À l'abri de la colline, Hugo ne viendrait pas me rejoindre dans le contexte des faits passés transformés par la mémoire et, je le sais, toujours dans ce côté éperdu de l'esprit qui atrophie exagérément les qualités d'une enfance rongée à même les ongles des meurtrissures les plus suspectes, opposant ce qui est faux à une vérité apparente, déformée comme l'œil collé et fasciné par le spectacle inattendu d'une loupe géante. C'est dans le refuge de la nuit que le pouvoir de Hugo se déterminerait sur moi au moment voulu, que la véritable innocence jaillirait de lui et non de moi. Il attendrait le matin, ce vide tragique de toute existence, la surface nette de nos regards plongés au-dedans, très à l'intérieur de nos expériences, pour essayer de disséquer ce dont la mémoire ne se souvient plus, comme le regard le fait d'un visage non revu depuis vingt ans et sur lequel on peut tout juste poser un nom, surexposer des interprétations plus ou moins voluptuaires.

Hugo dominerait cet instant matinal mieux que moi par sa tension et son ardeur à me considérer comme l'énigme primordiale qui mortifiait sa vie momentanément mais heureux, éclaboussé d'un étonnement qui le faisait ressembler à ces êtres dont les visages accusent tout à coup, sans savoir pourquoi, une pointe de cruauté, une touche d'originalité; molles ondulations expressives qui me parvenaient en déduisant un sentiment d'un autre lorsque je surprenais, unique splendeur, toute la signification de sa chevelure blanche nimbée de chaleur comme un mirage dans le désert, sorte d'exilé pareil à moi, chevelure, aluminium fondu au soleil jaune d'une ville exotique.

À profusion, il me fallait chasser ce qui, peu à peu, alimentait mon esprit et faisait frissonner d'impuissance le manque d'un autre homme, ma tête brûlant comme un fer rouge suspendu au-dessus de mon cou et, docile, me conduisait au pied de quelque arbre au sommet de la colline, coagulant mon sang dans toutes les artères que je contemplais, les yeux révulsés à l'intérieur de mon corps, façon utile, fidèle, de protéger l'affolement syncopé de mon bras gauche qui supportait à lui seul la membrane douloureuse de mon muscle coronaire qui battait un simulacre de mort, refroidissait lentement les formes thalamiques de mon crâne.

Dans ce chaos, seuls des poids agglutinés les uns aux autres, enlacés mais à peine discernables, audibles, tant le tourbillon dans lequel je me laissais glisser, grondait et me faisait rire, folle d'un vertige sans vide que l'on éprouve quand les veines sont saignées à blanc par l'intolérance et l'absurdité d'une existence inacceptable persistant jusqu'à la nausée électrique qui se vide du corps que l'on essaie de ramener lentement à une autre destinée cellulaire, plus passionnante, croit-on, alors que la tête penche sur la poitrine avec une admiration dévastatrice prolongée dans nos fibres nerveuses et, peut-être, la récupération de milliers de vies que nous portons en nous, suprême dilemme. Dans la pureté de ce théorème, je commençais à classer chaque portion nocturne de la même façon que le désordre des sentiments qui m'animaient. La lente rotation lunaire changeait de place les ombres et les lumières, allongeait les unes, raccourcissait les autres. La ville oscillait doucement entre terre et ciel et prenait l'allure fantastique d'un grand fauve étalé. Une fois de plus, elle comblait mon plaisir, elle flottait au-dessus de moi, libre et joyeuse comme une fille de joie.

Reconstituant ce que j'aimais le plus, il était enivrant de demeurer invisible, nonchalante, de retrouver mon état primitif, ni pierre, ni arbre, ni homme, ni femme, étrangement suintante afin que seule la parole demeurât, non plus dans sa spécialité mais dans l'abstraction. Nombre et mouvement; unité pléthorique, pour que vive plus aisément le témoin de JE dans un monde parallèle au sien.

La plausibilité de cet acte tenait dans l'infiniment petit ou grand qu'il m'était impossible de rejoindre à cause d'une simple enveloppe d'air qui me séparait de cet espace et me gardait prisonnière de ce monstre éternel comme si la vérité se soumettait à des lois tragiques. Mon esprit ne pouvait fléchir, songeant avec terreur qu'une forme singulière, éthérée, flottait autour de moi, vivait à ma place une réalité qui s'intercalait dans la multiplicité de mes propres choix.

JE qui frôlait MOI identifiait ainsi son intelligence à la mienne, ce qui me réconfortait, désirant laisser la liberté de tout jugement aux autres qui ignoreront toujours l'ambiguïté où je les plonge, m'accusant peut-être de sensations autobiographiques, ce qui dénoue les drames les plus pénibles, les actes les plus impies. La beauté décadente dont JE avait besoin pour survivre, tel un vampire, dirigeait mes pas sur une paroi de verre transparent ou sur une corde raide, faisant tanguer dangereusement mon corps sur la brèche d'une autre vie comme si je pouvais d'emblée m'assimiler à une substance jumelle. Intégrer enfin dans mon MOI, m'appartenant à moitié, mon imagination mutilée où venait régulièrement se nourrir JE et canaliser mes instabilités. Je tentais de disposer de la faim de JE en totalité, afin que ceux et celles, issus de mon esprit, ne soient pas des images incolores mais des êtres vivants, permettant aux événements de garder une dernière fois le goût étouffant du soufre, l'air, une pureté champêtre, les préférences enfantines, la nostalgie des choses qui ne reviennent plus. Et la souffrance surtout, disponible comme la jeunesse, la peur et la crainte de la première ride, surprenantes apparitions, comme on s'étonne parfois à siffloter un vieux refrain populaire.

Pour l'exilé, murmurer ne suffit pas: il faut crier ce qui s'est passé ailleurs et peut-être fuir. Recommencer ou choisir. Avant tout, se souvenir que nous avions été des enfants trahis par l'illusion de la curiosité. Pour certains d'entre nous, l'étonnement suffisait lorsque les yeux s'ouvraient plus grands, plus noirs que le ventre mou, distendu de la force des choses. De cette manière, la vocation de vivre s'était épuisée après les grandes émotions ressenties dans le tour d'horizon des trois premières années implacables de la naissance à l'abandon dans le voisinage des précisions.

Pour avoir la paix et ne plus entendre des voix qui se sont tues, j'avais pris l'habitude de dormir le jour, de vivre la nuit entre les barrières blanches de mon lit, cadenassée sous les draps, immobile, avachie, presque morte emmurée, pour que la femme blonde aux yeux verts, ma mère, ne puisse pas intervenir dans le délire éparpillé de mes insomnies. Déjà, la nuit s'avérait disponible comme elle l'a toujours été depuis. Pour elle, je consentais à subir des humiliations, des terreurs, avec une extrême confiance qui me tenait lieu de sécurité. Et à cette autre extrémité de la vie, j'imagine que la randonnée dans ce jardin trop vert serait peut-être venue à bout de mes vagues bafouillages mémoriels si la guerre, balayant tout sur son passage, plus folle que moi, n'avait pénétré de son pas cadencé au centre de mes nuits comme l'intruse la plus constante, la plus distinguée de mes ennemis personnels, pour m'arracher un morceau de tête, des poignées de nerfs et de sueurs froides, vaincre le peu de courage qui me restait lorsqu'elle déferlait sur moi avec son cri de sirène métallique et, plus loin, très haut dans le ciel, les premiers raids aériens qui commençaient leur ballet titanesque, ne laissant derrière eux que du rouge comme un lever de soleil inhabituel.

Étonnée, pas encore traumatisée, j'assistais aux lourdes horreurs que la guerre entraînait avec elle; la première exaltation passée, je me demandais si les personnes ne se transformaient pas en barbares des ères préhistoriques. Nous vivions à l'allure incertaine des bêtes aux abois, pire encore, puisque toute notion d'intelligence nous manquait. À la première occasion, nous cherchions un éventuel ennemi qu'il était impossible de discerner tellement les visages creux, déformés par la peur et la haine (l'une ne va pas sans l'autre) s'édentaient jusqu'aux oreilles sur un ricanement qui se voulait celui d'un espoir quelconque à lire dans d'autres yeux fiévreux, rougis autour des paupières, les cernes violets dessinés à la pointe des tempes comme des pièces de monnaie rongées par un acide qui étiraient le regard de haut en bas, de bas en haut, perpétuel mouvement d'horloge magistrale dont plus personne ne se souciait.

Ainsi la guerre me dressait en un être disproportionné; de ma jeunesse, elle utilisait ses raisons de mourir et non de vivre, comme si mes pensées constituaient un cercle de vingt-quatre heures dont il ne fallait pas négliger une minute, une seconde: le temps de respirer, d'expirer, nous avions tous appris à aimer ou à haïr, l'indifférence devenant une menace, un camouflage luxueux pour ceux qui ne se consumaient pas dans ce brasier anonyme et faisaient semblant de vivre pour ne pas tomber plus bas que les autres au coin de la première rue de la ville torturée. Ces gens-là craignaient la mort comme d'autres la vieillesse. Ils évitaient d'en parler. Ils s'agitaient autour de moi dans mon domaine familier et je les revois, détonnant singulièrement sur la toile de fond de mon univers.

Je les croyais heureux avec cet air de liberté qu'ils

arboraient pour ne pas m'effrayer; quel excellent prétexte j'étais devenue, quelle proie pour leurs dents trop longues! JE ne se souvient plus de leur identité; moi, j'ai oublié leurs traits à cause de ma petite taille mais quand parfois j'entends la particularité d'un pas sur l'asphalte, le souvenir de pieds chaussés de jaune ou de noir, semelles de bois, photographie un autre souvenir beaucoup plus lointain et agressif qui doit dater de ce temps-là...

Un jour que la ville tremblait un peu plus de tous ses aciers, de tous ses bétons, que chaque minute devenait répugnante et hostile, je fus assurée de leur épouvante et à jamais je me retirai de cette montée humaine que je croyais universelle, disponible à la souffrance ou à la beauté. Parler de ce qu'ils étaient? Cela se résumerait à s'enfermer, à se murer dans le volume d'une pièce aux couleurs ternes, si ternes qu'il serait absurde d'entrevoir la blancheur du plâtre, et même de lever les yeux vers le plafond. En temps de paix, la terre apporte ses promesses fécondes ou, du moins, c'est nous qui la parons de cette faculté mais, en temps de guerre, nous la dédaignons comme une maîtresse trop âgée ou un amant ruiné. La terre se fait petite, nous l'oublions; les promesses sont toujours des reniements et, de cette manière, nous ne pensons plus que nous pourrions être universels, compenser une forme de torture par l'appartenance à d'autres planètes jamais exploitées et qu'il faudra bien prendre en considération un beau jour. Et si des autochtones de ces planètes, sous une autre forme que nous, terriens, nous tendaient une poignée de tentacules mauves en signe de paix et peut-être de langage (le raffinement d'une civilisation n'est-il pas dans le savoir écouter et non dans le savoir parler?). Irons-nous ainsi au monde entier sans compromission de notre part, une chance impossible ne se représentant jamais deux fois?

Entre deux éboulements, ce jour-là, rien d'autre que le mutisme farouche des premiers hommes à la recherche de leur caverne. J'imaginais même qu'ils allaient recréer un langage de cris et de gestes, quelque chose de détestable qui ne participait pas à l'esprit inventif mais instinctif, le plus dangereux. J'évoluais, me semble-t-il, dans une société secrète envers qui je ne ressentais que du mépris, dans une sorte d'irréalité agile, subterfuge et privilège de ma grande et petite jeunesse clinquante et maladroite que je ressentais comme un état de santé plutôt que comme un état de grâce.

J'aimais presque l'heure noctambule qui allait nous mener à la débandade. Je me dressais au-delà des draps et j'annonçais à ma famille réunie dans une seule pièce: « Ils sont là!» Et c'était vrai que nos ennemis fonçaient à la vitesse stupéfiante des oiseaux de proie sur le gibier ou du tonnerre après l'éclair.

Dehors, il neigeait; un hiver aussi fou que la guerre. Le ciel demeurait rouge comme un soleil qui se digérerait lui-même. Quelqu'un m'enveloppait dans une couverture: ce n'était pas ma mère car elle trouvait la force ou la démence de s'agenouiller au pied de son lit et de prier devant l'image d'un Dieu dont elle n'était même pas issue. Je détestais cette soumission et je cherchais les yeux noirs et paisibles de mon père qui ne parlait pas et me prenait dans ses bras. C'était un moment de joie qui durait à peine; nous devions affronter la nature, les armes, le feu et surtout les autres, ces individus sans nom qui marchaient dans le même sens que nous afin d'arriver très vite dans un abri souterrain avant le premier bombardement de la troisième heure après minuit. De cette foulée commune s'élevait une lamentation vibrant en moi à la cadence des sirènes qui déchiraient les oreilles jusqu'aux poumons. La ville flottait dans une poussière grise, odeur de poudre et de sang; la ville crevée dans ses flancs ne répondait plus à nos voix; elle se tordait métalliquement; elle explosait à coups de toits en tuiles rouges ou grises; nous nous défendions contre elle car bien souvent des fragments de brique et de métal atteignaient l'un de nous plus dangereusement que les éclats d'obus.

Nous devions traverser une voie de chemin de fer

pour arriver à l'abri. La peur devenait plus forte à cet endroit, cette voie étant l'objectif principal des avions qui ne manquaient pas de viser à côté, de blesser et de tuer sans vergogne les ombres humaines que nous formions, à gauche, à droite d'un banc de neige qui ne délimitait plus rien. Et quelle arme redoutable quand une bombe l'atteignait. La voie secouait ses rails avec une furie vaincue d'avance, dans un bruit de siphon qui emplissait la nuit et nos yeux d'un paysage hérétique.

Quand le calme (relatif) revenait nous surprendre, les voix resplendissaient en jurons, en malédictions, bien plus insupportables que le fracas mortel de la ville; des voix venues des entrailles et non plus du cœur: guerre anatomique! Certains abris charriaient des corps; je dis bien des corps, la haine permanente n'étant plus humaine mais viscérale, rien qu'une énorme tête tondue qui se continuait ainsi jusqu'à la pointe des orteils. Des lampes à huile déformaient ces endroits souterrains; c'était l'apothéose de l'horreur, quelque chose à la Goya que dérangeaient les chauves-souris et les rats d'égouts. Nous partions plus loin entre deux giclées de bombes. Tout recommençait dans cet hivernage; nous n'étions plus que des loups silencieux, marchant sur nos pattes arrière et je suis persuadée que, si à mon tour, je ne hurlais pas, c'est que ma frayeur enfantine dépassait le stade conscient de la réalité. Je savais pourtant que ce n'était pas un jeu, ni la vie de tous les jours mais comment échapper à ma fatalité, semblable à la marque honteuse du fer rouge sur l'épaule des bagnards, au siècle dernier. Ou bien était-ce une promesse future qu'il ne me faudrait jamais oublier, comme une brûlure morale, d'une vie dont je ne savais encore rien, qui s'avérait pourtant de plus en plus brutale, douloureuse, s'assujettissait à un passé si petit, déjà si rare, que mon existence, pareille à l'univers, se comparait à une lente dilatation contractée dans ma mémoire pour bien des années et que JE emploierait dans un pays qui lui conviendrait.

J'agissais comme les autres, je me dissociais en mille

cellules vivantes accrochées au cou de mon père, dans la chaleur moite de la couverture qui me rappelait un ventre où j'aurais bien voulu me réfugier pour échapper à ce carnage. La foudre des avions traversait habilement les frontières de mon territoire. Des langues de feu jaillissaient à l'assaut de mes yeux comme un maléfice et plus jamais je ne devais supporter l'éblouissement de la lumière, la seconde contrôlée avant une quelconque explosion... Nous traversions la ville molle et pitoyable, véritable château de cartes ou de sable. Pour la défendre, les maîtres du monde gouvernaient ailleurs. Ils laissaient nos peurs mûrir comme des abcès douloureux; nos regards s'inclinaient de haut en bas, cherchant où commençait la terre, où finissait le ciel, dans ce charnier si bien organisé par les avions, par des tempêtes de neige étonnantes.

À un autre moment de l'histoire, une forme religieuse mêlée à un brin de superstition n'aurait pas manqué de voir dans cet état physique du ciel le doigt vengeur d'un Dieu, lançant une fois de plus l'anathème sur un peuple disséminé aux quatre coins de son impuissance et c'est peut-être bien que Dieu nous ait oublié ces nuits-là, se souvenant de ses erreurs passées envers un autre peuple... Un jour ou l'autre, tous les dictateurs tombent de leur piédestal et brisent leur puissance en morceaux, Dieu, dans ce domaine, ayant servi de fameux exemple pour les générations à venir!

Nous finissions par trouver un nouvel abri au bord d'un large fleuve qui dégueulait ses eaux à travers les murs. Nous étions une poignée, une majorité dans notre civilisation déchirée, branlante comme un vieil épouvantail, puante comme un cadavre que l'on ramène à l'air libre, laissant le choix d'agir en temps libre, puisqu'il n'y a que les grands et les petits enchaînés les uns aux autres par l'intermédiaire silencieux d'une classe que l'on appelle « bourgeoise », mais dans ce cas précis, société incapable de se départager, illogisme grotesque de nos réactions quand la terreur domine, des centaines de mètres au-dessous du niveau de la vie réelle, chacun occupé à défendre sa peau devenue tout à coup plus précieuse que les ambitions sociales.

Les enfants passaient de bras en bras, sans aucune tendresse. Je ne reconnaissais même plus les yeux verts de ma mère: le jour n'existerait plus jamais et un sanglot de rage enrayait les cris que j'avais envie de pousser pour me détruire ou m'exalter, qui peut savoir? Je me retenais, prise au piège révolutionnaire de la foule. D'ailleurs, je n'avais plus de larmes à verser inutilement sur ma mère qui ne possédait pas la force de me réconforter entre ses bras, n'y songeant même pas, vivant au rythme de la foule qui geignait en même temps que le fleuve. Eau, nous devenions. Désincarnés par la longueur du temps qui ne se comptait même plus en heures. Pris entre le travail du fleuve et celui de nos ennemis (disant « nos », ils ne pouvaient être que nos voisins...), nous attendions pareils à des champignons collés aux murs; la moisissure poussait dans le dos, révélant un court instant une vague idée de cercueil mal plombé qui raffermissait les esprits car il se pouvait que nous mourrions étouffés dans ce trou, que l'entrée et la sortie en soient obstruées à tout jamais. Personne ne pensait. Beaucoup plus tard je m'interrogeais, ne comprenant pas la raison justifiable d'une telle inertie, d'une telle désertion devant le pile ou face de la vie et de la mort. Les proportions du danger qui nous menaçait dans cette cave inquiétaient si peu, bien que la peur existât. Il est vrai qu'à un certain niveau, le mot, la notion de peur ne voulaient plus rien dire, tant leurs forces agissaient sur les esprits démolis par le trop-plein de sensations ou le vide écœurant qui se répandait sur le monde.

Mon père n'hésitait pas, alors que j'étais à nouveau dans ses bras, à s'asseoir dans la terre boueuse pour se reposer de mon poids et peut-être, éviter au ras du sol, le regard des autres. Il était trop âgé pour faire la guerre et c'était bien ainsi. Sa guerre à lui, il me la devait puisque par sa faute j'étais descendue de ma libération initiale, de mon acte de fuite, de toute une harmonie qui suffisait à me nourrir. Parfois, j'écartais de mon visage la couverture pour essayer de capter dans des yeux un sentiment quelconque mais je ne trouvais que des gueules sur lesquelles des vices remontaient en surface. J'étais vautrée dans un cercle d'obscurantisme, symbole d'une époque révolue à laquelle j'ai déjà fait allusion et dont personne n'aurait admis la renaissance, l'espoir se situant non pas dans le grand désespoir, mais dans le petit espoir de la monotonie où se boucle logiquement une vie. Je ne me souviens pas si nous souffrions vraiment. Ma mère s'accrochait au bras de mon père; je l'entendais marmonner des mots d'amour, de rémission qui s'adressaient à un autre monde, essayant d'entraîner la voix de mon père avec elle. Elle n'obtenait que le silence et je me faisais plus lourde contre mon père pour lui faire comprendre que j'accordais un répit à notre guerre personnelle et que je partageais sa lassitude et son erreur.

C'était cela la guerre: la médiocrité dans l'attente, ces peurs qui viraient à la promiscuité morale, à la laideur physique, des haleines du premier sommeil, douteuses comme la lie d'un vin trop capiteux, des mains qui se rencontraient pour s'unir: mains de n'importe qui, sourires tragiques débités en tranches à la lueur desquels quelques-uns d'entre nous reprenaient une vague confiance, acte d'amour vendu à la sauvette comme des grammes d'opium dans un papier graisseux pour le dissimuler à la vue des curieux. Nous pouvions compter sur la guerre pour éprouver les dualités sentimentales qui se créaient entre deux êtres, étrangers tout d'abord, puis extasiés de se retrouver semblables, impudiques, congestionnés par une injustice dont personne ne comprenait le sens, ce qui semblait mettre momentanément un terme à la dignité de la race humaine. Rien ne m'échappait et cet enchevêtrement des corps, ces râles de retour à la vie ne s'expliquant pas dans mon ignorance d'enfant, troublaient la jeune lucidité que mon père essayait de camoufler en m'enveloppant plus étroitement dans la couverture. Une scène peut échapper, aussi fugitive qu'une image d'Épinal qui nous a fait sourire en la contemplant presque distraitement chez un libraire, mais six mois de ces nuits font d'un enfant la proie chavirante d'une fixité spirituelle avec la facilité bien connue de la somme de choses et de mots que peut ingurgiter une mémoire enfantine...

De ces virées bordéliques, qu'en est-il resté? Qui se souvient avec acuité de leurs grandeurs négatives? Nous rentrions la tête basse, le pas incertain, engourdis de froid parmi les décombres de la ville et de la voie de chemin de fer qu'il fallait retraverser. Six mois, ai-je dit, de ces combats humiliants. Six mois qui chevaucheraient toute une existence sans que le mal soit réparable. Six longs mois qui allaient outrager mes langueurs d'enfant rêveuse et contemplative. Chez Adrienne, autre forme de guerre, je me dresserais sur les hauteurs d'un lit de plumes qui m'étoufferaient. Toutes les nuits, de vieilles réminiscences de fer tordu, de pierres enflammées, crouleraient sur moi comme un volcan en démence, comme une bête en rut. Je vivrais sur ces sommets jusqu'à l'aube d'où je redescendrais épuisée par mes efforts à dompter des forces plus dominatrices que mes souvenirs dépecés à vif. Je m'éveillerais en larmes dans le silence noir de ma chambre, silence trop grand qui m'effraierait autant que le tapage désastreux de mes cauchemars.

La guerre, maître-d'œuvre, me ferait dévaler des pentes où personne n'aurait accès. Je n'espérais plus qu'un homme ou qu'une femme viendrait me sauver à temps des vautours qui planeraient au-dessus de ma tête ou de ces monstres qui me perceraient de leurs lances et, moi, courant pour empêcher le sang qui fuserait de mes plaies de se coaguler. Étrange paradoxe, je n'aimerais pas Adrienne et je ne compterais pas sur elle pour éloigner de ma mémoire les instruments de torture qui l'empêcheraient de se reposer. La guerre accrochée à la ville et aux êtres comme une méduse qui pourrissait tout ce qu'elle touchait, souillait de son vomi de bombes et de flammes les plus purs d'entre nous. Pour quelques-uns, seule la fuite restait une échappatoire grotesque puisque l'espoir se trouvait au dernier rang des contrées permises, comme un pays imaginaire. La fuite répercutait aussi les sentiments les plus contradictoires; courage et lâcheté, tenir ou abandonner. L'ère de la survie faisait émigrer surtout les enfants (moi, déjà!) dans des lieux plus sûrs. Il fallait bien commencer par s'habituer à de nouvelles situations puisque, de tous les côtés de la terre, aucun réconfort ne nous parvenait. D'une manière ou d'une autre, courage ou lâcheté mis en doute, il fallait en finir avec cette guerre et ses contradictions: l'horizon se bouchait davantage en de multiples montées de haine auxquelles plus personne ne trouvait une solution rassérénante.

IV

Il serait indispensable de connaître la mort physique pour aborder dans la mémoire ce qu'il y a d'endormi et non d'oublié, le laisser-aller rassurant des membres, de la tête, relâchement ombilical de quatre éléments qui nous maintiennent provisoirement dans une sorte de luxe paisible: terre, eau, feu, air, forces naturelles qui nous conditionnent dans un espace-temps si réel qu'elles deviennent la vie de tous les instants menus, hachurés comme une mauvaise copie d'un film qui choque et blesse tout d'abord notre regard puis, quand la projection est terminée, les yeux ont assimilé tout à la fois qualités et défauts d'une manière si peu convaincante que nous nous servons de ce prétexte pour juger de la valeur du spectacle.

Il en est de même pour l'enfance, cette vocation trop vite dispersée au vent ennuyeux de ceux qui ne comprennent pas ce qu'elle possède d'unique, de sincère, de désintéressé, génie endormi aux pieds des aveugles qui la considèrent comme la première ingratitude envers la société et qui ne la défendent pas de son originalité de vie authentique vécue par si peu d'entre nous jusqu'à la fusion absolue entre le rêve et la vraie vie; ceux qui ont compris que l'enfance n'est pas un orgasme de quelques secondes mais de plusieurs années, ne veulent plus se détacher d'elle, ne peuvent plus poser sur les êtres, sur les choses, un regard imparfait faisant de tout et de rien une œuvre de vie d'où l'indifférence est exclue, la passion de l'art devenant elle-même une raison d'exister. Je voudrais expliquer l'accord presque amoureux du geste maladroit et du goût des choses involontaires, la tentation innocente, déjà acide, de vouloir accaparer ce que les autres défendent. Ne pas le faire équivaudrait à me changer en statue de marbre, les yeux vitreux devant moi et non derrière, au-dessus de l'épaule, alors que la ville millénaire promise à ce que je deviendrais, s'effritait de ses rêves dionysiaques, ayant refusé le choix de vivre ce qui ne m'allait pas, ayant accepté la prolongation de JE, gomorrhéenne, penchée sur elle, amoureusement, deux visages féminins bruns qui défieraient le mien par l'audacieuse beauté qui les animeraient du matin au soir dans un bain d'amour sans décor, peut-être celui, factice, d'un théâtre puisque JE avait perdu l'enthousiasme qui s'accouplait si bien au mien et faisait de nous des pénitentes sans repentir, des amoureuses sans passion, des corps sans plaisir... Nous n'en étions pas là; la faute persistait dans les premières années en compagnie d'Adrienne, compagne de voyage toujours blessée dans un de nos accidents de parcours et du doux Samuel, la face à moitié défoncée par une autre guerre qui avait englouti sa jeunesse et les serments d'amour d'Adrienne.

Je marchais dans une rue, large, superbe, que dévoraient les tons violents des façades des boutiques. Je m'égarais en plein jour au milieu d'une foule que je ne connaissais pas, que je ne voyais pas, que j'entendais vibrer à mes oreilles, devant mes yeux, comme une ruche de guêpes en alerte, foule qui me protégeait, m'étouffait un peu, silhouettes voilées qui miroitaient près de moi, sur des trottoirs de sables mouvants que je déployais à loisir, comptant mes pas en essayant de sourire de toute la fente écartée de ma bouche, découvrant la voracité de mes dents pointues comme des silex, une langue rose sur mes lèvres roses, faisant n'importe quoi de mes gestes, cette lente rotation, par exemple, de ma langue sur mes lèvres, et même m'appliquant à examiner le bout de mon nez de mes yeux réunis, ne réussissant qu'à doubler le nombre d'hommes et de femmes qui marchaient à mon allure, attirant un regard de l'un ou de l'autre, cause d'un geste défendu et inhabituel, tellement simple; ma langue voulant toucher le bout de mon nez me déclassait des normes qui dérangent les passants et les obligent à faire un effort d'imagination, pire, à se poser des questions. Je ne jouais pas et j'étais reconnaissante envers ces inconnus de me remarquer parce que j'avais peur de lever mon regard désuni vers le ciel noir et rouge qui grondait sourdement sa trop grande chaleur printanière.

La guerre ne me laisserait jamais tranquille, invulnérable. Chaque fois qu'un orage groupait ses nuages épais sur ma tête, il me semblait qu'une armée se détachait d'un camp lointain et de son pas militaire venait me juger, me fusiller, que des avions se mettaient en branle, crachaient leurs bombes meurtrières sur ma peau, creusaient des tranchées où des cadavres ne cessaient de s'accumuler. Le feu de ce charnier des hommes et de la nature taillait dans le vif de mes nerfs, m'empêchant de diriger ma vie pendant une heure ou deux. J'en sortais comme des bras de mon père, dans la couverture froide: moite, tremblante de tout un avenir menacé. À la fin de l'orage, une impression naissait, refoulant les cris au fond de ma poitrine jusqu'à la prochaine fois, attendant inconsciemment la prochaine nuit dans les bras de mon père et c'était avec cette image que je finissais par m'endormir dans les endroits les plus invraisemblables.

La veille, j'avais fui Hugo pour tenter une percée nocturne que j'avais réussie, regagnant ma chambre quand la fièvre de l'aube cristallisée de mille bruits, forgée dans sa terre brune, aspirant ce qu'il fallait conserver de plus efficace pour les nuits à venir. Je dormais les yeux ouverts quand je remarquais brusquement l'obscurité perfide qui gagnait en longueur, en largeur, en profondeur sur la chambre, voulant me dévorer à petits feux d'éclairs, me laissant tout juste le temps de me vêtir et de fuir, de reculer au fond d'un tunnel noir construit à la taille d'une petite fille épouvantée, les souliers dénoués, les chaussettes sur les chevilles, les cheveux ébouriffés, les rubans absents, des mains qui voulaient cramponner un cou d'homme et ne trouvaient que le vide frileux de cristaux de neige qui fondaient. Au fond du tunnel, je trouvais une porte sur une rue large et je rencontrais la sécurité offensante des inconnus qui, eux, vivaient un état normal dans un monde normal. Obsession de la maison de Hugo où j'allais me jeter goulûment malgré ma terreur de rester enfermée. Paradis à ma portée dans la fantaisie et le sérieux de cet homme qui me permettait de déserter son affection, de casser en morceaux les coins les plus reculés de sa conscience. Un éclair plus menaçant me traversait de part en part et dans ce moment vital, au milieu d'une rue, de n'importe quelle rue, je poussais un cri de douleur, de répulsion en courant sur des pavés disjoints, en bousculant je ne sais qui sans m'excuser, désirant une forme de vengeance subite, la peur démasquant ce que nous craignons le plus, j'espérais la tombée de deux corps l'un sur l'autre, l'humilité que crée l'impuissance face à certains événements, j'espérais le renoncement, la soumission, la promiscuité que j'avais lus sur d'autres visages squelettiques et qui réunissaient ainsi leur solitude dans ces souterrains nauséabonds qu'une guerre m'obligeait à fréquenter comme un ami nous entraîne de force dans un endroit douteux et à qui nous n'osons pas refuser de peur de le vexer. À l'angle d'une rue, je m'arrêtais de courir pour héler un taxi. Je me rendais compte que rien ne s'était passé; aucun corps ne s'était disloqué de haine pour m'aider à récupérer mes forces. La pluie commençait à tomber, le taxi ne s'arrêtait pas. Je fonçais de plus belle dans un barrage de gens qui n'avaient peur de rien, se moquaient de mes divagations caricaturales que je projetais au hasard de mondes entrouverts, l'orage symbolisant dans ma frayeur un pan de ciel coupé en deux, ne pouvant rien contre lui, comme on ne peut rien lorsque la terre s'ouvre en deux lors d'un séisme naturel. J'avais peur pour ces inconnus, leurs habitudes les détachant totalement de l'événement imprévisible. La vie. La mort. Les seuls rejets auxquels on ne pense jamais ou si peu.

J'arrivais dans la maison de Hugo comme une seconde force de la nature. Il était là. Je me laissais aller à croire qu'il m'attendait, en même temps que je me demandais pourquoi je ne m'étais pas précipitée dans un cinéma. Entre la poursuite et l'achèvement d'un acte, l'action dénature le véritable sens de ce que nous désirons, et je n'étais plus sûre de rien. Au moment de faire un pas vers moi, Hugo précipitait le présent dans le passé, ce qui me laissait une seconde d'inattention de sa part pour dérouler à sa vue étonnée et joyeuse, une nouvelle personnalité dans un réseau de contre-reflets dont je comptais l'éblouir. Le pas de Hugo accompli, j'éclatais de rire pour le trahir. J'allais être la glèbe... l'humus... le retour à la non-existence de JE qui me quittait pour se composer un personnage fatal, historique: une actrice ratée en quête du rôle de sa vie. Je décidais de parler un langage aux tournures subtiles, désincarnées; plus de finalités dans mes actes, mais le renouvellement de mon hypersensibilité que j'essayais sans résultat de refréner au niveau d'une enfance mal vécue; à travers mon humour, une petite musique sortait de mes lèvres, de mes dents écartées et non de la gorge déployée comme un fou rire. Pour tromper Hugo, je me suicidais mentalement; j'abandonnais la timidité pour des airs de souveraine; je dévoilais, telle Isis, mes secrets pour des mérites plus suspects que Hugo ne comprenait pas. Je guidais mes caprices dans des impasses plus folles que mes frayeurs. Hugo m'observait en nous servant deux verres et en me tendant le mien; je pensais au pas qu'il avait arrêté quelques secondes plus tôt; rien ne l'avait surpris comme je le croyais; soupçonnant mes mensonges physiques, il jouait le jeu de la vérité en continuant à vivre normalement sans s'occuper du petit numéro que je croyais au point. Il attendait que ma rage contenue jusqu'au bout de mes ongles s'épuisât d'elle ou de moi, l'une ou l'autre devant retrouver toute liberté d'action afin de conclure que seul Hugo m'intéressait et que le refuge dans une salle obscure n'aurait rien apaisé, pas plus que la chute dans le vide, d'images ou de dialogues que je n'aurais pas vus, écoutés, compris.

Un éclair suivi d'un éclat de tonnerre plus violent ravivait la réalité du lieu où je me trouvais. Mes spéculations échouaient, devenaient secondaires; je lâchais mon verre quand l'obscurité du salon montait à l'assaut de ma médiocrité, dévastait mes refuges ambitieux. L'ombre de Hugo composait à elle seule une force plus têtue que l'obscurité vivante; un éclair certainement joyeux transperçait une seconde: je n'en pouvais plus; je poussais un cri et je m'environnais étroitement du cercle bienfaisant des bras de Hugo. Je n'avais plus honte de la sueur qui coulait de mes tempes et se confondait avec des larmes venues du fond des âges. Mes mains tremblaient comme les feuilles d'automne le font de la branche qu'elles doivent quitter jusqu'au sol. Ma bouche était desséchée d'une grande soif qu'aucune eau glacée ne venait désaltérer…. Hugo m'emportait dans sa chambre. Je ne trouvais qu'un réflexe: celui de cacher mon visage entre les plis de son chandail de laine. Recul dans le temps. Je redevenais l'enfant qu'il fallait écouter, aimer, instruire. J'étais aux prises avec ma fatalité guerrière: mon père qui m'enroulait dans une couverture. Image comblée du bonheur, fugitive, languissante... La neige... La pluie... Je mélangeais tout... Hugo et moi devenions éternels comme la photographie mémorielle de mon père essayant de préserver ma vue d'une ville ravagée par le feu imbécile d'un fléau qu'aucun orage ne dépasserait en danger. Quelque chose se passait entre Hugo et moi. Des mots réconfortants proportionnaient à nouveau le présent tandis que l'indépendance des événements reprenait justement leur place. J'entendais la pluie crouler sur des pelouses et des murs; elle faisait venir la nuit à grandes enjambées et les éclairs et le tonnerre ne suivaient plus la cadence dominatrice des éléments perturbés.

Je sondais Hugo, je me laissais emporter dans un grand sentiment de confiance qui me rendait à ma sincérité et m'acheminait dans sa personnalité et non dans la mienne. Un instant, j'étais déroutée, mais très vite je saisissais ce que j'aimais le plus en lui, le mystère dont plus personne ne s'entoure, les individus aimant tellement parler d'eux qu'ils se défont de leur énigme, forme de pudeur et toutes sortes de sentiments n'ayant plus cours ou échouant lamentablement parce qu'ils sont trop vite exposés au grand jour, alors qu'ils survivent et se nourrissent de l'absurde, comme une plante rare, enfermée dans l'exacte température d'une serre, qui ne voit jamais la lumière du jour.

Hugo lézardait son mystère d'une brèche comme une parenthèse ouverte pour moi seule afin de me soulager par un moyen inverse qui refermait la parenthèse, se réfugiant dans les méandres de mes phantasmes comme si lui-même avait connu ces désarrois. Mes faiblesses dominaient ma curiosité, accordant à Hugo les privilèges que je ne possédais plus ce soir-là. Je lui reconnaissais des droits jusqu'à l'usure de nos vies communes. Allongée sur son lit, je profitais d'une détente qu'une goutte d'eau rythmait agréablement sur une feuille d'un arbre car la pluie avait cessé et la fenêtre entrouverte pépiait dans un lointain très proche, sorte de voix basse, l'écho de centaines de petites notes que la pluie invente dans un jardin, pour murmurer à Hugo le complément explosif à cette musique de la nature:

— Adopte-moi... Adopte-moi...

Ce n'était rien que deux mots répétés entre deux gouttes de pluie, comme un refrain très connu et, en regardant Hugo, je me demandais si je les avais chantés ou parlés. Paroles inventées par la magie d'une pluie qui s'étiolait de plus en plus dans le jardin. Paroles intensifiées dans les yeux bleus de Hugo comme une braise sur les miens. Leur relâchement aussi sur la très jeune femme qu'il découvrait et la fluidité de ses mains qui me déshabillaient, ne troublant en rien le père et l'enfant qui se cherchaient et finiraient un jour ou une nuit comme celle-ci par se trouver.

— Tu vas dormir ici, ce soir...

Je ne me défendais pas. Quelle bonté pratiquions-nous pour ne pas nous égarer dans les passages inespérés de l'amour? Je ne cherchais pas à savoir. Hugo m'observait sans rien dire et j'étais nue. Ses yeux remontaient jusqu'aux miens, interrogateurs, insatisfaits. Je comprenais soudain que ce n'était pas moi qui comblais sa vue et illuminais sa mémoire. Alors j'essayais de me désintégrer pour faire place à l'Autre; je me déchirais; je me trompais, reniant JE pour ne pas forcer Hugo à me tromper ni à me mentir. Une fois de plus, l'adolescence prenait les formes inachevées de mes seins, l'étroitesse de mes hanches. Je ne satisfaisais que les illusionnistes et je doutais de Hugo. Pourtant, pour ne pas déranger son mirage, une seconde de paix comme une colombe entrevue, je n'exécutais aucun mouvement, je ne prononçais aucune parole, gardant son mystère inviolé et surtout pour lui permettre de vivre l'union du corps et de l'âme que je ne pourrais jamais lui offrir. J'étais un symbole terriblement agile comme je l'avais désiré avant de m'incarner dans le corps de la femme aux yeux verts, ma mère. Hugo se penchait sur moi. La présence étrangère avait fui. Mes yeux ne quittaient pas son visage. Nous ne pensions plus et l'action solitaire de nos esprits formulée par l'intermédiaire de nos regards complétait nos profondes contradictions. J'attendais une révélation quand Hugo, ses mains brunes, hantaient, pétrissaient mes boucles. Elles me possédaient comme un acte d'amour. La même goutte de pluie sur la branche que le vent écoulait presque brutalement. La même litanie de plus en plus rare et indistincte. Un murmure de la nature contre la bouche de Hugo. Un murmure à la gloire de JE que j'appelais à mon secours pour ne pas crier.

— Tu es belle comme un adolescent!

Je restais chez Hugo toute la nuit sans chercher à savoir ce qu'il retrouvait, ce qu'il rajeunissait dans le fait de multiplier mon corps nu jusqu'à la joie croissante, presque opposé à cette même joie puisque je devinais qu'à la façon de se cramponner à ma chevelure, il agrippait quelque chose de perdu qui le faisait immensément souffrir. Je me contentais d'utiliser ce semblant de bonheur, une illusion violente qui me rappelait notre première rencontre devant le feu, pour lutter contre ma déception, en conflit avec JE, comme si deux caractères différents se heurtaient, l'un appartenant à un temps à demi-mort donc plus vivant que l'autre, l'agonie possédant la force des rêves d'où l'on ne voudrait pas s'échapper quand ils sont agréables et ce temps à demi-mort ressemblait tellement à ces rêves que la durée elle-même n'en dépassait pas cinq secondes comme il se doit lorsque les meilleurs moments s'écoulent, nous paraissent plus courts que les mauvais. Quant au second caractère, moins précieux puisque plus long et réel dans le présent, notre mémoire n'enregistrant que beaucoup plus tard les détails que l'on croyait sordides et surtout inefficaces, il démontrait que Hugo respectait lui aussi mon mystère malgré l'image physique que j'étalais, espérant mieux me faire deviner, alors que j'enluminais sans le savoir une partie de sa vie et que sa manière généreuse de m'écouter emplissait ses oreilles d'autres voix jeunes comme on ne se lasse pas d'écouter une certaine symphonie, un certain concerto, exécutés par nos interprètes préférés. Peut-être qu'à son tour, il s'était laissé prendre à l'atmosphère électrique que l'orage dégageait lorsque j'étais arrivée chez lui et que, sensible à ma démonstration affective, il répondait à ma déraison, me sachant vide et triste. JE se débattait quelque part, téléporté dans un univers qu'il ne connaissait pas, alors que moi, je demeurais ce personnage flou comme la ligne d'horizon qu'un brouillard ne peut délimiter mais qu'on surveille attentivement, espérant une éclaircie, une percée du soleil.

Tôt ou tard, un lien se déclenche et l'on se rend compte que tout est pareil dans l'individu ou dans la nature: l'essentiel s'insinue entre l'artisan et son œuvre, entre l'irréalisme et l'expressionnisme. Ce qui me rappelait une étrange histoire sur la colline, un jour, avant cet orage: j'étais assise dans une herbe sans couleur, sans odeur, encore mouillée d'un reflet de neige quand une vieille femme s'était approchée de moi de plus en plus lentement, me laissant deviner qu'elle était aveugle. Elle aussi recherchait l'herbe; son pied droit ne cessait de palper ce qui se trouvait sous lui. Je me souvenais de ce geste car je le trouvais primitif, beau, la chaussure négligemment soutenue entre les doigts d'une main par les lacets, ce qui la faisait osciller ridiculement, comme peut l'être une chaussure délaissée, privée de sa moitié, puisque deux pieds ne vont jamais l'un sans l'autre et tous deux dans deux chaussures identiques. L'aveugle se tenait immobile devant moi, m'ayant repérée, cessant tout mouvement du pied, et les doigts immobilisant les lacets, la chaussure suivait la condition peureuse du corps de cette femme qui la communiquait au mien comme si nous glissions dans une sorte de télépathie. Son visage rendu pudique par l'absence du regard affrontait ce qui se passait au-dessus de ma tête, un signe particulier des aveugles qui semblent flairer le danger et prennent parfois l'allure de chiens de chasse. J'allais dire n'importe quoi mais, ayant senti que je coupais notre courant télépathique, elle dénouait ses doigts des lacets pour permettre à la chaussure de reprendre son mouvement de pendule et passant à ma hauteur, elle prononçait doucement que je lui faisais peur... que j'étais inerte comme la tombe... qu'elle n'aimait pas le mystère... Avant de nous coucher, j'avais raconté cette anecdote à Hugo qui en avait ri:

— Les vieilles personnes n'aiment pas le mystère parce qu'il te va bien...

Puis, plus gravement:

— Certaines personnes considèrent le mystère comme l'ennemi de la vérité...

Je n'avais rien répondu malgré mon désir de hurler à Hugo qu'il se trompait, voulant me dénaturer d'impatience pour que la contagion se propage dans toutes ses fibres. Je nous voulais des affinités grecques, claires, partageant le pouvoir de vivre pour des extases, les miennes surtout, quand l'essence de tout mon être, donc hors du temps, lui offrirait un itinéraire de jouissance immédiate jusqu'à l'encontre de mon MOI véritable, mes excès fusionnés dans nos rapports, craignant de passer une fois encore à côté de mon identité, comme au jour de ma naissance douloureuse.

Hugo dormait dans une autre pièce. Dans la mienne, chambre de Hugo, la lampe de chevet ricochait sur les murs et les meubles, diffusant une lueur douce, palpable, tamisée comme la surface d'une eau effleurée par le vent. Je remarquais peu à peu la féminité de la chambre sans la comprendre et sans que j'en sois surprise: un mélange de bleu et d'orange ordonné pour une autre femme et c'étaient là les tons que je préférais, que je rencontrais dans la surabondance du noyau de l'univers lorsque je n'étais rien (ou tout), seulement l'élément visionnaire et encore inconscient, symbole harmonique de deux vies qui devaient se confondre dans un germe de folie, premier embryon de ma réalité, de ma grandeur que j'isolais dans ma béatitude négative du poids étrange que je portais toujours en moi, de ville en ville, des obsessions d'outre-vie manquée, me refusant constamment à la normalisation d'une existence que les autres ne manquaient pas de me donner en exemple. Ainsi, je m'exposais à la passion qui, chaque fois que je l'avais rencontrée, m'avait dépossédée, diminuée dans mes désirs mais libérée de la médiocrité de mes sentiments, me faisant glisser sur l'écorce terrestre comme un personnage fictif en pleine migration, confrontant parfois mon visage avec égard dans d'autres yeux tristes, dans d'autres démarches plus légères que la mienne, dans d'autres mains murmurantes de leurs doigts, mourant sur ma peau proche de la désintégration, de la solitude, de la dissolution.

Le bleu et l'orange. Mystère de Hugo. Mystère aussi d'Adrienne qui ne manquait jamais de me rappeler sa fidélité trop lourde, comme de lourdes chaînes pour l'enfant que j'étais, suppliant le vol des oies sauvages, le galop d'un cheval, le frôlement d'une couleuvre contre mes chevilles de me détacher de ces fers, de m'enlever de cette forteresse de culpabilité injuste dont Adrienne n'hésitait pas à encombrer mes jours et mes nuits. Je me levais jusqu'à la fenêtre entrouverte pour l'ouvrir davantage. Une odeur de terre et d'herbe pénétrées d'un sperme pluvieux m'envahissait; j'aspirais lentement cette procession qui ne se différenciait en rien de celle dans laquelle je vivais entre Adrienne et Samuel, au centre d'une ferme entourée d'étangs et de bois. Les chênes en particulier, et mes bras trop courts embrassaient leur tronc, ne sachant pas encore qui je personnalisais dans cette étreinte d'enfant muette, parcourant des kilomètres et des kilomètres de sentiers que la forêt me livrait comme le plus beau livre ouvert à ma curiosité enfantine: lutin, Alice, Poucet, héros, héroïne que je ne voulais pas semer au hasard de photographies laides et mortes quand j'ouvrais un livre d'images qui ne m'inspirait pas. La féerie est un monde vivant que l'imagination de l'enfant est seule capable de créer à sa démesure; les fées ont été inventées par les adultes pour tuer la féerie des lieux et je préférais déjà la légende qui me permettait de retrouver la terre flétrie de tous leurs ancêtres et de leurs chevaliers, territoire à la fois silencieux et plus peuplé que la plus grande des villes, et que Samuel parcourait en tous sens lorsque la nuit tombait, en hurlant mon nom, de peur que les renards... Je ne craignais, la forêt étant mon désert, ni le renard un peu apprivoisé, ni le lapin souvent en retard, ni le serpent trop tôt au rendez-vous; j'étais à l'orée de ma planète, mais je n'avais pas de rose à sauver... Tout ce paradis pour moi, mes journées exaucées par de longues promenades que je ne confiais à personne. Pourtant, je n'oubliais pas la guerre qui continuait son œuvre de destruction quelque part, bien que je laissais mon père et ma mère se débattre dans ce drame. Je les englobais sans aucune distinction dans la terreur de mes nuits enflammées et j'étais trop jeune pour que mes vérités soient confirmées.

Sans le savoir, je vivais une enfance perdue d'avance qui ne me concernait pas; je laissais Adrienne consumer son amour sur mon ignorance car plus je grandissais, plus le monde extérieur évoluait, me faisait mal et je n'avais plus le temps de me demander d'où je venais alors qu'Adrienne équilibrait mes oublis extra-temporels d'une passion ingrate comme si je représentais pour elle une dernière génération, une dernière race à aimer, ne se rendant pas compte qu'elle m'élevait au-dessus de tout être humain, qu'elle essayait de réaliser par son amour épuisant l'éclatement de ses forces comme si quelqu'un de supérieur lui commandait d'agir de cette manière, l'énergifiant d'un état euphorique d'échec qui m'enfonçait dans le marais des mensonges et de la comédie. Elle n'aurait pas hésité à m'enfanter par les moyens d'une biologie surhumaine, mettant à jour mon agressivité si le doux Samuel, profondément fidèle à son ignorance primitive, ne m'avait pas prise sous sa protection. Comment savoir si Adrienne ne respectait pas quelque dieu qui m'avait mise sous sa garde terrifiante et si elle ne me considérait pas, avec une superstition paysanne, comme le résultat d'un alliage entre l'or et l'argent que seuls les primitifs de certaines tribus évaluent encore comme un don redevable à leur pauvreté ou à leur vertu.

J'aimais partir avec Samuel, main dans la main, inspecter le domaine de ses forêts, de ses champs. Sa laideur embellissait le paysage, embaumait majestueusement les fourrés sauvages dont il connaissait tous les secrets. Tel un Quasimodo à l'abri dans les tours de sa cathédrale, Samuel ressemblait à un personnage légendaire, mythologique, qui parlait humblement du temps qu'il ferait le lendemain, des pleines lunes dont il fallait se méfier, des pièges qu'il fabriquait pour traquer ces fameux renards qui menaçaient toutes les nuits d'égorger les oies que je gardais dans les champs durant le jour. Nous nous aimions comme deux infirmes, avec bonté et sans pitié. Nous évitions de parler d'Adrienne, sachant qu'elle faisait notre malheur à tous deux, qu'elle nous asservissait l'un et l'autre car même dans la solitude où elle s'enfermait sans savoir pourquoi, elle s'arrangeait pour nous faire comprendre qu'elle nous épiait et que nous étions responsables de son silence. Je n'ai jamais su quel besoin masochiste s'installait entre Samuel et moi lorsque nous rentrions de nos expéditions: nous devenions vulnérables, malléables et, quand la lune était pleine, je me demandais si Samuel ne craignait pas quelque malheur que des forces cosmiques communiqueraient à Adrienne car, souvent, au moment de pousser la grille de fer, dans une nuit claire de l'été, Samuel se signait rapidement, voulant conjurer quelque démon obscur. Une fois la porte refermée sur nous, nous développions la curiosité malsaine d'Adrienne qui nous attaquait avec des riens, des absences, des bouderies. Samuel ne disait rien et attendait la fin du maléfice. Moi, j'étais trop sensible, mal préparée à ces attaques; une douleur me cernait au creux de l'estomac qui s'étendait jusqu'au ventre pour remonter à la gorge et je finissais par souiller mon corps de coliques, de nausées, de sueurs mauvaises. Mes entrailles charriaient un sang pourri comme un ulcère et je voulais mourir dans cette puanteur qui, me semblait-il, me purifierait de tous ces compromis. Pourtant Adrienne n'était plus jeune, ni belle. Son visage me faisait songer à un vieux journal froissé, lu et relu. Elle choquait mon sens de la beauté, le narcissisme dont elle allait dégager, à mesure que je vivrais à son contact, la rivalité entre la nature et l'arrière-pensée intellectuelle de faire les choses mieux qu'elle, libre soudain de changer ma destinée par le courant torrentiel d'une énergie à l'heure bénie de l'adolescence.

Cette période est anticipée et, avant d'en arriver là, je devais me délivrer de mes sommeils au goût de sang, de leur asphyxie que des grands oiseaux noirs, parfois certains aux couleurs multicolores, beaux comme le péché mortel que le vieux curé de Charvy n'hésitait pas à diluer pour mieux nous préparer à notre première communion comme si, enfant de la guerre et de la nature, je n'étais immunisée contre l'enfer, mon seul péché étant celui de ne pas avoir choisi ce que l'on doit être; ces oiseaux donc, qui suçaient la moelle de mes os criblés par les balles de fusils ennemis, me faisaient traverser l'acier torturé et sans remède de la ville qui haletait comme une damnée pour survivre ou bien était-ce moi, quand Adrienne me réveillait, debout, me débattant sur l'édredon de plumes, détestant tous les oiseaux du monde car il est bien connu que même un enfant, surtout un enfant, ne possède pas la notion des causes de ses tracas et généralise dans sa frayeur ceux qui le persécutent. La figure ridée, blanche d'Adrienne ne valait pas mieux et quand j'ouvrais les yeux, elle était loin de mon désir de paix que j'aurais lu sur un beau visage féminin penché sur le mien, de beaux cheveux noirs et longs à la merci de mes doigts alors que les cheveux d'Adrienne, coupés comme ceux d'un homme, terminaient leur chute blanche sur la nuque grâce à deux épais peignes d'écaille brune, toujours douteux, et que pas une seule fois, je n'ai osé toucher. Des maux de tête de plus en plus fréquents n'inquiétaient pas Adrienne qui imaginait je ne sais quoi, plus éperdue que moi dès qu'il fallait me ramener à une plus juste raison, celle du jour qui me déchargeait du poids de mes cauchemars et des douleurs de ma tête. Avant cela, avant d'atteindre le seuil de la forêt, encore dans mon lit, je ne parvenais pas à me débarrasser de la cruauté de mes réveils qu'Adrienne ne simplifiait pas; mes mains brûlantes ne l'alarmaient pas; dans un état second, je l'entendais qui me harcelait, me décrivant le galop de cavales noires m'emportant loin d'elle, furieuse aussi de ne pas m'atteindre, n'ayant aucune prédisposition pour l'effort intellectuel et mon imagination surchauffée ne pouvait s'exalter des contes à dormir debout d'Adrienne que je n'aimais pas; ses histoires inventées de toutes pièces lui ressemblaient; elle essayait par les moyens les plus sordides de heurter ma raison pour m'impressionner et m'obliger à l'aimer. Nous rentrions dans le domaine réciproque du mensonge, de la duperie et, quand elle s'apercevait que je mentais pour lui faire plaisir, elle restait des jours sans me parler, me menaçant, m'obligeant parfois à faire ma valise minutieusement; moi, en larmes, ne sachant où aller, je lui demandais pardon car Adrienne attendait, des jours et des jours, un train qui devait me ramener vers la zone de la guerre. De ces scènes, ma raison chavirait. Elle inventait pour Samuel mille maux que je lui faisais subir, et lui ne savait plus quoi faire, partagé entre elle et moi qui n'étais rien pour lui. Je comprenais les raisons de Samuel mais, plus tard, mon père devait capituler de la même façon aussi lâche devant ma mère pour avoir la paix et je ne saisissais pas lequel de ces deux hommes avait choisi avant que je vienne au monde que mon destin était de les quitter à plusieurs années d'intervalle. Avec Adrienne, nous dépassions les bornes logiques de l'entendement pour entrer dans une ère d'unicité où elle n'avait aucune chance de m'atteindre et de me suivre car elle me faisait tellement souffrir mentalement que je ne la considérais plus comme un être humain mais comme une sorte de sorcière aussi néfaste et puérile que celles que l'on découvre dans certains livres. À partir de cette découverte, je pardonnais la faiblesse de Samuel qui ne prenait jamais de décision pour me défendre physiquement des atteintes perfides d'Adrienne; nous avions peur d'elle et nous nous éloignions le plus possible, chacun de notre côté, lui à travers champs, moi à travers forêts. Après avoir vaincu la peur, l'indifférence s'installe mais l'intensité a tellement été violente, vécue jusqu'au désir de mourir, que le sujet de notre souffrance disparaît et, pour moi, en l'occurence Adrienne, son amour haineux, me rapprochait doucement de Samuel qui me laissait faire, se confiant à mes instincts enfantins pour ne pas s'attirer les foudres de sa femme et peut-être aussi que ce choix me protégeait des luttes folles d'Adrienne qui ne pouvait m'enlever à Samuel. Je ne devais rien ni à l'un ni à l'autre: je choisissais le répit en compagnie le Samuel qui ne criait jamais et que j'aimais bien pour es silences; ses mains calleuses étaient si grandes, si fores, que les miennes, particulièrement fragiles et petites, e faufilaient à l'intérieur de leurs paumes, de la même nanière que je nouais mes bras trop courts à la branche l'un chêne centenaire. Comment Adrienne aurait-elle pu avoir que l'enfant a besoin de silence intérieur dans sa roissance? L'enfant est un sage qui a les yeux grands ouverts sur un univers qui lui appartient.

Les mois passaient, les saisons aussi, mais dans ce coin du monde, le climat tempéré réduisait les hivers en pluie et les étés en de longues journées étirées, blondes et vertes, moelleuses, champs de blé et de coquelicots. Je vivais en n'aimant personne, ivre de tout ce que m'apprenait Samuel. La ferme trop éloignée de l'école m'empêchait de suivre des cours normaux et, d'ailleurs, Adrienne n'aurait pas permis cette foulée avec les autres. En marge de la vie du village, je grandissais stupidement comme ces enfants du XIXe siècle, Adrienne symbolisant cette éducation vulgaire que les mères soumettaient aux précepteurs afin de ne pas se séparer d'eux. Ce qu'il y avait de plus subtil et d'élégant, je le devais à Samuel qui lui, au contraire d'Adrienne, revenait deux siècles en arrière et me considérait comme une adulte tout en respectant mon autonomie enfantine. Des deux, d'Adrienne et de Samuel, c'était lui le plus savant; il agissait de telle sorte qu'élevée à l'écart de tout contact humain, je me trouvais plus proche des paysans que nous connaissions que de n'importe quel enfant qui fréquentait régulièrement l'école. Samuel recrutant de l'aide paysanne selon les travaux saisonniers dans les champs, je me trouvais constamment mêlée à des gens sains et simples avec qui je partageais certains repas dans la campagne, qui mangeaient, buvaient, chantaient, travaillaient joyeusement, me confiaient quelques petits travaux à la mesure de mes forces. Je ne devais jamais souffrir de cet isolement, du manque d'enfants de mon âge. J'étais prédisposée aux sons, aux couleurs comme la marque indélébile que je portais depuis les premiers mois de ma naissance et, plus loin, dans l'enracinement abstrait de ma vie prénatale dont je recherchais perpétuellement l'union parfaite entre la fleur et l'insecte. J'étais en quelque sorte la prolifération cellulaire d'un mélange de décadence et de perversité dont la phase critique ne serait pas ma véritable nature mais celle de JE qui ne vieillirait jamais et prendrait soin de mes désordres.

Samuel ne me tourmentait pas; il m'initiait aux joies folles de la mémoire. Je connaissais toutes les plantes, toutes les fleurs, les bonnes et les mauvaises herbes que j'arrachais patiemment. Je savais saisir les vipères les plus dangereuses, assez rares dans ce lieu tempéré de Charvy, imiter en sifflant tous les chants d'oiseaux quand l'aube ou les saisons les ramenaient après les mois humides de l'hiver. Les greniers m'enchantaient, les caves me terrifiaient, ce que je cachais à Adrienne mais, accrochée dès l'âge tendre à toutes les sensations permises, pour rien au monde elle ne serait descendue *tirer* la bouteille de vin du tonneau. Nature et perfection. Saison des baies sauvages et des aubépines blanches. Saisons dans lesquelles je m'enroulais, telle un fœtus, pour le plaisir des gargouillements d'une eau vive dont je cherchais la source dans des mousses violettes, cueillant au passage les iris d'eau jaunes et roses comme un jeune bec d'oiseau, arrachant à la source des brassées de cresson aux racines blanches et profondes comme une longue chevelure de laine. Chemins lourds de poussière pour rejoindre les étudiants d'une grande ville dans les gerbes de blé entassées en pyramides lumineuses, ces garçons qui me passaient de bras en bras en poussant de grands cris de joie sous l'œil jaloux, réprobateur d'Adrienne (attendri de Samuel), qui grinçait des dents à ces démonstrations amicales et les incitaient à reprendre le travail interrompu, m'envoyant jouer au bout du champ ou encore ramasser quelques épis de blé qui traînaient par-ci, par-là, de manière à m'éloigner systématiquement d'une amitié quelconque. Saison de fleurs et de fruits; hippie à ma manière, je marchais de senteurs en senteurs, d'arbres fruitiers en légumes qui se cueillaient dans la rosée et qu'un rayon de soleil aurait gâtés, pourris. Les vendanges rouges et blanches, attirantes et frémissantes parce que Samuel *louait* des gitans de passage avec qui je me liais et dont je ne craignais pas le mauvais œil, habituée que j'étais à celui plus féroce d'Adrienne. Garçons noirs comme le mystère qui les habitait, ils me confiaient des mots d'amour dans une langue rauque et belle que je ne comprenais pas, ce qui les faisait rire; filles étrangères qui lisaient les lignes à peine dessinées des paumes de ma main, filles brunes, secrètes, qui m'attiraient dans un rang de vigne délaissé de ses grappes, qui caressaient mes joues et mes lèvres comme un fruit défendu; mon cœur s'ouvrait à la volupté, à grands coups de heurtoir contre la pointe d'un sein où j'appuyais ma tête en tremblant ne songeant qu'à Adrienne malgré la voix câline d'une de ces filles, plus rarement un garçon, qui me rassurait et me faisait cadeau d'un biscuit ou d'un panier d'osier...

Saisons humaines, rien qu'humaines, comme Samuel et moi, comme la plus heureuse des saisons de mon existence... et cette odeur âpre d'un bouquet de lilas sauvage cueilli au hasard de mes fugues, mon visage enfoui en lui comme un pressentiment néfaste qu'Adrienne ne manquerait pas de m'annoncer. Un printemps venait de commencer et je ne savais pourquoi, chaque heure comptait plus que les autres, craignant une catastrophe, une rupture, un hiver avant l'été, un décalage qui saccagerait les deux plus belles années de mon existence. Le bouquet de lilas avait fait place aux fleurs plus suaves de l'été, à celles plus discrètes de l'automne. Adrienne rabâchait tous les jours sa grande fatigue à Samuel qui ne répondait toujours rien et continuait à travailler et moi, livrée aux arbres, aux fourrés, je courais plus que jamais vers la profondeur complice des bois. J'enrageais contre Adrienne qui finirait par vaincre la patience de Samuel. Un jour plus froid et plus sauvage que les autres, l'incident avait eu lieu sur lequel Adrienne avait sauté comme une possédée.

Ailleurs la guerre exaltait toujours les adultes et j'avais cessé de me méfier du calme comme on se méfie du bruit. Jour de brouillard, je plongeais dans la forêt, un champignon dans la poche quand une rafale de mitraillette explosait dans un terrible écho de forêt assoupie. J'avais cru oublier mais un va-et-vient de pas rapides autour d'un homme couché, à mes pieds, que l'on tournait et retournait dans tous les sens, que l'on fouillait sans scrupule, me troubla violemment. La forêt n'existait plus comme des arbres mais comme les barreaux noirs et tordus d'une immense prison où j'étais enfermée avec un homme mort, la poitrine trouée de plusieurs balles. Je levais la tête et à nouveau des oiseaux noirs (des corbeaux), des charognards me poursuivaient, la prison ne possédant pas de toit mais que des armures rouillées au-dessus de mes yeux, une prison étrange où tout bougeait comme un océan au teint gris, prêt à tout ravager sur son passage. Je baissais les yeux sur l'homme; le sang serpentait autour de mes chaussures, noir, mêlé à la terre, les témoins disparus, seule avec ce mort qui s'agglutinait dans mes jambes, je poussais un cri au bruit d'un pas, pensant une seconde que rien n'était terminé et que la guerre s'installait dans la forêt, tuant plantes et animaux, ce que je possédais de plus précieux au monde. Me retournant, m'apercevant vivante, un visage se transformait en une beauté illuminée par un sentiment que je n'aurais jamais soupçonné chez Samuel. Je grimpais à son cou, à ses cheveux, à nos larmes que nous mêlions et qui en amèneraient d'autres.

Adrienne ne devait pas tarder à profiter de la situation, se renseignant à droite, à gauche, finissant par savoir qu'un réseau de maquisards avait installé son Q.G. dans une grotte de la forêt et que la victime était un docteur connu, tué par erreur. La ferme serait vendue et nous nous installerions à Charvy, dans le village, achetant d'autres terres à cultiver. Elle avait tout prévu, même de me mettre dans une école. Samuel désirait la paix, peut-être aussi un peu de repos dans une maison plus confortable que la ferme au milieu des bois. Il acceptait les projets d'Adrienne en me promettant que nous serions souvent ensemble loin de la maison et qu'il était temps pour moi de m'instruire un peu, ailleurs que dans la nature, ce dont je n'ai jamais été convaincue.

Charvy, séparé de Tour-Charvy par une rivière et son pont arrondi comme le dos d'un chat prêt à bondir, était un bourg qui appartenait aux comtes de Charvy et à leur château du XVIIe siècle. Bourg tout en longueur dû à la forme du parc du château qui s'arrêtait à l'école faisant partie elle aussi du domaine. Charvy, célèbre par son château visité toute l'année, possédait une très belle église du XIIe siècle où j'allais faire ma communion ainsi qu'une gaieté fière et humble qui lui allait bien et, de ce côté, je ne regrettais pas trop la ferme et ses étangs. Autour des deux villages, d'autres fermes comme la nôtre, dépendances du château, renfermaient des lots incroyables de terre rousse qui ne demandaient qu'à être cultivés. Terre de labour, de vignobles disciplinés, de champs de blé, d'orge et d'avoine, une vallée de noyers, de chênes, la seule partie du monde où j'ai pu admirer des arbres abritant de vieilles légendes et le souvenir de singuliers combats, arbres intouchables par le temps, pour une fois épargnés de la main des hommes. Samuel avait racheté des champs et une vigne immense où trônaient un noyer qui faisait ma joie à l'automne et toutes sortes d'arbres fruitiers qui ne manqueraient pas de m'apporter de nouvelles joies. Je me moquais de la maison que nous habitions, domaine d'Adrienne. Je me contentais de sonder cave et grenier; le reste entre les mains d'Adrienne ne risquait pas de m'enchanter. D'ailleurs elle n'osait pas contredire Samuel qui avait aménagé le grenier pour moi seule: palais de paille et de foin, de chats et de souris, de toiles d'araignées suspendues à des lucarnes comme d'immenses yeux carrés et changeants, témoins infatigables du temps que j'allais passer à contempler le ciel et ses astres. Charvy n'était que cela. Un pétillement de toits d'ardoise en plein midi quand le soleil et la pluie organisaient la plus belle des palettes naturelles qui me faisait songer chaque fois que j'y suis retournée, aux secrets bien gardés de la fabrication à partir d'un coquillage, de la teinture de pourpre connue des Phéniciens.

La grande joie d'Adrienne était de guetter par la fenêtre de la salle à manger qui donnait sur la rue les habitués qui montaient de Tour-Charvy à Charvy à bicyclette ainsi que le vieux curé qui venait dire une messe tous les dimanches à l'église de Charvy. Elle ne manquait pas de me vêtir le plus souvent de rouge, signal à mon tour de partir, m'endiabler au contact de statues inexpressives, de vieilles demoiselles chantonnantes, de familles des environs dont la seule distraction était d'assister à la messe de Charvy, lorgnant timidement la comtesse de Charvy et son jeune fils adoptif quand ils venaient honorer de leur présence ce lieu saint que je désacralisais en ne suivant la messe que de mes distractions, faisant tomber parfois à terre le livre que je tenais fermé sur mes genoux, me demandant avec quelle grâce je ferais une communion que je préparais sans y croire. Le remords m'étouffait quand je sortais de l'église, fuyant la place, les enfants qui ne pensaient qu'à courir à la pâtisserie acheter le « gâteau du dimanche ».

En montant vers Charvy, la route offrait une échappée qui rejoignait le cimetière toujours fleuri avant d'enjamber champs et diverses rivières sur des distances que je ne devais jamais franchir, me contentant de les observer au loin comme une ondulation prometteuse de mon amour pour la mer et les océans. Adrienne, farouche et insoumise, ne se mêlait pas de la vie des autres femmes, et nous ne savions pas pourquoi au juste, elle les détestait férocement, les critiquait d'une manière triomphante, les appelait des pleureuses professionnelles, n'hésitant pas à les associer à tous les commérages du village où l'image humble du curé faisait figure d'antiquité. Je voyais Samuel hocher la tête d'impuissance car Adrienne ménageait ses railleries sur des femmes qu'elle ne connaissait que de vue. Elle voyait le mal un peu partout et bien sûr plus en Samuel et en moi, puisque nous partagions sa vie dans une toute petite mesure et que nous étions sans défense quand elle débordait d'amertume à propos de futilités qui occasionnaient de soudains changements d'humeur: sa froideur haineuse, ses mouvements brutaux réprimés par mes gémissements d'enfant et les traits menaçants du visage de Samuel. Elle ne connaissait ni les joies ni les espérances et jamais elle n'accordait un rythme détendu aux choses simples de la maison qu'elle entretenait.

Un soir d'hiver alors que Samuel cassait des noix que je décortiquais avec Adrienne pour fabriquer l'huile qui manquait, à cause de la guerre, je demandais qui j'étais, d'où je venais, me souvenant très vaguement des visages de ma mère et de mon père mais que je ne pouvais pas confirmer comme tels. Le profil fracassé de Samuel s'animait tendrement quand il m'expliquait que mon père et ma mère reviendraient un jour, qu'il fallait que je sois patiente alors que j'étais indifférente à leur égard. Adrienne crachait une sorte de jalousie entre ses lèvres fines qui annihilait les explications de Samuel. Avec une promptitude intimement liée à toute sa vie passée, elle jurait qu'elle était ma mère, qu'aucune autre image ne devait être modelée dans mes rêves et que, de toute façon, elle trouverait le moyen de m'arracher à ce réconfort. Ces derniers mots la trahissaient et un clin d'œil apaisant de Samuel me commandait de me taire, de ne pas conjuguer mes questions aux mensonges d'Adrienne. Pourtant, je n'étais pas tranquille; le plan diabolique d'Adrienne me tomberait sur le dos un jour où je serais particulièrement en confiance et le fait de la menace sur mes frêles épaules ébranlait ma sensibilité qui me faisait végéter dans un monde de plantes et d'odeurs jusqu'à l'écœurement du silence. Adrienne ne se trompait pas, sachant que je passais de longues heures à ne pas pouvoir dormir et, plusieurs fois, ne me méfiant pas, elle avait scruté mes yeux ouverts, les blessant en manipulant devant mon visage buté une lampe de poche qu'elle gardait constamment dans une large poche de son tablier paysan. Elle devait soupçonner que je m'étais inventé un père et une mère plus beaux qu'elle. C'était une porte de sortie comme une autre, l'absence d'un être cher étant plus précieuse que sa présence, le rêve ne révélant jamais les défauts physiques et moraux de l'être en question et la magie du temps nous empêchant de penser aux années qui décalent les traits d'un visage lisse pour faire place à de superbes petites rides au coin des yeux, plus révélatrices que n'importe quel aveu. Je ne savais pas qu'Adrienne pouvait mourir car l'enfant est partie intégrante de l'immobilité du temps; les êtres demeurent les mêmes et il me fallut beaucoup d'années avant de me rendre compte qu'Adrienne vieillissait à vue d'œil, que Samuel mourrait d'avoir trop travaillé...

Une autre porte s'ouvrait quand, à la sortie de l'école, je ne rentrais pas à la maison. Je rejoignais Samuel que j'apercevais sarclant un champ de pommes de terre; il m'attendait, les bras tendus, du plus loin qu'il me voyait venir, la route et la chaleur, le poids du cartable suffisant à fatiguer le corps menu qui était le mien.

Quand, d'autres jours, Adrienne exigeait ma présence, elle me faisait payer cher mes escapades après l'école. J'exécutais des corvées au-dessus de mes forces; le grenier m'était interdit et elle ôtait l'échelle, la déséquilibrait, me sachant sujette au vertige. Dans le jardin, je ne rêvais plus à l'ombre de quelque arbre fruitier; sans cesse, je travaillais, ne me plaignant jamais des maux de tête qui me torturaient ou encore des maux stomacaux qui me rongeaient et me faisaient pleurer en silence, les yeux fixés sur un pied de haricots, de fraises qu'il fallait cueillir jusqu'à l'épuisement total; elle me défendait de jouer, c'est-à-dire de lire et quand je m'enfermais trop longtemps dans les cabinets, au fond du jardin, elle m'appelait de toutes ses forces vocales, fouillant mes poches pour récupérer un livre caché alors que je me reposais simplement à l'ombre du buis qui cachait en partie la porte malodorante de la cabane. Je ne disais rien à Samuel; bien que l'aimant, je ne pouvais pas compter sur lui et d'ailleurs je me trouvais toujours coincée entre eux deux, tiraillée, déchirée, à penser à l'un lorsque je me trouvais avec l'autre, ce qui façonnait peu à peu la grande solitude dans laquelle je m'enfermais. Samuel n'en parlait pas, lui-même au seuil de son propre désarroi, m'incluant, quand il revenait de loin dans sa tête, à sa souffrance muette et peut-être honteux de ne pouvoir agir contre Adrienne et de ne pas venir à mon aide. Ma passivité ne possédait rien de négatif, pas plus que mon intelligence sourde à la méchanceté d'Adrienne; quelque chose d'oriental (qui se développerait plus tard) me sauvait de la folie; j'adoptais une manière de vivre à la fois lente, vibrante à toutes les sensations que mes yeux observaient, détaillaient, les lèvres closes, ce qui faisait dire à Adrienne que j'étais une enfant sournoise. Pour démonter ce jeu de patience que j'étais, Adrienne changeait de tactique: elle me prenait contre elle, débitait des tirades qui ressemblaient étrangement à des déclarations d'amour. Cette tendresse néfaste me tombait dessus comme une trappe et tous les mouvements que je plaçais dans le vide pour échapper à Adrienne s'empêtraient dans un engrenage de déchirements qui relevait d'une déchéance opprimée comme si j'avais été l'enfant indésiré d'Adrienne, engluée contre elle, mordant une odeur de transpiration qui ne la quittait jamais car elle était grasse et lourde; tout contact devenait haineux, ce dont elle n'était pas dupe; alors elle empoignait mes cheveux dans ses larges mains rouges, espérant une défaillance, un relâchement de ma volonté mais jamais je n'encourageais ses comédies amoureuses; il s'agissait bien d'amour sans repos et sans grâce, amour terrifiant car je n'étais plus son enfant mais un amant imaginaire. Elle m'avouait qu'aucun homme ne l'avait prise et que la longue absence de Samuel, sa face balafrée comme une terre labourée avaient déshérité sa capacité amoureuse. Je ne la croyais pas. Je détestais ses mains masculines sur mon corps brun et lisse, consciente de ma beauté encore nouée à ses racines quand je prenais un bain dans le jardin, nue et joyeuse, tout enfant, fille ou garçon, étant Narcisse. Dans ce péplum dégoulinant d'eau fraîche, j'intimidais Adrienne, la défiant d'un regard de jeune déesse, tout à coup me sentant inaccessible à ses atteintes empoisonnées tandis que Samuel riait aux éclats de me voir danser au soleil...

Une saison s'achevait. La rentrée des classes déployait le jaune et le roux des grands arbres du parc qui inclinaient leurs branches vers la route et je partais toujours les pieds au niveau du trottoir, attendant la chute des feuilles, communiquant la nouvelle à Samuel qui en récupérait plusieurs brouettes dans un coin du jardin. Ces feuilles qui se transformaient en fumier odorant d'une terre que j'aimais, au printemps, nourriraient les plantes nouvelles. Un autre jour, après une averse, je suivais une brindille délicatement taillée avec le couteau de Samuel pour la distinguer des autres dans une rigole d'eau qui dégringolait dans la rivière entre Charvy et Tour-

Charvy; c'était ma façon de voyager, de mouvementer un peu le nom des pays que j'apprenais dans un livre de géographie qui me semblait plus mort que le cimetière de Charvy où souvent je m'attardais le lendemain de la Toussaint à cause de la teinte des chrysanthèmes que je personnalisais comme des âmes suspendues autour des croix rouillées ou des couronnes de fleurs artificielles. À l'entrée du pont, j'attendais ma brindille que j'essuyais délicatement et que je plongeais au fond de mon cartable jusqu'au lendemain car, au retour, le chemin n'était plus le même, l'eau s'était écoulée dans la rivière, desséchant le caniveau et la chute des feuilles parfois l'obstruant, je m'acharnais avec le bout de mes galoches contre des glaciers, des plages de sable, des pierres écroulées d'une montagne à la suite d'une avalanche, tout cela au bon soin de mon imagination et d'un kilomètre à marcher sans compagne jusqu'à l'école de Tour-Charvy. Elle comportait deux classes: celle des *petites* et celle des *grandes*. La cour ne séparait pas les élèves et bien souvent nous nous retrouvions toutes à jouer à des jeux d'équipe sous la surveillance des deux institutrices: mademoiselle L. et mademoiselle Y. Nous possédions une partie du parc, du côté de la rivière, où, sous les marronniers, j'aimais me reposer comme à la ferme, assise sur quelque mousse ou sur une herbe sauvage, découvrant à l'entour les premières violettes, les dernières colchiques. Mademoiselle L. était l'institutrice des *petites.* Brune et laide, habillée d'une éternelle jupe droite et grise, d'un chandail jaune et marron, elle incarnait avec ses bajoues couperosées la vieille fille des campagnes, sans amour, tenant consciencieusement l'harmonium à l'église de Tour-Charvy, chantant faux des cantiques ancestraux qui animaient son visage d'une piété à bon marché, sans rien de noble et d'indulgent.

Elle prétendait m'aimer mais ce n'était que la condescendance que l'on éprouve envers les êtres sans défense. Pour elle, j'étais orpheline (ce qui m'aurait bien arrangée) recueillie par de charitables paysans qui, en me secourant, gagnaient leur paradis sur terre. Ce détail définit Mademoiselle L. comme un roman à deux sous mais c'est tout ce qu'elle m'inspirait quand, nous faisant prier sans cesse, au premier rang de la classe, l'odeur de ses cheveux gras taquinait mes narines, me distrayait d'une prière ennuyeuse et sans raison; ses mains jointes sous son double menton, les yeux clos, elle exhalait l'impiété beaucoup plus que la contemplation religieuse, la prière la récompensant humblement, ce qu'elle espérait, torchant les petits derrières des bambins qu'elle acceptait pour soulager de trop grandes familles, inondant la classe d'une odeur permanente d'urine et d'excréments. Je ne restais qu'une année avec elle; étudiant ce que je voulais, j'avais vite franchi le cap des leçons apprises par cœur et qui ne veulent rien dire. Élève docile et peu encline à me révolter contre les injustices que m'infligeait Adrienne, j'espérais qu'une certaine harmonie viendrait de mes succès scolaires et me récompenserait de toutes mes angoisses. Ma vie se divisait en trop grandes émotions, en trop profonds contrastes pour que je puisse en sortir intacte; même les récréations ne m'amusaient pas. Mes compagnes manquaient d'originalité et de vie. Seule, la dernière de la classe m'attirait avec sa petite figure de fouine, sa bonne humeur, son intelligence pratique. Nos tempéraments différents se complétaient à merveille par le fait que nous étions perdues dans cette classe terne et puante, moi, au premier rang, elle, au dernier. Maryse, éclatante de lucidité, enfant de parents divorcés, se trouvait dans la situation marginale qui était la mienne de par sa situation familiale; alors, elle n'étudiait pas, elle chachutait, se moquant des remontrances de Monsieur le Curé qui, tous les mois, nous distribuait nos bulletins scolaires. Je l'imaginais rire sous cape, n'osant pas me retourner, moi l'image parfaite, stéréotypée de la bonne élève, Maryse, l'image turbulente de l'exemple promise à l'enfer. Mon aînée de deux ans, elle ne manquait ni d'audace ni de malice. Elle s'était vite rendu compte que je l'aimais et émue de trouver en moi une amie inespérée, elle me comblait de billets ou de friandises qu'elle glissait furtivement dans mes poches. Malgré la surveillance de mademoiselle L., nous parvenions à jouer ensemble aux récréations en espérant qu'elle ne rapporterait pas à Adrienne que je m'étais liée avec Maryse, sa mère divorcée n'ayant pas les faveurs des femmes du village. Je me méfiais lâchement de mon institutrice mais Maryse ne s'en plaignait pas; elle comprenait nos différences, nos contrastes; son dénuement et mes richesses intellectuelles. Je la rencontrais aussi dans les cabinets, le temps de lui passer la solution d'un problème qu'elle jugeait trop difficile pour elle ou le brouillon d'une rédaction. Éblouies, nous nous embrassions avec ferveur comme deux sœurs séparées l'une de l'autre et qui se retrouvent bien des années plus tard jumelles et belles. Comment aurais-je pu savoir que Maryse serait l'ombre diffuse de JE, amoureuse folle de Viana, brune, plus belle qu'elle mais dans le fond lui ressemblant étrangement dans l'enceinte d'un lycée qui deviendrait ma raison de vivre? Ce fut l'intelligence de mademoiselle Y. qui ne dénatura pas cette pure amitié en sentiments farouches, privées que nous étions, Maryse et moi, d'une affection dévorante qui ne demandait qu'à éclater en plein jour.

L'automne suivant nous réunissait dans la classe des *grandes* élèves aussi stupides que les *petites*. Moi, toujours première, Maryse, toujours dernière, nous restions fidèles l'une à l'autre malgré les mois d'été qui nous avaient momentanément séparées. Mademoiselle Y., avec son intuition de grande dame cultivée, comprenait ce que nous pouvions nous apporter l'une à l'autre et jamais elle ne devait mettre en doute la pureté de nos relations derrière le portail de bois gris qui se refermait six heures par jour sur la vie morne du village. Pour me faire plaisir, Maryse apprenait ses leçons, ne se révoltait plus contre sa mère car je lui avais appris ce que j'étais, ne sachant pas trop bien d'où je venais mais réfugiée de la guerre qui ne lâchait pas prise et je lui avais raconté tout ce que j'avais vécu durant des mois. Elle se croyait seule et nous étions deux; alors, docilement, elle s'appliquait à écrire les doigts allongés sur son porte-plume comme nous l'enseignait Mademoiselle Y., fière et hautaine, constamment habillée de mauve et de gris, de dentelles qui allaient si bien à son genre de beauté désuète. Personne ne savait ce qu'elle avait sacrifié pour stagner dans un tel endroit et le halo de mystère qui planait autour d'elle la faisait respecter et admirer de toutes car elle nous apprenait les belles manières d'un passé qui lui appartenait, passé révolu d'une éducation dont nous étions le reflet mièvre. Cette distinction naturelle me plaisait et elle développait en moi ce que plus tard j'allais aimer de la beauté sous toutes ses formes. Elle irradiait pour moi seule d'un éclat que j'essayais de transfigurer dans les bouquets de fleurs sauvages que je lui composais en courant à travers champs et que je cachais jusqu'au lendemain matin dans l'escalier de la cave, à cause d'Adrienne qui les aurait flanqués, jalouse et mauvaise, sur un tas de fumier. Mademoiselle Y. me remerciait, ne comprenant pas, ou comprenant trop bien ce que j'éprouvais, les larmes aux yeux comme si j'étais la complice involontaire d'une trop grande souffrance qu'elle soustrayait à mes compagnes et parfois, si peu de fois, une petite faille crevait l'immense plaie de sa mémoire en proie à je ne sais quelle barbarie engendrée dans les circonvolutions lointaines d'une autre vie qu'elle me livrait en me caressant rêveusement les cheveux, enfouissant son beau visage dans les fleurs pour cacher son émotion. Avec elle, j'apprenais encore mieux. Maryse progressait.

Je ne parlais jamais à Adrienne de Mademoiselle Y.; Samuel me trouvait plus détendue, moins fragile et timide. Il se doutait que ce changement ne venait pas d'Adrienne et, ne me posant pas de questions, pour rien au monde il ne m'aurait trahie. Chaque fin d'année scolaire me rendait mélancolique car malgré les premiers prix que je recueillais, trois mois passeraient sans que je revoie Mademoiselle Y., ni Maryse. La présence de Samuel me réconfortait, les joies de mes longues promenades avec lui, aussi l'angoisse peureuse d'Adrienne qui croyait me reprendre en mains, hors de l'école, mais qui se calmait un peu, intimidée par mes lauriers éphémères, réalisant peut-être que mon esprit planait au-dessus du sien; il est si facile, quand les gens sont ignorants et surtout stupides, de les tenir sous le joug.

Ainsi deux autres années devaient s'écouler entremêlées de crainte et de joie entre Maryse, Mademoiselle Y., Samuel et Adrienne. J'atteignais dix ans. Un autre événement se préparait: ma première communion. Je ne croyais en rien et je maudissais l'existence qui m'avait jetée en pâture à Adrienne car elle était la cause de mon impiété, de ma jeune lucidité. La poésie était en moi et non parmi les gens avec qui je vivais. Aucune idée religieuse ne me réconfortait dans les pires moments et je décidai d'en parler à Mademoiselle Y. J'avais trop souffert, refermée sur mes tourments passionnés; ma connaissance de l'être humain ne m'incitait à aucune indulgence. J'étais devenue froide et, ma main glacée dans celle de Mademoiselle Y., j'attendais la sentence avec indifférence: mon renvoi de l'école, une lettre à Adrienne... Nous étions assises sur un vieux banc où je venais discuter parfois avec Maryse, tout près de la rivière dont l'eau vivante clapotait, ricochait contre des obstacles qui la changeaient en un immense ruban effiloché comme le temps qui passait entre Mademoiselle Y. et moi. J'entendais une voix qui me disait:

— Je ne pourrais pas prier pour toi mais quand tu auras tout perdu, tu auras tout gagné...

Je l'ai dit, j'avais dix ans; je ne comprenais pas le sens de ces paroles et, lasse de toute l'incertitude dans laquelle je vivais depuis des années, abandonnée de mes parents, je ne croyais pas que ces mots m'étaient adressés. Parfois Adrienne écrivait à des inconnus à qui elle disait que j'allais pour le mieux. Samuel ne se mêlait pas de cette correspondance et je me demandais à quel bout de la terre les lettres d'Adrienne échouaient puisqu'il se passait des mois avant que l'on reçoive une nouvelle lettre qui ne m'exaltait pas plus que la préparation à ma première communion. Je traversais l'expérience la plus profane de mon enfance; une apathie sans nom engourdissait, stigmatisait les derniers mois que je devais vivre à Charvy. J'ignorais ce projet, assourdie une fois de plus par les cris d'Adrienne qui s'acharnait sur mes jeunes forces; Samuel errait lui aussi sans moi, m'évitant, s'absentant du matin au soir dans ses champs, ne me parlant pas ou si peu que je me demandais quelle faute j'avais commise envers eux, Adrienne s'étant habilement arrangée à alourdir mes épaules de tous les péchés du monde lorsque rien n'allait plus comme elle le désirait.

Le mauvais temps n'arrangeait rien; l'hiver n'en finissait plus; les pluies ravageaient les terres et une humidité aussi lourde et insidieuse que mon angoisse filtrait dans l'air une odeur oppressante de moisissure. Malgré tout, rien n'arrêtait le printemps qui posait une patte indécise sur cet hiver trop long. Comme chaque année, les mésanges bâtissaient un nid léger dans la boîte aux lettres et le facteur avait ordre de ne pas les déranger, de déposer le courrier dans la cuisine; Adrienne lui offrait un verre de vin rouge qu'il buvait de bon cœur avant de repartir, les godillots plus boueux que jamais. Un matin, il était arrivé avec un télégramme à la main: un papier bleu pour Adrienne. Nous étions là, Samuel et moi, silencieux comme toujours. Nous attendions ce que le destin, un télégramme est une marque particulière et peut faire dévier complètement la vie d'un être d'une manière tout à fait inattendue, nous réservait à l'intérieur rectangulaire de ses lignes blanches.

Dans la ville guerrière, sept années plus tôt, en plein déjeuner, pauvre repas de haricots, une alerte tyrannisait nos tympans, nous prévenait du danger immédiat. Il faisait beau, une fenêtre ouverte sur le petit jardin que mon père entretenait de son mieux pour nous nourrir mais les avions circulaient librement dans le ciel, prêts à nous abattre. Nous nous étions précipités dans la cave la plus proche, conditionnés nuit et jour à fuir le feu des bombes. Moment d'autant plus épuisant que l'alerte était fausse, les avions exécutant des manœuvres, et je me souviens parfaitement que mes parents et d'autres personnes, des voisins, ne distinguaient plus les avions ennemis des avions alliés. En sortant de la cave, tout le monde râlait d'avoir été dérangé en plein midi, non pas contre la guerre, le malheur devant respecter lui aussi ses horaires puisque nous vivions pétris de ces petits détails sordides ressemblant à la crise nerveuse d'une femme qui aurait parcouru une ville entière pour acheter une paire de chaussures, admirant divers modèles aux vitrines mais ne pouvant trouver exactement sa pointure...

Nous en étions au stade dégradant de ce genre d'anecdote quand je ne sais plus quelle personne remettait un télégramme à mon père qui l'ouvrait de la même façon fébrile qu'Adrienne aujourd'hui et le tendait à ma mère, avec sur son visage, une expression de soulagement. En remontant à la maison, on m'expliquait que j'allais partir à la campagne pour quelques mois seulement chez Adrienne et Samuel. Je n'avais rien répondu, ne comprenant pas très bien ce départ subit, habituée moi aussi à vivre dans le chaos préhistorique de la guerre. Nous mangions nos haricots froids; le soleil de l'été parvenant de la fenêtre ouverte ne me réchauffait pas, me liquéfiait dans un précipice de crainte et de peur assourdissant. Les haricots, gluants dans ma bouche, doublaient ma langue d'une épaisseur blanche qui ne dépassait pas la gorge; en poussant un gémissement de honte, je vomissais les haricots dans mon assiette.

Même papier bleu aujourd'hui qui décrétait impersonnellement le décès d'un frère d'Adrienne. Elle le connaissait à peine et c'était la première fois que je me disais qu'elle aussi avait été une enfant avec des parents, d'autres frères et sœurs peut-être. Cette révélation me semblait incongrue, car j'imaginais mal Adrienne petite fille ou bien, avec le mal en elle, crevait-elle les yeux des chouettes qui, dans certaines campagnes, sont supposées porter malheur comme les chats noirs au Moyen-Âge. Croyant que le voyage lui ferait du bien, elle décidait d'assister à l'enterrement de ce frère, s'en faisant une fête; d'ailleurs, à cette époque, les enterrements n'étaient pas tristes; le cadavre traversait le village au pas de deux chevaux, couvert de fleurs selon le sexe et l'âge du décédé, le pire des ivrognes trouvant grâce aux yeux de ses ennemis réunis autour d'une table, ne manquant pas l'occasion d'un gueuleton où le défunt avait sa part, se délectant de ses qualités et de ses défauts pour terminer enfin, le cerveau engourdi, épaissi de vin, par la question de l'héritage qui occasionnait souvent de graves discussions allant presque jusqu'aux mains; dans l'euphorie générale, ils oubliaient que l'âme du défunt planait au-dessus d'eux comme une langue vermeille et céleste de Pentecôte.

C'est ainsi qu'Adrienne envisageait ce voyage; vivant dans cette atmosphère singulière de la mort des autres, je ne me choquais pas ni ne m'apitoyais sur le sort de son frère. À l'annonce de ce voyage (trois jours seulement), le frère habitant à une heure de train de Charvy, Samuel et moi, échangions furtivement un sourire, un clin d'œil rapide; un pauvre bonheur d'occasion se présentait à nous et nous nous en réjouissions d'avance. Adrienne éloignée, nous menaçant, regrettant presque de nous laisser ensemble, jusqu'au dernier moment nous avions craint un revirement de sa décision impulsive. Elle reviendrait aussi vite que possible, persuadée que nous ne pourrions vivre sans elle. Samuel et moi, la laissions déblatérer ses pauvres convictions, ne disant rien pour ne pas la dissuader, tout en l'aidant à préparer une sacoche, indice concret de ce départ que nous attendions avec impatience. Adrienne enfin éloignée, je comprenais quelle puissance, quelle autorité elle projetait sur Samuel et sur moi, combien nous avions peur d'elle. Une image fugitive s'imposait en observant Samuel qui chantonnait sans s'en rendre compte; lui aussi avait été jeune et beau car, malgré sa cicatrice, son regard restait merveilleusement vivant, expressif; lui aussi avait espéré une vie meilleure; je faillis lui demander pourquoi il s'était épris d'Adrienne, laide et autoritaire, ce mariage me paraissant aussi mal assorti que celui de mes parents à des niveaux sociaux différents. Je ne lui demandais rien; je n'avais pas le droit de le faire réfléchir, de le voir peut-être pleurer; ces trois jours seraient courts et il fallait savoir en profiter.

Il faisait toujours froid et pluvieux. Je prétextais un rhume pour rester avec Samuel qui fabriquait une fourche de bois au coin de la cuisinière et, ne regardant pas de trop près la gravité de ce rhume imaginaire, il me gavait d'omelettes boursouflées d'eau-de-vie. Nous chahutions dans le désordre de la cuisine, dormant à peine pour ne pas perdre le temps qui rapprochait de nos mémoires surmenées Adrienne et ses aigreurs. Le dernier soir, je préparais sinistrement mes cahiers tandis que Samuel nettoyait à fond la cuisine de ses copeaux de bois; puis, pour la dernière fois de notre vie (nous ne le savions pas), nous dînions en tête à tête; je remarquais que Samuel buvait plus que de coutume, restant silencieux, sombre, envahi d'une mauvaise humeur qui élargissait la blessure de son front. Je croyais que le retour d'Adrienne imprimait en lui une rancune qui le révolterait de sa lâcheté habituelle dont il était conscient pour en avoir été trop longtemps la victime innocente. Je me trompais. Je mangeais à peine, conciliante devant la tourmente bornée de Samuel, nourrissant la chatte grimpée sur mes genoux, ce qu'Adrienne interdisait. Samuel buvait plus que de coutume (je l'ai déjà dit) et cet état me fatiguait, m'importunait comme le fait de regarder quelqu'un allumer cigarette sur cigarette pour se donner une contenance. Je lui en voulais de me blesser d'une manière aussi involontaire, de ne plus être joyeux jusqu'à la dernière seconde accordée par Adrienne qui rentrerait le lendemain pour nous retrouver au garde-à-vous, ces trois jours effacés comme un sommeil artificiel.

— Adrienne ne t'a rien dit?

Je le regardais sans répondre, attendant la suite,

jugeant qu'il n'y avait rien à répondre et Samuel sachant très bien qu'Adrienne ne me confiait rien, ne me tuait pas à petit feu, mais dans un brasier ardent allumé par sa rancœur.

— Tu vas faire ta communion dans trois mois... Tes parents vont venir... Des oncles, des tantes...

Geste délibéré de la main de Samuel qui retardait l'essentiel, rebuvant d'un coup sec un verre de vin rouge.

— Et puis?

Samuel se levait de table pour nous servir. Je ne l'avais jamais vu tant rajeunir et tant vieillir en trois jours. J'insistais:

— Et puis, Samuel?

De sa fourchette, il fouillait dans son assiette, pinochait un morceau de viande qu'il ne pourrait pas avaler.

— Tu vas passer l'été avec nous... La guerre est finie maintenant... Tes parents reviendront te chercher pour la rentrée des classes...

Je ne pouvais plus respirer. Samuel continuait:

— Adrienne ne voulait rien te dire jusqu'à ton départ...

Je n'écoutais plus rien. Encore une fois, je m'échappais à temps d'une souffrance sans bornes et ceci grâce à Samuel. Dehors, il pleuvait. Je serrais la chatte contre moi en parcourant le jardin dans tous les sens. Je ne ressentais rien maintenant que je savais. Il me faudrait apprendre à vivre quelques mois en faisant semblant de ne rien savoir, de la même façon que je ne ressentais rien. Des larmes coulaient sur mes joues d'un excès de délivrance, d'un mélange bizarre d'échecs et de petits bonheurs éprouvés plus intensément à cause justement de ces échecs. La chatte s'échappait de mes bras pour trouer les mystères de la nuit et du jardin. Une pluie fine coulait sur mon visage, mélangeant le sel et la fadeur d'une eau commune dont j'étais issue depuis si longtemps et qui retrouverait un jour sa véritable source. J'essuyais mon visage sans résultat. Je songeais à Samuel, à son lot de solitude lorsque je serais partie et je me précipitais dans la cuisine pour me réfugier dans ses bras; il pleurait des larmes aussi inutiles que les miennes. J'avais dix ans: lui, soixante, mais la même innocence nous bouleversait contre laquelle il n'y avait aucun remède. Je comprenais que, réunis tous les deux, auprès de l'exigeante Adrienne, nous venions de rater une vie. Celle de Samuel venait de passer, la mienne dépendrait de tout ce temps dans un futur que je n'imaginais même pas. Adrienne pouvait débarquer ainsi que mes parents et le reste de ma famille. D'avance, je sacrifiais à d'autres dieux la dignité qui me restait après ces jours et ces nuits où j'avais naïvement espéré qu'Adrienne changerait à mon contact; le prix, la valeur des larmes ne se comptait plus et ne se mesurait qu'à l'inutilité d'une enfance perdue. En même temps qu'Adrienne, j'entrais dans une ère de convalescence.

Enfin, le printemps franchissait allègrement des frontières de haies d'aubépines, d'églantines, tout ce que je ne revivrais plus jamais, considérant pourtant le don de mes sensations acquises par un autre manque comme un véritable privilège. Certaines odeurs ne me quitteraient plus, certaines visions que chaque année j'aimais oublier pour mieux m'en souvenir l'année suivante. Dès la sortie de l'école, je rejoignais Samuel dans les champs en flânant le plus possible le long des ruisseaux, me retrouvant un peu dans l'ambiance mystérieuse de la ferme, abandonnée à mes pensées qu'Adrienne, je ne savais par quel miracle, ne troublait pas, ma santé fragile exigeant de longues promenades au grand air. Parfois, mon manque d'appétit, mes langueurs, mes insomnies encourageaient des manifestations sentimentales qui ne me touchaient d'aucune manière. Elle coiffait mes cheveux, prenait soin de mon corps et m'assurait que le temps n'aurait pas de prise sur ma beauté puisque le temps en a tellement sur la laideur, que les hommes et les femmes vieilliraient à mes côtés sans que je sois la victime parallèle de ce phénomène. Ses étranges prophéties me faisaient douter du plaisir de vivre car je n'avais pas l'intention d'éparpiller incessamment les morceaux de ma vie au gré des autres. Je voulais être simplement et le goût de l'immortalité ne m'effleurait plus dans ce monde sans joie. Je diluais mes peines dans l'effluve voilé du printemps. Le mois de mai raccourcissait les jours anciens et je passais tout mon temps avec Samuel qui m'apprenait la passion du détail, la lenteur dans le mouvement de toute manifestation naturelle jusqu'à la transfiguration de la chose regardée. Nous survivions dans un état symbiotique sans dénoncer ce qui nous réunissait avec un tel acharnement. C'étaient ces sensations dont j'avais parlé avec Hugo qu'il comparait au point zéro du blason, enfance héraldique, enfance qui mourait et renaissait de ses propres cendres chaque fois qu'une douleur trop vive me faisait plier les reins ou altérait dangereusement ma respiration.

V

Nue devant la fenêtre, au centre de cette nuit paisible et du jardin réconforté par une immense jarre d'eau déversée sur les plantes à venir, il me semblait qu'à force de dénouer ce temps si riche et si pauvre, l'observant à la fois à l'aide d'un télescope et d'un microscope afin de bien différencier l'espace du temps où ces personnages vivaient comme si rien ne s'était passé entre eux et moi, continuant à vieillir dans le périmètre exigu du devoir accompli à travers toutes les infirmités boiteuses qui forment et déforment une vie, la plupart des êtres merveilleusement heureux de ces hauts et de ces bas qui crient à l'imprévu comme d'autres hurlent à l'aide face à un danger grave. Du passé exalté trop tard, je commettais des erreurs d'appréciation, des exagérations sentimentales et, dans ce fatras, je ne saurais dire si Charvy possédait tous les charmes que je lui prêtais lorsque, enfant, distinguant ma brindille entre les autres dans l'eau du caniveau, je désirais en partir, mais comme tout le reste de ces années, je ne plaçais jamais ces désirs au niveau de la vie réelle, de peur de ne pas pouvoir réaliser ce qui me paraissait comme des incertitudes, et le fait de prononcer à voix haute des noms de pays que je lisais dans les livres aux gravures si laides et peu engageantes aurait détruit, terni l'attente qui ne commençait pas à un moment déterminé mais se nourrissait lentement de sensations évasives, préférant ces langueurs, ces subtilités qui, plus tard, détermineraient l'humour le plus efficace, le plus féroce, au lieu de m'attendrir avec bonté sur le sort de ceux et de celles qui me confieraient leurs problèmes, leurs résolutions sans lendemain, témoin de multiples suicides ratés, l'acte le plus émouvant dans le feu de l'adolescence mais le plus sinistre au cœur de la vie. Et qui ne possède pas, entre seize et vingt ans, un suicide raté comme un vieux manuscrit que l'on retrouve au fond d'un tiroir nous fait sourire, écrit lui aussi quelques jours avant la tentative de suicide, entre seize et vingt ans, manuscrit raté de qui l'on escomptait une certaine gloire, et d'autres livres à écrire, nos espoirs littéraires comportant beaucoup plus de vanité que de sincérité; nos convictions se rattachant par trop à celles d'inconnus qui finissent par jeter le doute dans notre esprit, un bien, une force qui s'affine et donne aux sceptiques toute liberté de penser sans jamais tomber dans l'excès des grandes parodies qui échouent lorsque nous commençons à juger froidement l'action des autres.

C'est peut-être de ces excès imaginatifs que je forgeais mon existence, n'espérant pas l'impossible en suivant la petite brindille, laissant le temps calculer pour moi l'heure de mes éternels départs, de mes valises faites et défaites au dernier moment, de mes désordres prémédités dans des palaces ou des hôtels minables, construisant seule mes saisons d'été ou d'hiver selon le feu qui grillait impatiemment mes pas et me faisait courir vers des horizons plus calmes mais aussi déserts quand je les noyais trop longtemps d'une connaissance physique immobilisée par un regard qui ne savait pas prolonger le renouvellement dont Samuel avait imbibé mes enfances saisonnières, ayant oublié l'émerveillement, puisque j'avais déserté Charvy et que Samuel devait mourir.

De ce temps, il ne restait plus grand chose à découvrir. Le mois de mai arpentait un printemps tardif et j'aurais dû en éprouver une joie plus grande, plus neuve car, ôtée de son carcan hivernal, la nature explosait de tous les côtés où se posait le regard, et moi, si sensible à la visibilité des plantes qui changeaient d'un jour à l'autre, je ne ressentais rien d'autre qu'un grand désenchantement parfumé, il faut le dire, de toutes les senteurs de ce printemps exceptionnel que je raréfiais au jours comptés, inclus dans ma vie normale, car vivre avec Adrienne et son mal n'altérait en rien la monotonie qui finit par s'installer jusque dans la souffrance la plus absurde.

Quelques membres de ma famille arrivaient chaque jour, des gens rouges, habillés de noir, qui me déconcertaient et je me refusais à penser que nous avions quelque chose en commun, le rire les exaltant pour des riens, des impulsions un peu vulgaires qui ne menaient nulle part dans le silence où je me réfugiais, les uns s'étonnant joyeusement de la petite fille sérieuse que j'étais, les autres ne disant rien. Adrienne était en tête de cette illustration que je devais garder comme la plus parfaite des trahisons envers moi et envers Samuel; elle nous traitait avec tant de douceur, renversant l'univers malfaisant auquel nous étions habitués depuis si longtemps, surtout Samuel, qu'il nous était impossible de nous réconcilier avec elle, à notre tour plongeant, manière de nous défendre puisque le mois de mai ne durerait pas une vie en compagnie d'Adrienne, dans l'agressivité la plus négative, résultat d'un trop long combat entre nous trois, un pacte, n'importe lequel, ne possédant plus de sens et de signification sentimentale. Adrienne et les autres parlaient de la guerre comme d'une immense plaisanterie, d'une énorme farce, comme certaines personnes écoutent une bonne histoire qui fait rire mais ne savent plus l'interpréter et la font tomber à plat. C'est ce que j'éprouvais en retenant quelques formules politiques qui tombaient dans le vide de mon esprit, et je supposais qu'un accord avait été signé quelque part, qu'une paix relative existait enfin dans le monde décodé où j'avais vécu avant de connaître Adrienne et Samuel. Je concluais que cette guerre n'avait servi à rien sinon à brûler mes nuits de cauchemars les plus horribles, affreusement déçue que la terre n'ait pas été ébranlée une bonne fois puisque cette guerre manquée qui serait la mienne et celle de bien d'autres ne conserverait plus ma vie intacte, invulnérable comme je possédais le droit de le croire; ma vie serait contrefaite de cette victoire ou plutôt de cet accord, ne connaissant pas le prix d'une victoire, ses victimes, ses bourreaux, l'ignominie de l'homme aux abois de ses vices. De ces discussions, le rire sortait vainqueur et bête, surtout quand un nombre de verres de vin servait à ramollir des certitudes dont plus personne n'aurait juré l'efficacité; alors, sans que ma présence ne soit remarquée, je demandais à Adrienne d'aller me coucher; elle ne répondait rien et hochait la tête d'un air entendu. Dans mon lit, je pleurais des larmes amères et vraies sur la guerre finie, sur le gâchis inutile de tant d'heures à attendre je ne savais quoi dans la paille du grenier. Des éclats de voix ou de rires me parvenaient sourdement et ce qui finissait par me consoler était une toute petite voix qui me faisait lever de mon lit, la voix de JE, dix ans comme moi, me conduisant devant le miroir d'une armoire campagnarde, mélange d'innocence et de perversité qui me faisait frémir pour de bon lorsque JE me déshabillait d'un pyjama rose et découvrait mon corps nu et brun, de la tête aux pieds, comme la véritable clé de la vie que j'étais seule à pressentir par l'intermédiaire de JE qui rassurait ainsi l'exaltation future dont je serais la spectatrice inassouvie, l'amoureuse de Viana et de Léna, JE et moi étant la reconciliation systématique des opposés.

Maintenant j'avais froid devant la fenêtre et je défaisais le lit de Hugo pour envelopper mon corps d'une couverture orange qui présageait ce mois de mai blanc et rose, marbré des fleurs des arbres fruitiers, veiné d'une couche artificielle de pureté qui aurait dû sanctifier la trivialité d'Adrienne, de ses invités et surtout m'absoudre du doute dans lequel je préparais ma communion sans que je puisse trouver une aide quelconque, à part Samuel qui, à sa manière, continuait à m'emmener avec lui à travers champs et vignobles, toujours silencieux et protecteur, comme si rien ne changeait l'ordre de la nature, ne se compromettant pas parmi les autres, sachant très bien qu'avec Adrienne, il ne s'agirait pas de recommencer mais de continuer, ce qui ne lui donnait aucune raison de se réjouir. *Refaire sa vie, existence transformée,* autant de mots inutiles que Samuel situait à la portée de ses années passées avec Adrienne; il comprenait que la vie n'avait nullement besoin de lui pour se refaire ou se transformer. Seule, Adrienne veillait à ce que les actes, les émotions, les désirs de Samuel ne puissent lui faire faux bond, jetant sur lui comme sur moi, une lourde écharpe de responsabilités inconscientes qui le faisait agir avec raison et objectivité et, dans le fond, avec si peu de sagesse, qu'il aurait fallu un rien pour révolter Samuel, trop âgé cependant pour ne pas user ses derniers sursauts au contact de la lassitude, d'un échec permanent qu'il ressentirait encore plus fort lorsque je serais partie de Charvy et qui le conduirait au travail forcené jusqu'à en mourir.

Second événement, mes parents venaient à leur tour

d'arriver. La femme blonde aux yeux verts, ma mère, avait vieilli. Nous nous regardions avec étonnement et, de ma part, avec une indifférence méprisante qu'il m'était impossible de refouler quand ses lèvres froides sur ma joue se posaient avec une maladresse qui aurait dû me toucher, presque une timidité de la part de cette femme qui faisait connaissance d'une petite fille de dix ans, qui était la sienne et ne lui ressemblait en rien, moi si brune, elle si blonde, moi, sensitive, elle, féminine et seulement féminine: mille raisons qui m'ouvraient des impossibilités à l'aimer. Je restais devant elle, les bras collés aux cuisses, pour ne pas fuir et, comme dans mes toutes petites années, je subissais un être que je n'avais pas choisi; je me rappelais soudain mon refus d'un sein aussi froid que ses lèvres, l'angoisse d'autres visages féminins penchés sur moi qui me laissais mourir de faim. Réunissant ces détails dans mes mains que je fermais brusquement sur ma bouche avant de m'échapper, je prenais conscience qu'il me faudrait bientôt vivre avec ma mère blonde et fade, neutre et frigide, pareille du matin au soir, marchant à pas feutrés dans des pièces encaustiquées, qui ne changerait pas ses habitudes pour me conquérir, ombre chinoise suspecte et terrifiante qui glisserait sur les murs, les pénétrerait sans aucun doute à force de passivité soumise et pour qui, et pourquoi, puisque mon père n'exigeait rien d'elle, libre qu'elle était de ses actes et de ses pensées. Il était trop tôt pour que je comprenne sa conduite faussement fidèle qu'elle jetait constamment à la tête de mon père comme une sorte de chantage, lui reprochant des infidélités, des liaisons, lui en donnant peut-être l'idée et le désir, les femmes plus rusées que les hommes, créant pour eux des romans qu'ils n'auraient jamais imaginés et dont certains, humoristes et intelligents comme l'était mon père leur doivent à jamais quelques aventures savantes, un sentiment proche de l'amour qui se transforme vite en reconnaissance pour les bons moments passés en la compagnie d'une autre femme.

Cette mère au caractère horizontal comme une plaine

à perte de vue, immobile, pourtant indéniablement blonde, j'aurais dû la voir en champ de blé mûr sous le vent, au lieu d'attendre un fait nouveau, la revoyant coudre ou lire ou broder en silence, un enfant ne demandant jamais autant d'accoutumance, toujours à l'affût de la découverte dans les directions surprenantes, froides, extasiées, des chemins de la vie; sentiment réactif qui défie l'indifférence, s'impose à l'esprit comme la rancune dont Adrienne faisait mon objet, ma chose préférée. C'était une descente aux enfers où j'accompagnais ma mère non pas regrettée comme celle d'Ulysse la retrouvant dans l'Hadès, morte du départ de son fils et d'une guerre trop longue aussi néfaste que celle que nous avions partagée, éloignées l'une de l'autre, mais sans en mourir physiquement, toutefois le cœur desséché quand je remontais la pente abrupte du défilé étroit où je retrouvais les déesses chères à mon cœur qui guideraient adroitement, outrageusement mes premiers pas dans une voie marginale; ceux de JE habiteraient ma peau dans un confort égal à celui que l'on ressent dans une chaumière devant un bon feu de bois, le regard frileux sur une vitre mouillée, une absence de projets dans la tête, l'instant à vivre ne se renouvelant jamais dans les mêmes dispositions physiques et mentales. Pour la première fois, je laissais Adrienne couper mes cheveux, déposer le voile qui traînait sur le plancher de la chambre, par-dessus la robe longue d'organdi blanc. Des mains étrangères disposaient de mon visage, de mon corps engoncé dans une touffe de dentelles et devaient m'écœurer de ces attouchements gratuits que je n'oublierais pas de sitôt; aimant ceux que je devais aimer loin des gestes, les apprivoisant avec des regards souriants, avec des lettres, sans jamais un serrement de mains, pas plus qu'un mouvement équivoque disputant l'indifférence, la combattant pour faire naître les sentiments que j'éprouvais jusqu'au fond de l'âme.

Ma communion n'était pas un mariage mais le divorce définitif d'avec un Dieu qui n'accomplissait aucun miracle pour me délivrer de ces femmes. Froide et blanche comme l'organdi de mes voiles, la chaleur de cette journée m'atteignait encore plus qu'un soleil normal. Je croisais des regards, ceux de mon père, de ma mère et j'avançais enfin vers Samuel, vers sa main, la seule que je cherchais pour assurer mes pas jusqu'à l'église. L'odeur de l'encens, des lys blancs et d'autres fleurs aussi vénéneuses n'incitait pas mon sens olfactif à la méditation comme voulait nous le faire croire le bon vieux curé de Tour-Charvy; mais quelque chose d'imprécis dans l'air, vaguement broyé par la sueur des fidèles qui emplissaient l'église de Charvy ne manquait pas de faire naître dans les cœurs impurs des enfants que nous étions (l'enfance est trop grave et surtout trop humaine pour l'apparenter à la pureté) la découverte de chaque instinct dont l'enfance met en doute la pureté; à cette époque, on ne peut se contenter d'une seule solution à une réponse donnée; chaque solution apportée semble contenir une erreur puisque l'enfant ne saisit pas la notion d'impureté; quel enfant accepte les nuances comme la réponse absolue à ses questions? Les flammes des cierges balbutiaient au bout de leur cire et peut-être que l'une d'elles allait nous réduire en une immense torche suicidaire (idée impure mais réelle à dix ans) pour que la comédie endimanchée des costumes neufs des hommes, des robes fraîches des femmes s'épanouisse vraiment dans un bouillonnement confus semblable à celui du premier jour de la Création.

Ma foi en valait bien une autre. Mademoiselle Y. ne me quittait pas de ses grands yeux mauves, son beau visage n'exprimant rien qui puisse m'apporter quelque réconfort ou éloigner la fatigue qui alourdissait cette cérémonie, ce spectacle devrais-je écrire; étant une des comédiennes les mieux douées ce jour-là, je concentrais mon attention fixe sur le chapeau de Mademoiselle Y. comme elle démodé et qui lui allait si bien. Enfin un détail qui m'apaisait. Nous marchions en rangs bien alignés, déjà disciplinés par le discours du curé, long, ennuyeux, détaché en partie de la vie future qui nous concernait et qui, par cette négligence involontaire, nous livrait à nos propres errements. L'après-midi, un orage me ramenait à plus d'humanité. Adrienne me prenait contre elle et devant son attitude de mère subitement attentive, surprenant les yeux égarés de Samuel, j'éclatais en sanglots, furieuse contre ma peur des éclairs et du tonnerre qui craquait inlassablement dans ma mémoire, écho d'une ville dont mes parents impuissants personnifiaient le souvenir douloureux. Adrienne me berçait et croyait me porter dans son ventre, dans son cœur comme un fait acquis depuis longtemps, je le sentais, pour narguer Samuel et mes parents qui n'intervenaient pas; amour lui aussi réactif qu'elle concevait dans sa tête et qu'elle considérait supérieur, se persuadant vraiment qu'il l'était alors qu'elle avait constamment humilié mes jeunes années de sa férocité quotidienne. Elle ne m'inspirait pas de sentiments nobles, bien au contraire, et aussi passive que je demeurais par mes larmes versées comme la pluie qui heurtait violemment les vitres, je m'embourbais dans un flot de vulgarités; j'irriguais le flux et le reflux des émotions que je ne pouvais plus soutenir depuis que Samuel m'avait mise dans le secret de mon départ prochain. L'étreinte d'Adrienne n'étanchait pas mes blessures; elle me transformait radicalement et me haussait sur un pied de défense qui n'existait que dans mon esprit d'enfant hypersensible et dont, plus tard, j'allais sourire car il n'y avait aucune résistance à opposer à Adrienne; il suffisait de l'intimider d'une manière hautaine, attitude hasardeuse qui me servirait chaque fois que je la retrouverais et dont Samuel aurait dû appliquer les règles depuis que nous vivions sous sa coupe fielleuse. Il ignorait ce genre de la nature humaine, étant bon et faible par excellence et, même plus tard, il n'employait pas ce remède pour calmer le courroux d'Adrienne qui se vengeait doublement sur lui depuis qu'elle s'était rendu compte que je la courbais mentalement sous mon pied, cette femme à la nuque raide, si facile à désarmer et qui, le sachant, profitait de ses forces aléatoires.

L'orage et la communion se dispersaient alors que les gens de ma famille ne désarmaient pas. Mon père jouait de l'humour en quantité illimitée; son attitude désinvolte me gênait, lui qui, pendant des nuits, obliquait dans des rues dépravées par la guerre pour me protéger. Il avait changé, moi aussi; nous avions grandi séparés alors que l'image que je gardais de lui demeurait toute petite et si grande, jamais ternie par un reflet d'amertume. Je remarquais cependant que j'évoluais seule, au centre de cette image, et que mon père n'existait plus dans ce temps puisqu'il semblait avoir oublié l'importance de mes bras noués autour de son cou, la chaleur moite de mon visage sous la couverture qu'il écartait de ma bouche pour me permettre de respirer un peu quand les tirs aériens ne nous tyrannisaient plus. C'était la première trahison venant de lui mais, ne le connaissant pas, je lui faisais grâce de mes indulgences à cause de l'image parfaite que j'avais gardée de lui, si parfaite que plus tard j'allais la détruire et la chercher un peu partout dans d'autres visages masculins, essayant ainsi d'en reconstituer les morceaux épars.

Samuel était le plus brave d'entre nous, qui fournissait le pain et le vin à volonté, et de ces agapes qu'il désirait dignes de ses invités se gorgeant autour de tables nappées de blanc, je devais garder l'image la plus profane comme le signe exterminateur entre Dieu et moi. Image caricaturale de ces repas qui travestissaient ce temps révolu lorsque, plus tard, je m'intéressais aux civilisations décadentes et que j'abaissais volontairement l'individu à ce degré d'incompréhension qui avait fait partie de ces derniers mois à Charvy et à l'incapacité de jouir seul de la grande aventure intellectuelle qui le hantait et le poursuivait depuis qu'il s'était dressé hors de sa tanière comme un chien sauvage. Il n'avait jamais dépassé la civilisation humaine et philosophique grecque; il était demeuré tragiquement dans l'indétermination sans avoir su résoudre le principe élémentaire d'une sagesse nouvelle.

Pendant quatre jours ces fêtes devaient continuer. J'entrevoyais mes parents dans ce groupe où Adrienne régnait en souveraine alors que Samuel ruminait, ma petite main dans la sienne, marchant à grandes enjambées, moi essayant de trottiner de mon mieux pour ne pas perdre une miette de son regard qui s'attardait sur les champs blonds et verts d'une moisson que le printemps tardif se chargeait de transformer d'un jour à l'autre. Il en était de même pour les vignes qui, noyées dans une terre boueuse, demandaient plus de soins que les autres années. Samuel parlait, parlait, sachant qu'il me perdait tous les jours un peu plus; déjà s'adressait-il à un léger fantôme quand il discourait sans me regarder, les yeux plongés à la pointe d'un horizon que je ne pouvais attrapper au passage à cause de ma petite taille? Nous évitions d'échanger de telles confidences mais pendant qu'il fulminait contre cette famille qui lui faisait perdre son temps, mélangeant ainsi des sentiments qu'il ne mettrait pas à jour, je promettais, silencieuse et douce, d'être là aux cérémonies de la nature quand elles s'imposeraient: les moissons, les vendanges. Je garderais une saison intacte, la plus chaude, la plus éloquente, si les autres devaient déjà faire face aux instantanés un peu flous que nous fait subir le souvenir au fur et à mesure que les mois reculent et que nous avançons dans une direction opposée. Les uns après les autres, les membres de ma famille partaient que je ne devais plus revoir; et puis, mes parents, les derniers, espérant, je ne savais pourquoi, prolonger un séjour qui avortait sur une trahison de part et d'autre puisque nous savions tous que j'allais quitter Charvy. Nous composions, chacun à notre manière, une attitude de sincérité qui faussait tous nos rapports, même ceux, les plus intimes, que je partageais avec Samuel et qui écourtait les soirées que nous passions autour de la table ou bien dans l'ombre encore plus noire d'un grand tilleul que la nuit dissolvait, formant à nous cinq une ombre parfumée, échangeant des banalités qui me retiraient vite de ce petit groupe où je n'avais rien à faire ni à dire.

Une fois mes parents partis, je ressentais physiquement la coulée du temps sur moi comme une menace; il ne me restait plus qu'à attendre l'heure du blé que l'on *battait* avant de le ranger dans les greniers, l'heure des vendanges où les gitans noirs reviendraient, garçons ou filles croquant avec moi la plus belle grappe de raisin rouge dans une des vignes de Samuel; le jus coulait aux commissures de mes lèvres lorsque je déchirais une grappe entre mes dents pointues comme si je mordais l'énorme veine jugulaire de mon enfance perdue. Avant ces aubes et ces soirées rosées qui gelaient le bout de nos doigts et nous donnaient l'onglée, je passais les mois les plus chauds entre Samuel et notre vieille voisine qui, lorsqu'elle m'apercevait sur la route, me réservait toujours la douceur d'une sucrerie qu'elle cherchait au fond de son sac comme si elle l'y avait mise intentionnellement. J'aurais voulu lui rendre visite plus souvent dans sa grande maison fraîche, reposante, qui sentait la cire des meubles sombres et luisants comme des châtaignes automnales. Adrienne savait combien j'appréciais l'atmosphère un peu irréelle de cette maison, le charme d'un autre siècle de cette vieille dame habillée joliment de noir et qui brodait ses cols de dentelle blancs qu'elle portait élégamment autour d'un cou menu semblable à toute sa personne, trottinant dans un grand verger derrière la maison, loin de la route, ou bien, allongée dans une chaise de toile, coiffée d'un charmant chapeau de paille, à l'ombre d'un pommier quand elle brodait inlassablement ses cols, ses napperons, d'où les doigts s'agitaient comme de jeunes oiseaux impatients de voler.

Ce dernier été, Adrienne ne me refusait plus rien et, d'ailleurs, sortie vaincue de la bataille, je l'ignorais du matin au soir, alors qu'elle aurait pu m'assaillir jusqu'à la dernière minute de mon départ. Samuel profitait de ma présence quitte à en souffrir, mais elle, apprenait à ne plus compter sur moi, me nourrissant comme un des nombreux animaux de la basse-cour, ce qui était encore plus méprisant pour moi après tant de luttes, de larmes cachées. Comme la guerre, Adrienne et son amour devenaient inutiles, réduite à des douleurs inattendues car je me méfiais, cette paix malsaine ne se conjuguant pas avec les scènes qu'elle ne manquait pas de faire à Samuel comme si je n'existais plus. Je profitais de ces instants pour rejoindre notre voisine et bavarder gentiment avec elle, soit dans un salon suranné ou dans le verger; elle m'offrait un thé qu'elle accompagnait de mille-feuilles épais, larges, gras de crème et que je préférais à toutes les autres pâtisseries. Elle savait ce que je subissais avec Adrienne, l'affection réconfortante de Samuel la soulageant, mais surtout ce départ la rendait plus sereine à mon sujet et, un après-midi que nous en parlions, confidente involontaire comme l'avaient été mademoiselle L. et Maryse à la fin de l'année scolaire, je mangeais délicatement un de ces mille-feuilles qu'elle achetait pour moi; le verger sentait bon comme une adolescente à la recherche de l'amour, une chaleur à la mesure du supportable rayonnait entre les herbes folles, bourdonnait du crissement ailé de mille insectes que l'on ne voyait pas, à l'abri d'un monde qui se déroulait au-dessus de nos têtes; je songeais qu'un espace m'appartenait pour une ou deux secondes et que, plus jamais, je le retrouverais avec autant de sérénité. J'étais sûre de ce fait comme d'un rêve prémonitoire et le sucre farineux sur mes lèvres, la crème dans ma bouche devenaient ce qu'il y avait de plus raffiné au milieu de toutes les petites marbrures de ce mille-feuilles qui se déplaçaient selon que mes doigts déportaient de l'assiette à ma bouche une bouchée mêlée à l'orangeade glacée, ce qui donnait un goût très différent au thé brûlant, qui l'alourdissait, comme si nous vivions un après-midi spécial, nostalgique, regrettant les heures des autres étés que nous aurions pu apprécier ensemble, n'eût été la jalousie d'Adrienne et la faiblesse de Samuel. Ce bien-être brutal pétrifiait mon regard qui allait d'un côté et de l'autre, le subjuguant d'images qui ne revivraient maintenant que dans ma mémoire, à la disposition de mes phantasmes: une autre route où Samuel m'attendait et me prenait dans ses bras jusqu'au champ, à l'ombre d'un cerisier, près d'un puits naturel sans fond, qui me faisait peur quand je me penchais sur ses pierres moussues, moi cramponnée à la margelle de pierres séchées et durcies par le soleil ou les gels.

Une autre route encore se dirigeait vers un autre champ; un chemin d'acacias coupait la route en évitant Tour-Charvy; je marchais entre deux hauts murs de pierres avant d'aboutir sur une oasis verte, pure, pelouse abandonnée aux bons soins de la nature et que je ne devais retrouver qu'aux confins du désert... Fleurs d'acacias, fleurs de neige au printemps, qui pleuvaient sur mes cheveux bruns pendant que l'eau de la rivière suivait le cours discipliné d'un moulin avant de rejoindre à nouveau le chemin de pierres, cette fois, hérissé d'un seul mur sur la gauche et, à droite, de maisons campagnardes anonymes, jardins de capucines, de lilas, de fleurs à ras de terre, pensées, violettes, giroflées, selon la splendeur d'une saison qui se voulait plus belle qu'une autre dans cette vallée au climat sans pareil et que je devais quitter. Au bout du chemin, je ne manquais pas de m'arrêter à la maison de Maryse si elle ne m'accompagnait pas, car bien souvent elle quittait livres et cahiers, joyeuse, comme un jeune animal, de marcher avec moi; j'apercevais sa mère, une grande femme douce et maigre au visage anguleux qui n'osait pas me faire entrer chez elle, Adrienne ne m'ayant jamais encouragé à inviter Maryse.

Ainsi le verger s'étalait à perte de vue, descendait en pente douce vers la route principale où, deux fois par jour un car rouge et bleu passait, sentant l'essence, l'huile, la sueur des gens, le poids des bagages, toutes sortes d'aventures individuelles et muettes, poids du bonheur ou des larmes, poids du village perdu qu'à mon tour je mesurerais de la hauteur de mes dix ans. Une main sur mon épaule me secouait doucement, me demandant de ce geste facile ce qui n'allait pas; je me contentais de lever la tête, de sourire, de remercier. J'avais mangé mon mille-feuilles et je remarquais aussi mon verre vide de son orangeade, sur l'herbe, minutieusement seul dans ce tableau d'été, délicat comme une peinture de Sisley, ne réalisant pourtant pas ce qu'il y avait d'incomplet ou peut-être de mort, ce que je ressentirais plus tard, comme une cloche qui tinte dans une propriété abandonnée; une intensité manquait à ce décor, doux et flétri, pareil à la vieille dame qui parlait peu, ne posait pas de questions et qui me permettait de me reposer dans le verger sans nom.

J'entendais un pas. Un rai de lumière filtrait sous la porte. Je ne bougeais pas; la couverture me protégeait. Hugo frappait plusieurs coups et, n'entendant pas de réponse, il entrait lentement dans la chambre, avançait vers la fenêtre ouverte qui me dissimulait dans un clair-obscur. À voix basse, il demandait pourquoi je ne dormais pas et, mon profil contre l'appui de la fenêtre, je ne pouvais rien répondre, des larmes descendaient sur les tempes, sur les joues, s'écrasant du menton sur le cou, mourant là, s'infiltrant sous la peau. Nous nous regardions sans nous voir; la tendresse qui découlait de nos secrets nous faisait taire et sous la couverture orange, mon corps était las, ni lui, ni elle, ni JE, mais moi, ne redoutant rien de Hugo, observant, écoutant le jardin éteint de ses bruits, de sa pluie, de ma peur, accessible à nos mémoires et rien de plus pour la nuit à venir. De cela, j'étais sûre et, me rapprochant de Hugo, sans le toucher, à voix basse, pour ne pas le perdre, je lui demandais qui était l'adolescent qu'il avait aimé. Je ne le perdais pas; simplement, il tournait son profil vers moi, sa crinière blanche au-dessus de mon visage comme le linceul qu'il évoquait d'une voix imperceptible et me faisait tendre l'oreille, n'enregistrant que les mots capitaux: « mes fils, ma femme... » La surprise m'étourdissait. Je retournais m'appuyer contre une partie de la fenêtre, désunissant mon visage de celui de Hugo, démoulant ses yeux clairs de mes yeux noirs, décalant le souffle bas de nos voix, ce mouvement des lèvres ouvertes, comme si nous nous étions parlés à travers une vitre.

Je partais de Charvy. Adrienne jouait son dernier acte en criant qu'on lui enlevait son enfant. Samuel déformait un peu plus sa blessure par des grimaces de douleur. Je ne pleurais pas: j'attendais la personne qui devait me ramener à mes parents. Seule, la souffrance serrait son poing autour de ma gorge mais il était encore trop tôt pour le désespoir totalitaire.

— Hugo... Où sont-ils?

On attendait un train dans une gare, triste et grise comme toutes les gares, ce qui ne convient ni aux départs ni aux arrivées dans des villes qui sont, selon le cas, source de joie ou de nostalgie, et l'ambiance impersonnelle des gares, sentant mauvais, sales parfois, ne rassure pas le voyageur égaré dans un lieu qu'il ne connaît pas. La personne (je n'ai jamais su qui elle était) qui me ramenait chez mes parents prenait soin de moi, ne me quittait pas d'une semelle; j'avais mal à la tête, si mal que je demandais des cachets. J'allais aux toilettes, elle m'interdisait de m'enfermer à double tour et attendait patiemment que j'en sorte, appuyée contre la porte du wagon. Je sentais une conspiration et je me disais dans un début de délire que j'étais la victime d'un enlèvement, qu'Adrienne s'était trompée de personne, et ce visage que je ne parvenais pas à photographier dans mon esprit, pillait mes faiblesses physiques, en profitait pour me conduire par la main, dans le compartiment du wagon et m'allongeait, la tête calée sur un manteau. Tant de sollicitude indifférente me semblait suspecte car il n'y avait personne avec nous, perdue que j'étais dans une amnésie qui ne me rappelait plus aucun nom, aucune douceur vécue avec Samuel. Le train roulait comme une chose folle vers une destinée inconnue et, refusant à un certain moment ce compromis qui ne me laissait pas de choix, je bondissais jusqu'au couloir en gémissant. La personne tendait une main et accrochait mon bras au passage. Je devenais docile comme un animal que l'on mène à l'abattoir.

Bien plus tard, je montais des escaliers pour atteindre une sortie donnant sur une ville bruyante qui me faisait frémir. Je ne voyais rien; j'entendais tout. Je fermais les yeux et, pareille à une aveugle, je me laissais guider par la personne qui tenait solidement mon poignet d'où je ressentais une douleur, me concentrant sur cette poigne afin de trahir la fatigue, les vertiges, les maux de tête, qui me courbaient. Je ne pensais plus; comme les autres fois, il y avait très longtemps, je mourais lentement d'une toute petite enfance qui n'avait rien eu à voir avec moi. Subitement, des images équilibraient ce monde qui vacillait: les noyers, les promenades au soleil avec Samuel, les colères folles d'Adrienne, le verger de notre voisine, Maryse, les pièces de théâtre que nous répétions sous les marronniers à la fin de l'année scolaire. Quelqu'un manipulait des ficelles étranges et démontait à mesure que je les percevais, comme un puzzle, le décor momen-tané que je retrouvais sans aucun effort. Je jetais le tout hors de mon imagination puisque j'avais vécu plus que n'importe qui mes histoires vivantes, mes sensations que seul Samuel supposait quand un air nouveau, une senteur inconnue me clouaient sur place. La vie était là, à portée de mes yeux; je n'avais qu'à regarder un peu partout sans me presser et la vie continait sa mue lorsque je pas-sais près d'elle. Samuel m'avait longuement expliqué que tout était nécessaire à la vie: que, de soleil en gelées de mars, chaque manifestation de la nature ne se renou-velait jamais deux fois ni d'une manière identique. Adrien-ne ne connaissait rien à nos mystères, ne comprenait rien aux conciliabules de Samuel. La Vie. La Vie. Un grand retour sur elle et je m'évanouissais totalement pour ne pas souffrir.

— Ils sont morts tous les trois en déportation...

D'où venait cette voix chavirée? Je n'avais pas sauté

sur la voie ferrée. Orange et bleu. Secret de Hugo. Où étaient les oiseaux, les colombes de la paix dans le wagon plombé où la mort se promenait en liberté, entre les fils et la femme de Hugo? Je m'approchais de lui en poussant un cri. Il m'emportait dans ses bras, enroulée dans la couverture orange. Le cycle recommençait et je passais mes bras autour du cou de Hugo en murmurant le nom de mon père, lui confiant ma peur, le besoin de dormir et de ne plus revoir les matinées qui fabriqueraient d'autres nuits brûlantes et damnées.

Hugo déroulait mon corps et mon cauchemar de la couverture pour me glisser entre les draps frais du lit. J'entendais le bruit d'une fenêtre que l'on fermait, des rideaux que l'on tirait. Puis, Hugo venait s'étendre contre mon corps nu et, dans mon délire, tentait une chose presque impossible: la liberté de croire que j'étais un enfant à qui le choix devenait sa première condition, son unique réflexion, et lui laissait le temps de chercher ce qui me conviendrait le mieux, me dérobait à JE, ni fille, ni garçon, ma joue lisse et neuve contre la texture soyeuse de sa robe de chambre. J'étais un tout dans ce geste émouvant: une famille qu'il reconstituait, enfermait farouchement dans son immortalité. Nous ne bougions pas afin de ne pas être emportés loin l'un de l'autre avec tous nos morts; ainsi, il serait plus facile de vaincre l'emprise nauséabonde du passé sans nous détruire mutuellement, nous leurrer surtout car, même si Hugo me laissait le choix et ne m'imposait personne parmi ceux qu'il avait aimés, je ne voulais pas faire de lui le prolongement de mon père de par ses gestes et ses paroles au centre d'une tendresse à l'aveuglette, à l'emporte-pièce de son drame personnel. Nous devions nous nourrir de l'essentiel: notre propre lumière explosive dans l'espace de notre solitude organisée. Éparpiller nos esprits dans les éclipses entrevues d'êtres qui nous poursuivaient comme des entités, nous soumettait lamentablement à des illusions violentes, à

des ressemblances morbides, à des inactions dangereuses, le prolongement devenant trop rapidement un
cercle alors que deux lignes parallèles peuvent se suf-
fire dans l'absence et dans le temps.

J'avais cru posséder les forces de mon père et je
n'avais échoué qu'à cause de ses faiblesses qu'il m'avait
offertes en héritage mais je voulais accéder à celles
de Hugo comme à une initiation à un esprit étranger;
Hugo devait m'élever dans l'unité parfaite de ses sentiments et non dans une trinité cendreuse. Que nous
guérissions tous les deux! Que nous sortions une dernière fois de nos cénotaphes! Je m'insurgeais contre
les bras de Hugo qui serraient, sans trop bien le savoir, une femme et deux garçons tandis que moi,
je ne pouvais échapper au miracle de l'enfance re-
trouvée dans ces mêmes bras, usant les limites des
sortilèges que la nuit enflammait dans cette chambre
bleue et orange. À ce moment-là, je voulais tout savoir de Hugo, me souvenant que notre première rencontre palpitait d'une déraison que des circonstances
permettaient dans lesquelles Hugo se régénérait, cette
fois dans une préhistoire, une antiquité dont nous
n'étions pas les héros. Je redevenais la fille du feu
pour le questionner:

— Imagines-tu Dieu souriant pendant la semaine
de la Création?

Je le déconcertais. Les secondes écoulées risquaient
de me compromettre, d'étourdir Hugo s'il n'ouvrait pas
les bras uniquement sur moi pour me répondre. Il
me serrait davantage, geste imprévu qui me laisserait
essoufflée au terme de sa grande lucidité.

— Veux-tu savoir si l'agnosticisme n'est que le
raffinement de l'athéisme, si nous sommes de véritables
décadents à cause de la souffrance inhumaine qui est la
loi de la perfection?

Nue, frigide, je me cramponnais aux revers de sa
robe de chambre, les mains de Hugo ne sortant pas

de mes cheveux, de mon visage anormalement lié au corps brun qu'il ne touchait pas.

— Et ce luxe dans lequel tu vis... La féminité de cette chambre... D'où vient tout ce que tu aimes dans ta maison?

Il ne se levait pas pour allumer une cigarette; il ouvrait un peu les bras, se tournait légèrement pour être plus près de tout ce qu'il avait perdu. Je punissais son mystère trop grand en m'allongeant sur lui, de tout mon poids, de toute ma présence longue comme une plante d'eau dont les racines sont constamment imbibées d'une eau que l'on ne peut éponger.

— Tu veux vraiment savoir?

— Oui.

— Nous vivions en Pologne depuis des générations... Ma famille et celle de ma femme étaient socialement privilégiées... Notre nom, notre religion nous rappelaient que nous étions juifs... J'ai les yeux bleus... Ma femme, mes fils étaient blonds... Le type aryen... Il y a eu la guerre, la même que la tienne et, tu vois, je ne pensais pas que derrière les murs du jardin où nous vivions, je perdrais tout... Les juifs possèdent la hantise de la laideur, de la même façon que nous sommes universels. Notre curiosité nous incite à nous livrer à tous les pays, à toutes les cultures... Nous sommes des inconstants et nous avons payé cher les dieux que nous avons adorés! Je suis mort six millions de fois, plus trois fois depuis des années...

Hugo se taisait. Il abandonnait ses yeux injectés de sang à des lieux fragiles, à des noms aussi fragiles qu'il refusait de me livrer. Il tombait comme une proie trop facile, emporté par la négation de la nature morte du jardin fermé de l'autre côté des frontières.

— Quel âge as-tu maintenant?

Il souriait un peu, les yeux fermés.

— Pourquoi? La vieillesse n'est pas une conversion.

— Explique-moi...

— La mort imposée, le martyr de ma famille ne m'ont pas révolté, ni endurci. J'étais un homme doux, je le suis resté. Il n'y a que le temps qui soit une divinité terrifiante...

— Pour toi, la vieillesse est un état de continuité?

— Oui, puisque tu es très jeune et que je t'aime...

Je ne le croyais pas. Il parlait du haut d'un édifice de ruines et cet amour n'était pas pour moi mais pour deux garçons blonds qui essayaient de le rejoindre. Je soulevais mon visage vers le sien aux yeux toujours fermés; je libérais mes doigts aux ongles longs et doucement je sondais la peau flétrie, fragile, faite pour la torture.

— Je ne suis pourtant pas blonde...

— Tu ne ressembles à personne... Tu n'es pas encore née...

Je devenais cruelle. Il était mort; je n'étais pas née. Quel monde parallèle nous unissait en passant par la Pologne et Charvy? J'enfonçais un ongle dans l'ornière creusée des larmes.

— Comment le sais-tu?

— Ton enfance... Adrienne qui ne souriait jamais et ressemblait à Dieu-le-Père... C'est la réponse à toutes tes questions...

Aucun gémissement de la voix fatiguée de Hugo. Je continuais mes éraflures, n'ayant plus rien à savoir de lui, étonnée que le mystère dévoilé n'ait rien détruit entre Hugo et moi. Un sourire écartait finement ses lèvres; il se divisait; il recevait enfin quelque chose de moi qui le comblait et disséquait, les uns après les autres, les moments dramatiques de sa vie. Lentement, ses mains s'ouvraient, se fermaient sur mes poignets pour les éloigner de ses joues. Je vacillais sur le profil égaré de Hugo car, venant d'ouvrir les

115

yeux, deux larmes de sang traînaient et rejoignaient intimement celles de ses ancêtres.

— Nous sommes le peuple le plus pacifique du monde...

C'était rien et tout. Je demeurais pétrifiée contre lui, des larmes jaillissant de mes yeux noirs, des larmes douceâtres comme une eau de mer. Je jetais mes yeux contre ceux de Hugo pour recevoir son sang, pour le boire comme un vin nouveau jusqu'au matin dans un sommeil douloureux; impliqués ensemble dans le marécage violé de la stupéfaction éprouvante de nos vies amputées de quelques-uns de leurs cauchemars comme deux vies antérieures que nous viendrions de frôler avec la force malsaine de certaines hantises que nous voulons détourner de notre cerveau sans y parvenir et qui nous obligent à regarder en elles, à plonger en elles comme dans le vide, le désarroi d'une fatigue physique et mentale, ce qui nous laisse pantelant d'effroi, à la merci d'une défaillance de notre corps, d'une invalidité de notre organisme et nous ramène lâchement à de meilleures résolutions envers les autres, indirectement envers nous-mêmes.

Au matin, quand je remarquais l'absence de Hugo, je la ressentais comme un manque, le regard perdu sur l'impact du jour, de la lumière qui essayait de transpercer les rideaux. Je me détendais jusqu'à la fenêtre pour ouvrir ces tissus lourds mais je me heurtais à des volets clos que, la veille, je n'avais pas remarqués. Je me souvenais: nous étions ivres de nos souvenirs poisseux; des succubes nous agglutinant l'un à l'autre ordonnaient ma cruauté, la souffrance persécutée de Hugo. Les larmes versées, de sang et de sel, ne venaient pas de nous mais d'êtres malfaisants qui glissaient, mous et flasques, entre les meubles, entre les tons pastels du bleu et de l'orange qui masquaient heureusement le dualisme dont nous étions les victimes infatigables et surtout illogiques. Nous étions amoraux, nos sentiments primaires, fixés et en-

voûtés sur nos anciennes conquêtes. Nous nous diver-
sifiions sur les distances de nos personnalités qui
semblaient s'éterniser de miroir en miroir, sans jamais
nous retrouver identiques, délaissant la chambre, nos
vies écoulées, solidaires l'une de l'autre peut-être, voyageant de la Pologne à Charvy, ce petit village ne
ressemblant pas aux autres puisque j'y avais vécu d'une
manière peu commune, sachant pourtant combien tous
les villages se ressemblent lorsqu'ils ne nous offrent rien
de particulier, rejoignant dans ce sens l'anonymat des
personnes que nous côtoyons tous les jours de notre
vie et ne leur trouvant aucun attrait distinct, nous
ne savons rien d'elles qui puisse nous les faire remarquer dans un laps temporel que nous négligeons, nous
le figurant si long que les lendemains suffisent à alimenter des espoirs, que nous prenons souvent comme
un fait acquis; d'autres jours, songeant très rarement
au contretemps qui empêtre la réalisation de nos projets, et nous ramène en arrière, au point mort du
temps qui ne peut rien pour nous et nous commande
déjà de tout recommencer.

Pour Hugo et pour moi, le temps de l'épreuve
était passé; comment savoir si cette nuit exceptionnelle ne dirigeait pas volontairement un commencement
de folie qui arrachait des bribes de nos existences
démantelées, voguant dans l'irréel, la tragédie ne s'im-
provisant pas, celle de Hugo, son état naturel quand
j'enfonçais avec plaisir (oui, avec plaisir) mes ongles
dans les petites vagues molles de ses joues. Il était
parti sans me réveiller, défiant le remords mieux que
je n'aurais su le faire en sa présence, départageant
l'offense de la culpabilité qui devait embuer son âme
d'une manière plus grandiose que la mienne, l'élégance de son caractère et le luxe dans lequel il vivait
lui insufflaient une force que je ne possédais plus depuis
que je voyageais d'un pays à un autre, choisissant
des hôtels minables ou bien un appartement dans le
quartier le plus pauvre de la ville si je décidais de

117

souffler un peu. C'était ma façon de rester libre, du moins je le croyais, la pauvreté s'encombrant rarement de principes et surtout de contingences; je pouvais faire en sorte que ma passion curieuse dans l'intimité de Hugo demeurât une joie dévorante dans la minute présente, au niveau des sensations puisque la vie, son bonheur relatif, du bout de la route à l'autre bout, ne m'intéressait que dans la mesure où je me reposais, soulagement du vagabondage que j'éprouvais sur la colline et dans les rues quand je faisais confiance à la joie d'exister simplement.

Je parcourais la maison d'une pièce à l'autre; elle était belle comme le jardin de Samuel, ordonnée comme le thème héraldique et la fatalité de mon enfance. Je poussais un cri de joie solitaire, dégustant à petites doses ces minutes précieuses dans la maison aux volets clos que je n'ouvrirais pas. Tout se reflétait dans mon corps nu et je n'avais pas besoin de miroir pour ajuster la cible de mon regard à mes gestes qui contournaient délicatement les angles avec une précaution de chatte habituée à l'obscurité. Sur un meuble, une feuille pliée en deux, pour moi: *Ne sors pas, je te téléphonerai dans la journée. Hugo.* J'éclatais de rire, amoureuse du ton concis de cet ordre écrit. Mais qui serais-je dans une heure? À l'orée d'une autre vie, tenant la main de JE qui me poursuivait depuis si longtemps, m'abandonnant à mon sort de temps à autre, telle que j'étais avec Hugo et qui lui faisait dire que je n'étais pas encore née. Je décidais de demeurer invisible dans la maison fermée qui serait la matrice, l'embryon, la probabilité d'expressions anciennes, le résultat hasardeux d'une future naissance; la portée monstrueuse de mes sentiments qui réfugieraient leurs confusions dans les ombres dont Viana serait le placenta que j'allais dévorer afin de retrouver l'énergie, la fureur, l'exactitude d'un rendez-vous manqué, tout ce qui serait nécessaire à l'ébauche d'une peinture qui, je le savais pourtant, ne posséderait pas l'éclat de l'original mais le talent un peu sombre d'un faussaire méconnu.

Imaginer à mon réveil l'environnement trop rose d'une chambre, si différente de celle de Charvy, murs sans couleur, lit de fer, une armoire à moitié déséquilibrée par l'humidité et la négligence d'Adrienne; imaginer ce décor imposé et qui ne me ressemblait en rien lorsque j'arrivais chez mes parents, chambre impersonnelle qui serait juste bonne à creuser mes sommeils adolescents, ce qui n'était déjà pas si mal puisque je refusais encore de dormir à la belle étoile, ce qui dans une ville très grande est impraticable, sous peine de se retrouver sur les bouches d'aération du métro, même sous des ponts, à l'abri des portes cochères, etc. Au bout d'un certain temps, docile et pratique, gardant mes distances, muette de gentillesse, bavarde réfugiée dans l'outrance, j'inventais une personnalité mensongère d'Adrienne, parlant de ses qualités, de sa tendresse, exagérant une quantité de détails que je ne cessais de rabâcher à la femme blonde aux yeux verts, ma mère, qui souffrait, crevait de jalousie sans le dire, maudissait peut-être toutes ces années perdues loin de moi; je mettais sur pied, avec une lucidité exacerbée par la rancune, la fissure, le grand malentendu que je n'avouerais jamais comme le plus odieux des mensonges entre ma mère et moi, ayant tout perdu d'Adrienne, finissant par croire à l'image parfaite que je décrivais à ma mère et qui par ce contraste devait me la rendre inoffensive, prenant conscience du fait que cette perfection s'écroulait à la base de mes peurs enfantines, donnait à Adrienne une personnalité redoutable; en réalité elle n'existait que pour Samuel qui l'aimait avec la peur que l'amour fait naître quand la raison n'intervient plus et dénature les sentiments les plus nobles, ce qu'Adrienne avait découvert en Samuel, en moi, sous la forme impuissante de ma jeunesse et qui plus tard, effacerait ce qu'elle m'avait fait subir, la crainte ne se justifiant plus dans mes visites de plus en plus rares, de plus en plus sauvages et désinvoltes; je la bousculais même physiquement, me moquant d'elle devant Samuel qui ne comprenait pas mon courroux et la soumission d'Adrienne.

Je n'entreprenais rien de tel avec mon père; je jurais seulement de faire une nouvelle connaissance avec lui, ignorant encore que l'on ne reconstruit rien sur d'anciennes amours. Objectif absurde que ce choix de l'enfer le plus confortable mais il fallait vivre avec une ou deux issues qui me permettraient de ne pas me sentir prisonnière, déjà effarée que j'étais d'avoir découvert les véritables personnalités de mes parents, aussi différents socialement qu'ils l'étaient physiquement. Ma mère venait d'un milieu appelé grande bourgeoisie provinciale, mêlé d'un brin d'aristocratie, famille en partie ruinée que je connaissais très mal, à savoir que cette famille avait rejeté ma mère lorsqu'elle avait épousé mon père, le considérant indigne d'elle, de sa blondeur, de son nom et, pour lui, j'ignorais les deux frères de ma mère, mariés à de respectables filles fortunées qui avaient redoré le blason terni de cette *maison*. Nous étions les parents pauvres à cause de mon père conçu d'une femme et d'un homme venus des confins de la Méditerranée, traînant derrière eux une ribambelle d'enfants bruns, criards, mal élevés, vivant de tout et de rien, peignant les paysages que la nature leur offrait pour quelques sous, se gavant de fruits sauvages, fuyant un sud hostile, montant vers le nord avec l'espoir de trouver un travail quelconque qui nourrirait cette dizaine de bouches aux dents de loups, livrés à la misère encore heureuse, insouciante, d'une bohème qui ne leur faisait prendre rien au sérieux. Mon père peignait plus que ses frères et sœurs, vivait mal de ce travail, mais vivait libre; délaissant parfois ses pinceaux pour suivre un vagabond aussi fou que lui, il l'entraînait dans des voyages qu'il ne pouvait payer, fuyant, revenant, repartant, repeignant quand il le fallait, séduisant, je n'ai jamais su comment, je veux dire par quels procédés sociaux, la beauté ne suffisant pas pour être admis dans la société, des femmes riches qui l'entretenaient un certain temps. Ainsi, presque âgé, rencontrant ma mère de douze ans sa cadette, il l'avait positivement enlevée; elle s'était laissée faire, ni l'un ni l'autre, dans leur naïveté, n'envisageant un échec, tout à leur audace confondue avec l'amour, mon père, insconstant face à d'autres blondeurs, ma mère, romantique, face à sa déception.

J'allais naître de ces opposés, ne laissant aucune chance à ma mère, farouchement liée par l'hérédité à la famille de mon père, tiraillée parfois à l'autre bord de ce que j'étais, sombrant dans des manières, des délicatesses d'aristocrate que je ne pouvais renier, d'ailleurs le raffinement artistique de mon père devant créer un étrange amalgame de goûts qui s'affirmeraient plus tard, le sens de la beauté en toute chose poussé à l'extrême limite de l'humain, moi-même avide des objets les plus rares, je ne voulais rien posséder, ma santé fragile m'interdisant de penser à une vie très longue, ce que j'aimais, la mort m'épousant quand je choisirais de l'épouser. De ces deux héritages, j'allais me débattre de toutes les manières, voyageant à mon tour du Nord au Sud, ne parvenant pas à concilier ce qui serait ma vraie nature entre la femme nordique, blonde, froide, et l'homme brun qui me transmettait tous les parfums subtils du berceau de la civilisation, ce père que je me plaisais à imaginer comme un prince d'Arabie avec ses yeux fendus comme une corne de gazelle, à la peau si brune, dont plus tard je me représenterais l'épiderme comme les feuilles d'olivier des pays africains que mon père avait visités avant moi. Enfin, pour subvenir à nos besoins, malgré une certaine aisance que l'on devait à ma mère et qui permettait à mon père de peindre pour son plaisir, il avait appris ce métier d'infirmier le laissant indépendant dans un hôpital et, à mon retour de Charvy, je ne manquais pas d'imaginer mon père soulageant ses malades par le fait unique de son charme, de sa beauté, de sa voix virile et chaude qui avait tant promis à ma mère et à d'autres femmes. J'étais trop jeune pour réaliser que mon père était un menteur invétéré, comme le sont les personnes dotées d'une beauté peu commune, d'un charme qui résoud tous leurs problèmes, assurance qui dépose à leurs pieds, à force de facilité, une fatuité réelle, qui leur sert de tremplin quand il le faut.

Au moment où j'entreprenais la conquête de mon père qui m'autorisait à l'appeler par son prénom, je ne savais pas que l'amour, venant de lui n'y était pour rien; il éprouvait plutôt une surprise agréable de se découvrir une fille qui lui ressemblait tellement et prolongeait ainsi un semblant de jeunesse qui, plus tard, allait le trahir irrévocablement à mes yeux. En quelque sorte, lorsque j'arrivais de Charvy, ce père était disponible, la conquête sans péril, l'ennui d'avoir poursuivi tant de chimères si évident que je débarquais neuve et sans tache sur un rivage d'amertume qui allait distraire mon père des femmes un peu usées, fatiguées qu'il avait l'habitude de fréquenter; je dis bien distraire car mon père sans amour compensait ce manque par un humour et une fantaisie, qui feraient de nous des complices irréprochables, un couple d'amoureux embellissant leur vie d'autrefois d'illusions encore plus décevantes quand le moment serait venu de le constater. Il m'arrivait de me demander pourquoi mon père n'avait pas facilité mon retour de Charvy en m'avouant, à ma communion, qu'il viendrait lui-même me chercher, que j'étais sa fille et qu'il voulait m'avoir auprès de lui puisque nous nous entendions si bien. Ce raisonnement ne débouchait pas sur quelque défaut venant de lui car je l'aimais trop et lui, trop sûr de moi, ne pouvait s'arrêter à des subtilités que je valoriserais quand le charme serait épuisé, mon père affirmant que j'étais son prolongement mais ne pensant pas une seconde (moi non plus, du reste) que si j'avais hérité de sa beauté et de ses charmes, le libertinage, l'ennui seraient comme pour lui mes pires ennemis.

Entre nous, il y avait une femme qui vivait en un perpétuel conflit d'incompréhension, critiquant sans cesse nos faits et gestes, nous jugeant, profitant de l'ultime ressource des gens à bout d'arguments qui ne trouvent dans leurs accusations aucune preuve de culpabilité, aucun alibi pour nous détruire. Au début, mon père, homme de ma vie, trop occupé de ce petit phénomène qui lui tombait du ciel, ne prenait pas garde aux menaces de ma mère et moi, trop active à satisfaire les moindres désirs d'un père délicieux, homme du monde d'occasion, mais homme du monde tout de même, je me disais qu'il serait bon de nous débarrasser de cette femme encombrante comme une ancienne maîtresse pour qui je n'éprouvais aucun respect, plus agressive qu'Adrienne par sa façon sournoise de nous rappeler à elle, jalouse d'une jeunesse gâchée qu'elle réclamait sans cesse à mon père et ne manquant pas de lui rappeler ses générosités financières, sa fidélité n'ayant aucun mérite puisque mon père lui accordait toute liberté, sorte de chantage dont elle ne profitait pas, ce qui aurait bien arrangé mon père, ma mère dans son genre de beauté blonde et froide, passionnée éternellement, frustrée imprudemment, proie à cueillir si l'occasion s'était présentée, hélas femme d'un seul homme qui n'était plus le sien depuis longtemps, croupissant encore en robe de mariée au soir de ses noces comme une nonne promise au couvent qui ne verrait jamais le visage de Celui à qui elle serait « mariée », ce qui pour des femmes comme ma mère était la solution idéale, celle-ci m'ayant avoué un jour, par dépit, qu'elle aurait dû entrer au couvent...

Hors de ma vie avec mon père, j'allais au lycée

comme la plupart de mes camarades, garçons et filles, loin du calme de la petite école de Charvy, en proie à des professeurs ennuyeux, à un enseignement pédagogique qui se limitait à nous inculquer un programme établi d'avance; j'étais l'élève la plus douée de ma classe, mais aussi la plus contestataire, refusant catégoriquement d'analyser des sujets encore plus ennuyeux que les professeurs cloués derrière leurs bureaux et qui attendaient, comme nous, que le cours finisse soi-disant d'une manière ambigüe, de manière à reprendre la suite les prochains jours... Au nom de quels repas infects, de quelles punitions injustes, ce semblant de culture, ces inepties nous ont valu des zéros de conduite, des conseils disciplinaires, des heures à sécher un cours dans un jardin public, autrement mieux en paix avec les pigeons à qui nous donnions les miettes des maigres repas dont nous nourrissions nos jeunes carcasses; au nom de quels académiciens nous n'avions pas droit à la parole, au débat; je révoltais une classe entière de trente élèves quand j'imposais un jour un poème de Baudelaire: « La Servante au grand cœur... », me bagarrant sans cesse comme si je prévoyais obscurément la venue d'une génération qui me ressemblerait, qui apporterait quelque chose de neuf, de débraillé à ces livres que je voulais sans auteur, sans héros, universels et qui les rejetterait pour apprendre, au contact de la vie et des êtres, le prix du moment à vivre, du choix à faire, du défendu, de l'opprimé; n'avais-je pas été l'élève attentive de Samuel qui m'avait appris la nature mieux qu'aucun livre ne l'aurait fait, non pas au contact des pages que l'on tourne avec dérision mais au milieu d'une campagne qui se transformait quatre fois par année, d'une manière différente et absolue, sans restriction?

C'était dans une certaine mesure l'univers débordant de l'enthousiasme car, amplifiant l'absence de mon père, croyant réellement qu'il était en moi, j'exerçais mes pouvoirs de séduction sur des camarades de ma classe que je préférais à d'autres. Reconnue pour mon inconstance charmeuse, mon intelligence précoce, ma beauté de jeune pâtre grec, il me suffisait d'un billet, d'un regard, de sucreries pour unir momentanément ma vie scolaire à une visiteuse secrète et faire battre mon cœur qui n'appartenait qu'à mon père comme les succès que je jugeais dignes de lui et non de moi; apprenant à mon tour la comédie du désenchantement et de l'ennui, l'humour m'étant un état naturel, je recommençais sur un autre visage les mimes affreux de ce que je croyais être les prémices de l'amour.

Pourtant, les murs du lycée ne ressuscitaient plus le charme contemplatif de mes jeunes années et ce qui allait devenir la hantise de mon enfance, après la mort de Samuel, s'installait graduellement en moi pour ne jamais s'effacer, ni dans les moments très heureux, surtout ceux-là, ni dans les voyages que j'entreprendrais, à la recherche d'un verger, d'une vigne, d'une vallée juste assez tiède, assez belle pour recréer une seconde ce que j'avais perdu de plus cher au monde, l'enfance de Charvy, la maison douteuse d'Adrienne, la bonté de Samuel, l'intensité cruelle mais vécue du temps que je ne devais plus retrouver, faire partager, l'amour de Viana et de Léna trop imprégné de consciences malfaisantes, de raisons plus ou moins valables, ne regrettant surtout pas ce qui ne serait jamais plus mais, l'innocence étant perdue même en compagnie de mon père, je ressentais, assise à l'ombre d'un arbre de la cour du lycée, une amère déception, l'apprentissage futur de mes plus grands tumultes qui finiraient par se consumer dans une paix qu'un être de mon âge ne devrait pas utiliser comme la principale philosophie de son existence.

Loin du lycée, mon père existait toujours tel que je l'aimais. Le dimanche matin, quand ma mère était levée, je le rejoignais dans leur lit et, après une démonstration exagérée de ma fidèle affection, ce qui devait le faire sourire et peut-être me mépriser un peu, aussi peu différente des autres femmes, il me prenait dans ses bras et me demandait innocemment des nouvelles de mes amies. Je lui racontais tout; il riait. Je dois expliquer une étrange alliance entre mon père et moi qu'il avait créée de toutes pièces et, bien entendu, j'étais tombée dans le piège sans me poser de questions. Plus qu'à tout être, c'était à mon père que je devais la perte de cette merveilleuse innocence qui me poussait malgré lui dans les bras de Viana et de Léna, à force de reconstituer à travers moi, l'image de ce qu'il avait été durant sa jeunesse. Il était toujours question de femmes entre mon père et moi; parmi celles que nous croisions quand nous nous promenions ensemble, il me faisait remarquer la beauté de certaines, la laideur des autres; ou bien il aimait trouver mes amies, à la maison, qu'il courtisait discrètement. Je m'amusais de tout cela car je le croyais quand il me disait que j'étais plus que sa fille et de loin, la plus belle. Ma mère soupçonnait je ne savais quoi lorsque nous sortions et, parfois, il nous arrivait de nous donner rendez-vous à une terrasse de café pour éviter ses sarcasmes; elle se montait la tête et refusait de se promener avec nous, ne nous accompagnant nulle part, à aucun spectacle, acceptant, ne pouvant faire autrement, l'invitation à déjeuner chez les quelques rares amis que nous possédions. Il en était de même vis-à-vis de mes amies qu'elle détestait, épiait, sans aucune bonté ni indulgence; elle glissait entre deux portes pour écouter nos conversations, lisait mon courrier qu'elle avait déniché au fond d'un meuble de ma chambre, billets doux de mes amies lycéennes pour la plupart qui me valaient des scènes épouvantables, ne comprenant rien à l'exaltation de mes amitiés qui m'étonnait moi-même puisque cette exaltation était dédiée à mon père, ce qui me paraissait normal et non immoral comme le prétendait la femme aux yeux verts en me prédisant une vie de débauche remplie des vices que j'avais hérités de mon père. Je ne comprenais rien à ses révoltes qui, par l'ampleur de leurs cris, me rappelaient Adrienne aux prises avec des injustices qu'elle manipulait au-dessus de ma tête pour retomber, un peu plus tard, dans une sorte d'apathie qui me fatiguait encore plus.

Un jour, en pleine crise, je remarquais visiblement que mon père se retirait d'entre ma mère et moi et d'ailleurs, elle lui avait dit, en colère: « Et toi, tu ne dis rien! » Mon père, gêné, n'avait rien répondu et, prenant un livre, n'importe lequel, il se retirait dans le salon, loin du vacarme qui se passait dans ma chambre. Ce détail me rappelait celui de mon départ de Charvy. L'absence volontaire de mon père qui aurait su alléger ma souffrance; de cette seconde faille, je gardais un drôle de goût sur la langue, le commencement de l'amertume. Toutefois, j'en sortais encore intacte mais, au fond de moi, j'étais soulagée que l'année scolaire fut terminée, délaissant mes amies pour trois mois, retrouvant Samuel et Adrienne, Charvy, Maryse, Mademoiselle Y., une pureté que j'éprouvais de plus en plus difficile à conserver et, quand je prenais le train au début de juillet, j'étais bien heureuse de m'éloigner de mon père, admettant mal de l'être, de ma mère qui enrageait de ma constance envers des êtres qui comptaient plus qu'elle, la vieille dame et son verger, autant de points de repère qu'elle ne pouvait pas toucher du doigt et que mon père dédaignait, n'ayant jamais aimé la campagne de cette vallée qu'il jugeait ennuyeuse avec ses plaines à perte de vue, ce qui m'étonnait un peu de la part de l'artiste-peintre qu'il aurait voulu devenir et qui ne peignait plus que des bords de fleuves, des rues grouillantes de monde, des terrasses de café, recherchant plus qu'autrefois la présence des autres comme s'il voulait se protéger d'une vieillesse qui l'attaquait à petit feu, à l'occasion de légers malaises qu'il avouait rarement et plus sûrement d'un échec qu'il lustrait de corps féminins, inconnus, identique à Samuel qui se réfugiait dans ses champs pour ne plus avoir à supporter Adrienne durant quelques heures.

De mon enfance à mon adolescence, les noms changeaient, les situations familiales restaient les mêmes, sauf que Samuel n'inspirait pas la passion désordonnée mais la paix du soir, l'ombre des sous-bois si nombreux et si beaux dans cette région. La démarcation encore d'une Adrienne que par hasard j'avais remise à sa place, la menaçant de repartir sur-le-champ si elle élevait la voix à mon sujet ou à propos de Samuel et qui reconnaissait en mes jeunes forces la jeune étrangère que je deviendrais lorsque ce dernier serait mort. Elle ne me commandait plus aucune corvée; je passais mon temps à aider Samuel dans les champs entre les étudiants qui revenaient tous les ans, les vendanges rouges, les gitans noirs qui ne m'entraînaient plus dans des vignes désertes, pas plus que leurs compagnes ne caressaient mes joues et ne m'embrassaient en riant. C'est par ces détails qui me semblaient si puérils que j'allais mettre en doute l'innocence qui m'habitait et dont les autres, aux saisons différentes, étudiants et gitans, profitaient en riant, attitude nuancée de leur part mais pourquoi, lorsque je me transformais d'enfant en adolescente, ne continuaient-ils pas à en rire, ce que j'aurais pris pour une marque de sincérité, la preuve irréversible que nous étions tous innocents, nous prêtant aux jeux colorés des saisons qui annonçaient ainsi une grande débauche de travail poussiéreux en été, ou bien la qualité plus discrète des grappes que nous coupions presque cérémonieusement, mordant dans les plus grasses à tour de bouches alors que des années plus tard, me présentant devant eux, les gitans, surtout ceux qui revenaient là où le travail était assuré, me regardaient d'un air presque gêné comme si je les accusais d'une faute qu'ils n'avaient pas commise ou sur le point de le faire, solidaires tout à coup les uns des autres, eux me laissant poliment à ce que j'étais devenue, ignorant que je ne piétinais pas les souvenirs que nous avions en commun mais, vieillis d'une année, la ressentant en place sur leur figure alors que moi, dans les mêmes circonstances, je ne pensais pas qu'une chose aussi banale, une année, pouvait soudain nous départager et nous isoler dans des camps qui respectaient leurs règles, ne trichaient plus et me dépouillaient définitivement de mes grâces enfantines.

Toute l'année avait été marquée de ces coupures fatales, grotesques, entre mes parents et Charvy; d'une part, un reflet de mort naturelle que je repérais avec une certaine angoisse sur le visage vieilli de Samuel, de la dame au verger; d'autre part, une forme superficielle de désinvolture dans l'allure dégingandée de Maryse qui m'observait, un sourire moqueur dans les yeux ressemblant tellement à un défi que je ne parvenais pas à le dénaturer par une amitié lointaine, réconfortante, si importante pour moi puisqu'elle avait été la seule à m'écouter; ce sourire s'inspirait d'un orgueil venant de Maryse que je prenais, avec beaucoup de peine, comme un moyen de défense, ce qui était faux, puisqu'il s'agissait simplement d'une autre marque d'innocence perdue que je ne voulais pas admettre. Ressasser des souvenirs est un signe de vieillissement et c'est ce que nous échangions, Samuel et moi: des bons et des mauvais qui avaient façonné nos vies, même la mienne, trop jeune pour me rebiffer, trop passive, trop silencieuse pour songer à le faire, les déclamations d'Adrienne plus puissantes que mes désirs de vengeance.

Mademoiselle Y. aimait à me revoir, ses yeux mauves un peu délavés, à l'ombre des grands marronniers, près de la classe des *petites,* là où nous dressions des tentures rouges pour répéter les pièces théâtrales que nous interpretions le jour des prix. Je les prenais tellement au sérieux ces pièces, alors que mes compagnes y voyaient comme une autre manière d'indiscipline, à part Maryse que j'entraînais dans mon enthousiasme du décor et de la mise en scène jusqu'à ce qu'elle finisse par éclater de rire en disant: « Tout ça n'existe pas... » Elle avait raison; pour les autres, pour elle, le théâtre formulait un divertissement qui durerait le temps d'un après-midi et que tout le monde oublierait en refermant les portes grises de l'école. Pour moi, c'était autre chose que j'inventais, qui durait d'une année à l'autre, me demandant quels seraient nos déguisements, les rôles distribués, etc. Le goût de la fiction commençait à s'interpréter lui-même, positivement, quelque chose qui faisait partie de moi, de JE, à la source encore d'une lueur qui se définirait plus tard au contact des livres et de Viana.

Mademoiselle Y., douce et perspicace, découvrait sans surprise les travers difficiles de mon adolescence entre mes parents désunis et les professeurs médiocres du lycée. Mes études ne l'inquiétaient pas cependant; elle se distrayait de mes hargnes contre une pédagogie que je trouvais démodée et, quand je finissais par me taire, son regard délavé puisait un nouvel éclat, un mauve printanier qui me frappait comme si, à des époques différentes, nous avions vécu les mêmes difficultés, les mêmes émois, ce qui nous mettait, dans cette cour d'école démodée, hors du commun et, en la quittant, je me demandais très vaguement, bien que saisie et sous l'influence de son regard étrangement violet, si le choix de sa profession ne débouchait pas sur un vieux rêve de lycéenne trop sensible pour quitter ce monde subjectif et s'attaquer à un monde plus réaliste, avant de se rendre compte que ce choix n'aboutissait pas à une révélation mais à un cruel échec, la maîtresse d'école ayant remplacé l'élève, se punissant elle-même tous les jours de sa vie face à d'autres filles qui n'avaient plus rien à voir avec son époque qu'elle essayait de ressusciter dans sa manière de nous apprendre à écrire, à nous tenir bien droite, dans sa façon de s'habiller et surtout de s'être enfermée dans ce village qui n'était pas le sien, emprisonnée qu'elle était par la force de l'âge entre les murs de ses déceptions, le piège de la maturité défigurant ce qu'elle désirait poursuivre, possédant comme miroir fatal le visage gras et laid de mademoiselle L., l'institutrice des *petites*.

C'est de ces touches discordantes que la lucidité nouait ma gorge, la crainte de ne plus revoir Samuel, d'autant plus que la vieille dame était morte quelques mois plus tôt dans sa grande maison fraîche, le verger provisoirement à l'abandon que j'aimais encore plus, la chaise longue sous un arbre, un sécateur au pied d'un massif de fleurs que je ramassais ce dernier après-midi avant de quitter Charvy, pour le protéger des intempéries; au juste, je ne savais pas très bien pourquoi sa place au pied des fleurs était véritablement la sienne. Je passais l'après-midi dans le verger, lourde comme l'air que je respirais, nerveuse à cause de l'orage qui ne manquerait pas d'éclater dans la soirée, cherchant, plus vulnérable qu'autrefois, le trompe-l'œil de mon existence que je ne discernais pas dans les ombres qui rôdaient autour du soleil. J'étais au comble de la médiocrité, ayant perdu au cours de l'année tout contact affectif avec ma mère qui se compromettait par des scènes pénibles que mon père acceptait en se taisant. J'avais découvert, sous la couche épaisse des faiblesses de mon père, le vernis, son image qui se racornissait comme une vieillerie dont j'espérais encore une réconciliation morale alors que notre ressemblance intellectuelle s'étiolait. J'évoluais sur des distances beaucoup plus longues que celles de mon père, ce qui aurait été normal, les expériences de sa vie n'étant plus à mettre en doute, alors que les miennes se passaient dans ma tête, dans des chamboulements éperdus vers le cœur, et que JE trouvait une large place à se faire dans mon corps à moitié vide; la place de JE dans ces conditions aurait été moindre et son influence insuffisante pour me détourner de mes conditions humaines héritées non pas de l'individu en

131

général mais uniquement de mon père et de son ascendance.

À la manière d'un virus qui finit par se déclarer sous la forme d'une maladie très grave, le châtiment d'un atavisme nous poursuivait à travers des générations comme d'autres, la folie, la lâcheté de poursuivre un débat, de le remettre en question; nous nous bouchions d'avance les oreilles, capitulant sans combattre, écoutant plus qu'il ne fallait et attirant à nous toutes sortes d'individus plus ou moins louches, voire dangereux; nous mettions tout sur le compte de nos tempéraments bohèmes, décontractés, artistes, jusqu'au grand jour du dépouillement qui nous laissait en plan, des dettes sur le dos, ce qui était arrivé à mon père, à moi plus tard, l'un et l'autre d'une indulgence aveugle, d'une crédulité folle qui nous désignait du doigt comme victimes idéales. Et le jour où, songeant à faire une profession du goût prononcé que je possédais pour le théâtre, je me rendais compte dans quel effondrement mon père s'était piégé, englué, fatigué, usé. Ma mère hurlait que ce n'était pas un métier, qu'elle me couperait les vivres; j'attendais une forte réaction de mon père qui ne réagissait toujours pas. Alors, je me défendais de ces contretemps en m'absentant de plus en plus souvent de la maison de mes parents, une scène violente entre eux m'ayant bouleversée, définitive en quelque sorte, qui englobait mon métier, mes matinées dominicales dans le lit de mon père, mes vacances à Charvy; toute cette scène, ma mère la pressentait comme un ultime souffle, n'offrant aucun choix à mon père qu'il n'aurait d'ailleurs pas saisi; elle présentait les faits à sa façon observatrice, démesurément jalouse, comme si je n'avais pas été sa fille mais la dernière maîtresse de mon père, se trouvant nez à nez avec elle, ma mère dévidait ce qu'elle pensait de cette femme depuis des mois et la rabaissait au niveau de fille à hommes, sa rancune ne possédant plus de borne; je me souvenais que la femme aux yeux verts ma mère, saisissait un tisonnier, prête à me fracasser le crâne, mon père la désarmant à temps; je déversais sur eux le dégoût qu'ils m'inspiraient avant de m'enfuir plusieurs jours chez une amie; les jugeant verbalement, je n'éprouvais aucune reconnaissance envers mon père qui m'avait défendu; au contraire, je le soupçonnais d'avoir crevé l'abcès qu'il acheminait vers moi, rassuré peut-être par le fait que ma mère ait pris les directives d'une si grande violence dans laquelle il puisait un acte de courage, n'ayant plus rien à se reprocher, la sensation d'avoir sauvé une vie humaine chatouillant agréablement sa vanité. Quand je les jugeais avant de les quitter provisoirement, ma colère se dirigeait uniquement vers mon père qui croyait avoir accompli un acte héroïque et se tirer ainsi de ce malentendu à son avantage mais, malheureusement pour lui, en observant tout à fait par hasard ma mère redevenue plus calme, presque sereine, je me rendais compte qu'elle n'aurait jamais accompli ce meurtre car, en fait, ce n'est pas à moi qu'elle en voulait le plus mais à ce mari volage, inconstant, à ce père (rôle qui lui allait si mal) et qu'elle comprenait soudain en quelques secondes, me regardant à son tour, son désespoir égal au mien, deux femmes partagées pour un homme, moi toujours dans ma peau de maîtresse et non pas de fille, ce qui aurait pu nous réconcilier, nous monter contre cet homme, ma mère, l'esprit faussé par un grand amour déçu.

Vérité ou illusion, je ne demandais plus rien, cette année-là à la rentrée de l'année scolaire et en franchissant la grille en fer forgé du lycée; je pensais à une autre école au portail de bois gris, au chemin que je parcourais, mes pas battant les feuilles mortes, la vallée enfoncée parfois dans un immense filet de brouillard irréel qui n'en finissait plus de pénétrer dans les cheveux, sous la peau, collant aux mains qui soutenaient le cartable et assourdissant les bruits environnants; un cheval attelé à une petite calèche: je savais que le fils du Comte de Charvy partait à son tour pour une ville plus importante poursuivre des études qui ne l'intéressaient pas beaucoup; étant déjà vicomte, il s'instruisait pour le culte d'un blason qui le mettait à l'abri des besoins matériels et combien de fois n'était-il pas passé en me saluant joyeusement, sorti tout droit de ce brouillard, moi, ressemblant à un petit bonhomme de Dickens, quelques biscuits dans mes poches, enveloppée d'une cape brune qui descendait jusqu'aux mollets, fuyant Adrienne, sa maison hostile. Aujourd'hui, je fuyais une autre maison, rentrant le plus tard possible comme je le faisais déjà à Charvy mais, cette fois, démunie de la nature, de ses paysages sylvestres, du visage de Samuel qui ruisselait sous le soleil et vers qui je courais afin de ne pas perdre une seconde de ce temps précieux qu'il échangeait pour le plaisir de me voir rire aux éclats, chose que je ne faisais jamais en présence d'Adrienne.

J'étais convaincue, une boule au fond de la gorge, des larmes plein les yeux, sans feuilles en bouillie au bout des pieds, que les banalités et les clichés recommenceraient comme les années précédentes. Je croisais des garçons et des filles que je ne connaissais pas ou si peu, joyeux ou moroses, des petits et des grands, tous venus des banlieues environnantes, habillés de neuf, des rendez-vous plein le cœur chez les filles de ma classe, déjà une année échouée au revers des futilités qu'elles échangeaient entre elles, les garçons plus timides, sollicitant une promesse qui les engagerait dans la réussite ou l'échec d'un examen final car tout se jouait dès la rentrée; le lycée des garçons voisin du nôtre stimulait la coquetterie de mes compagnes et ces dernières choisissaient le partenaire des terrasses de café, du cinéma, des promenades main dans la main, promettant pire, accordant peu. Nous étions quelques-uns de ma race, pénétrant dans une nouvelle classe comme la première fois dans un lieu nouveau, avec respect et désintéressement, écoutant, ne parlant pas, ravis d'échouer bravement sur un sourire accueillant qui demandait en s'offrant, la même réciprocité, le temps de passer huit mois agréables ensemble avant de nous perdre l'année prochaine mais qu'importe, le présent mangeait l'instant des sourires qui s'échangeaient, se réconfortaient aimablement dans l'attente d'une connaissance plus libérée, plus décontractée.

Ce matin-là, j'enrageais de ce renouveau qui ne l'était plus et que je construisais tous les ans à ma manière; je croyais évoluer dans une jungle barbare, entourée de filles aussi jolies que stupides, certaines boutonneuses et rougissantes, alanguies de rêves ordinaires d'un été qui ne reviendrait plus, qu'elles avaient manqué, un rendez-vous extraordinaire avec une nature en harmonie avec des sentiments qui eux non plus, ne renaîtraient plus, d'où mon privilège sur elles en même temps que deux années de recul; je ne pensais pas à faire des promesses à des garçons de mon âge que je ne tiendrais pas et qui, d'autre part, ne me préoccupaient pas plus que la majorité de mes compagnes. J'en étais là ce matin d'octobre, des poèmes sur les lèvres que je lisais mal puisque leurs auteurs influençaient l'opinion que je m'en faisais, me berçant de la mélancolie de l'un, de la folie de l'autre, sans savoir encore me passer de l'image superflue de leur existence, moi aussi à la merci de leurs joies et de leurs misères comme certaines de mes camarades imprégnées des senteurs vénéneuses de l'été passé, le cœur aux abois des premières caresses simulées, des premiers mots d'amour empoisonnés de tous ceux à venir... Pourtant rien ni personne ne me limitait à des engagements soutirés de l'odeur enivrante des foins, aphrodisiaque des luzernes mauves; un monde et un seul regard tendus aux quatre points cardinaux de mon univers lycéen, les doigts tachés d'encre en éventail comme des futurs livres ouverts enfin posséderaient un titre sans nom d'auteur comme dans la littérature à clefs ou celle de nombreux troubadours du Moyen-Âge. Il fallait épurer l'âge ingrat avant d'en arriver là et c'était uniquement des noms que je murmurais, les dents serrées, le front têtu; des noms qui ne manqueraient pas de me répondre, de satisfaire la virginité curieuse de mes jeunes ambitions innommées et que je balançais sur les planches encore sombres d'un théâtre où les feux de la rampe ne s'allumeraient qu'en cours d'année, presque à la fin d'ailleurs, quand le miracle viendrait de Viana T., miracle aux proportions humaines, rien qu'humaines; juste à l'heure qu'il conviendrait de se présenter à moi ou à JE, ma phosporescence nouerait un bracelet, une chaîne d'or à mes chevilles comme un signe indélébile de solitude renforcée avec Adrienne, qui deviendrait plus profond avec et après Viana, pour l'avoir aimée, considérée comme un véritable miracle qu'elle n'attendait d'ailleurs pas, un peu surprise de tant d'empressement, comme plus tard Léna le serait, ne comprenant pas très bien ce désir de liberté que je leur concédais, la première en flirtant avec un garçon de son âge « pour tromper grand'mère » me disait-elle, ce que je croyais sur le moment, la seconde, fidèle physiquement à un mari qu'elle disait « subir ». Ces vérités n'en étaient pas, bien entendu, mais je n'approfondissais pas leurs raisons, et il m'avait fallu bien du temps pour découvrir le peu d'amour que nous nous étions accordé, ce qui nous suffisait dans le Temps où nous le vivions dans des circonstances singulières, nous trouvant disponibles, repêchées de tout un passé raté et que nous voulions sublimer pour le perdre. J'étais prête à mener ce combat; mes partenaires ne l'étaient pas car leurs exigences les étouffaient; leur jalousie trop explicative et l'émulation qui nous opposait m'empêchaient à mon tour de rivaliser honnêtement avec des personnages que j'entrevoyais dans la vie de Viana et de Léna.

Élève sans histoire mais exigeante, je passais de classe en classe comme une adolescente difficile, d'un professeur à un autre qui se méfiaient de moi, me moquant de toutes les menaces qui s'appliquent à une élève récalcitrante, pas plus que le renvoi du lycée ne m'impressionnait, lasse des habitudes, des manies, des corruptions qui se tramaient entre élèves et professeurs; malgré mes bonnes notes, j'étais loin d'être l'élève exemplaire de Charvy qui osait à peine parler à Maryse. J'avais un examen à préparer que je menais de bon pied, ne sachant trop ce que j'allais en faire, que je considérais plutôt comme un certificat de bonne conduite, une garantie de moralité envers mes parents que je désirais quitter dans les meilleurs délais et dans des termes polis. En parallèle avec cet examen, je menais au lycée une vie inconsciente que je pressentais comme une seconde fin après Charvy et j'écris bien: *inconsciente* et non *insouciante*, trop vulnérable d'un jour à l'autre, sujette à des excès qui débordaient en chahut ou enfouis à des niveaux invisibles comme si je retrouvais l'odeur vaseuse des abris dans lesquels je me réfugiais, enroulée entre les bras de mon père. Hors du chahut que je provoquais dans une classe, je compensais mes ardeurs euphoriques et refoulées par les vertus spectaculaires du sport; j'innovais un intérêt capital jusqu'alors ignoré dans des exercices qui rassérénaient pour l'heure mes phantasmes anciens, dénouaient mon corps d'une souplesse étonnante, presque au moment où Viana allait concrétiser la sensualité dans laquelle JE sommeillait et répercutait ses énergies dans l'agilité de mon corps. Viana était dans ma classe et, entre toutes les autres, je ne l'avais pas remarquée. J'étais l'amie d'une fille qui éclatait en sanglots lorsque ses fantaisies ne m'amusaient plus, mon inconscience se résumant ou s'appliquant à m'entourer de compagnes qui avaient le don de me faire rire, ce qui de nos jours demande beaucoup d'intelligence, ce que aux jours anciens, je ne savais pas, m'attardant avec une réelle vivacité sur des filles stupides comme l'était mon amie aux yeux gris émouvants: le mérite et la bêtise de vivre sans aucune autre influence ou contagion que la mienne.

137

Chez mes parents, l'indifférence râclait mes poumons comme une tuberculose chez les filles du siècle dernier. Je ne pouvais même plus considérer ma mère comme l'humble servante de la maison; j'aurais éprouvé plus de respect pour elle dans ce rôle puisqu'elle ne savait pas jouer celui de maîtresse de maison qui lui aurait convenu. Nous nous supportions comme deux contrastes bien établis déjà à la base de nos apparences physiques; aussi blonde que j'étais brune, elle ne manquait pas de me faire sursauter quand elle entrait dans ma chambre de son pas glissant, toute son absorption contenue dans l'attitude rigide dont elle affectait ses maux, ce qui était nouveau pour moi, n'hésitant pas à nous confondre, mon père et moi, comme si son mari était mort, dans une erreur capitale absolument hors de propos, comme au temps où mon père me donnait rendez-vous pour ne pas éveiller des soupçons chez ma mère, qui se justifiaient au niveau de la solitude dans laquelle elle enracinait son mal et l'entretenait, espérant un jour une vengeance céleste, ce que je supposais puisqu'elle ne cessait, dans ses plus mauvais moments, de se rabattre dans la charité du catholicisme, me tenant d'immenses discours à propos de mon impiété; j'empruntais l'attitude de mon père pour avoir la paix, ce que je jugeais sans gravité, Dieu n'existant pas pour moi et, si un doute se glissait, il n'y avait personne entre Lui et moi; bien volontiers je lui offrais ma mère qui oubliait ou ne savait pas que le catholicisme a perdu depuis longtemps tout sens du sacré, qui en est banni et n'existe plus que dans les religions orientales s'il est permis biologiquement de posséder une religion. Loin des considérations religieuses de ma mère qui à mon âge risquaient de devenir contagieuses, je vivais sans restriction, ce qu'elle redoutait le plus, n'avouant pour rien au monde que ma beauté si proche de celle de mon père pourrait m'être néfaste, beauté dont j'étais de plus en plus consciente, une insolence de plus à mon arc. J'en devenais cruelle, une sensation que j'exerçais sur les autres, au lycée surtout, mais aussi sur des êtres que je me plaisais à imaginer, jeunes avant tout, immortels ou si proches de la mort qu'ils devenaient des cadavres respectables, beaux, sans ride, autre forme d'immortalité. Dans un certain sens, je dénonçais le romantisme comme le symbole de la non-vie, croyant que mes idées de mort représentaient une violence ressuscitée aux portes de la vraie vie, dans un réalisme de feu de paille alors que Viana fondait sur moi comme la contradiction la plus forte, la plus vivante de mes convictions sans frein, la plus descriptive de mes sensations stériles.

Le même orgueil nous unissait mon père et moi à l'écart des mièvreries de ma mère lorsque nous nous retrouvions isolés dans une pièce, chacun un livre à la main, nous observant à la dérobée et je le savais, attendant de part et d'autre un peu plus de vulnérabilité, c'est-à-dire un geste, un simple geste d'amour qui aurait condamné à mort les propos cyniques à fleur de nos lèvres, de nos yeux, pour finir toutefois sur un mouvement de colère que, ni l'un ni l'autre ne pouvions éviter, claquant une porte, fuyant vers une autre pièce qui ne renforçait que notre lâcheté, notre amertume répartie en un pathos bilieux qui aurait dû nous éviter bien des conflits si nous avions eu le courage de mettre un terme à cette liaison vouée tôt ou tard à un échec plus douloureux, ce qui allait se produire, mon père et moi ignorant que nous traînions derrière nous deux amours, lui le dernier, moi le premier, les extrêmes dans n'importe quel domaine ne valant rien mais disproportionnant la petite mesure de vérité que nous croyons détenir; nos forces passées ou à venir s'identifient de la même manière négative pour avoir trop usé ou pas assez, ce qui nous arrivait à mon père et à moi, ces sentiments qui, exposés au grand jour si nous l'avions voulu, et il aurait fallu le vouloir, auraient brûlé comme un feu imprudemment allumé au cours d'une partie de campagne, tous les deux complices, riant aux éclats de nos infidélités réciproques mais ma mère au milieu de nos petites manies, indulgente au lieu de ronger son frein, blanche et blonde comme une neige et un soleil accouplés, femme et mère dans sa splendeur, aurait eu raison de nos divagations un jour ou l'autre. Nous étions simplement divisés dans des espaces différents qui nous rongeaient les uns et les autres, triangle que Dieu et Lucifer se plaisaient à manipuler selon les désirs que nous éprouvions, éloignés de l'unité kabbalistique qui fait que deux plus un ne font pas trois mais un; rien de commun non plus dans nos trois *maisons* différentes: hôpital, lycée, foyer, huit à dix heures sans nous voir et pourtant imprégnés, au point où nous en étions, de servitudes si enracinées que nous ne pouvions manquer de songer à ce qu'il adviendrait de la soirée en perspective.

Je devais reconnaître avec humour que ni chez Adrienne, ni chez mes parents, je ne deviendrais l'esclave tournant en rond; des habitudes se créent lorsque le bien-être dévirilise ce que nous sommes ou plutôt ce qu'il nous a fait devenir, des individus mous et flasques, des hommes au ventre rongeant les yeux et l'esprit, des femmes aux hanches granulées de cellulite, une sécurité physique qui ne manquerait pas de nous déplaire dans certaines situations un peu risibles si nous nous contentions à en être que les spectateurs et non les acteurs médiocres. Mon père et moi, grands et minces, peau couleur d'olive, demeurions les piètres clients de ce mode de vie agonisant, nous refusant jusqu'à la fin le moindre repos, exaspérant la crainte égale de notre orgueil à nous retrouver et à nous aimer dans une sorte de masochisme, vice épuisant qui convenait surtout à mon père; il ne possédait plus de distractions raffinées, cédant plus qu'autrefois sous un masque indifférent, conciliant, presque tragique, au chantage minable de ma mère qui lui répétait à longueur de temps que sa fidélité lui avait sauvé la vie! Il n'était pas difficile de comprendre que les femmes fatales l'avaient rejeté, éprises qu'elles étaient d'un homme plus téméraire, plus léger que ce mari, soi-disant amoureux des femmes mais ne tolérant pas le mépris contenu qu'il leur inspirait à cause des scènes d'une femme mal éprise alors que son état de père lui aurait ouvert toutes les portes, chacune de ces femmes se sentant par une frustration inavouée la mère d'une petite fille subitement débarquée, la surprise étant souvent le meilleur remède à un vieux dépit, à un désir arrivé mal à propos...

Nous étions aux portes de ce purgatoire lorsque l'année scolaire affrontait un début d'été excessivement chaud, un examen au fond de la mémoire comme une chose inutile, décourageant, aride, comme un torrent asséché nous fait marcher vers sa source depuis longtemps obstruée par un énorme tas de pierres cisaillées et ne présageant rien de bon. Je marchais tout au long de ce torrent, sans commentaire, sans avenir, convaincue que la source n'existait pas, les épaules alourdies des yeux gris de mon amie provisoire qui m'aidait à ne pas voir plus loin que l'arrondi de ses joues roses, de ses lèvres pulpeuses toujours un peu humides, persuadée que les murs du lycée s'élevaient aussi hauts que l'avenir; nous avions quinze ans, bouchées, statufiées par cette sorte de caserne en fleurs du mal, presque à l'orée d'une enfance qui se dissimulait naïvement sous les abords de nos talons plats, des nattes de nos cheveux, de nos tabliers froissés au-dessus du genou enfantin sur lequel, en y regardant de plus près, quelques cicatrices de chutes s'attardaient, retardant la mue d'une peau moins calleuse, plus douce, féminine, provocante qui démarquerait dans plusieurs mois, un an, l'enfant qui ne serait plus et la femme qui ne le serait pas encore.

Viana ricochait entre ces deux états quand je la remarquais au stade du lycée où nous passions des heures en attendant cet examen qui mettrait un terme final à cette fin d'année, pour moi à la scolarité. Nous n'avions plus rien à apprendre et nos professeurs avaient compris que l'odeur de l'herbe, des arbres, une dépense physique, nous seraient plus salutaires qu'une journée sans but enfermées dans une classe étouffante, une odeur de fille un peu aigre s'insinuant d'une rangée à l'autre, effilant nos sensations assoupies dans un engourdissement de chaleur trop puissante, nos corps indisciplinés ne demandant qu'à se démunir de leur trop-plein d'exaltation. Dans ce stade, nous allions nous épanouir Viana et moi, nous rencontrer entre toutes les autres, surprises de ne pas l'avoir fait plus tôt, effarées du temps que nous avions perdu si proches l'une de l'autre, ne le sachant pas, nous cognant semblables à deux aveugles, au milieu de vingt-huit filles en rupture d'innocence; prêtes à tout pour se croire des femmes, elles mesuraient dans les toilettes à tour de rôle, une taille, une poitrine, des hanches, l'ensemble d'un corps non dégagé de ses maladresses et, pour cela, touchant dans le pentagramme futur qui promettait de devenir, bras et jambes ouverts à la vie, à l'amour impatient des morsures à subir, celles d'un homme, d'un enfant, le corps d'une femme se complaisant parfois dans la souffrance. Nos compagnes attendaient le miracle sans agir alors que Viana et moi ne nous arrêtions pas au caprice du centimètre révélateur; nous nous déployions dans les mouvements les plus ouverts et notre première complicité fut celle-ci: le désir de nous soulever de terre en éclatant de rire, les bras, les jambes délivrés d'un carcan vestimentaire, épaules nues et cuisses ruisselantes de muscles longs et fins comme les lames d'un fleuret; nous étions sans cesse à l'encontre de l'obstacle à franchir, garçonnières et fières de l'être, le goût de la victoire assuré de l'une ou de l'autre, rivales sans rivalité; nous venions d'accomplir l'exploit inutile d'un examen que Viana envisageait comme une fin, se demandant ce qu'elle ferait au-delà du portail du lycée, angoissée secrètement de le franchir, pour se jeter dans la gueule ouverte de l'existence qu'elle imaginait aussi lugubre que le ventre de la baleine qui dévora Jonas. Ces confidences jetées entre deux courses où elle me battait sans effort, me vengeant dans des élans vainqueurs du saut en longueur et en hauteur; je lui confiais alors mon angoisse identique à la sienne, le désir obscur d'avoir échoué peut-être; pourtant, la tentation de vivre hors de ces murs était la plus forte; nous ne calculions plus la somme des souvenirs que d'un seul coup notre jeunesse balayait pour faire place à quelque chose de neuf et d'ignoré.

De cet espoir commun réuni en nous comme un secret capital allait se répandre logiquement la suite au grand soleil de ce stade; nos émotions enfiellées que nous étouffions, pudiques et farouches, dans nos éclats de rire plus aigus, plus nerveux, ce que mon amie aux yeux gris ne manquait pas de me faire remarquer ne déterminant pas vraiment la cause de mon hilarité face à Viana dont je ne pouvais plus me passer, les yeux ouverts par cette autre compagne, une adolescente blonde aux yeux d'ardoise qui m'impatientait et à qui je trouvais tous les défauts, toutes les disgrâces; son amitié ne m'étant plus nécessaire, je la rejetais dans les proportions géométriques du lycée puisqu'elle allait y continuer d'éventuelles études, élève médiocre cependant, pendant que Viana et moi, douées, folles, ne songions qu'à nous échapper pour grandir ensemble, englouties déjà par un avenir boiteux, refusées de nos familles.

Viana était une marque essentielle dans les points cardinaux de ma vie, comme plus tard Léna et Hugo; elle venait du Nord, du vent rabattu sur des plaines ondulées comme une mer au repos. Belle, belle; son visage à l'ombre du pâle soleil nordique avait déteint sur sa peau une rosée qui l'éclairait lorsqu'elle s'élançait dans une course qu'elle voulait gagner, sinon elle revenait à ses plaines un peu fraîches, un peu grises qui la fardaient naturellement d'un éclat si doux et blanc que les cheveux bruns, les yeux bruns, une ombre rousse de ce visage, transfiguraient Viana d'une beauté qui n'était jamais la même et qui souvent surprenait selon la lumière du jour ou du soir; un autre détail que je ne retrouverais plus jamais: la forme parfaite et rouge de sa bouche qu'elle ne maquillait pas, s'ouvrant sur des petites dents pointues, écartées, faites pour mordre. Nos signes astrologiques nous situaient entre le Lion et le Capricorne et, telle un félin, Viana me guettait, me l'avouant plus tard;

irritée depuis des mois de la présence de l'amie aux
yeux gris, à l'affût d'une défaillance, peureuse malgré
elle de mes audaces, elle n'osait m'aborder de front;
elle possédait la patience des chats pour m'aimer, pour attaquer celle qui m'ennuyait et la refouler au dernier rang
de mes amitiés.

Là encore, je ressemblais à mon père puisque je
laissais agir Viana sans intervenir, trop heureuse de me
reposer sur sa force amoureuse, pour une fois agressée
à la fin d'une période par un sentiment confortable étalé
devant moi comme une certitude qui ne recommencerait
rien mais continuerait un élément nouveau de mon existence qui s'ajusterait parfaitement à la seconde où je
franchirais le grand portail, à l'autre seconde où je ferais
un pas maladroit dans le monde des adultes, un sanglot
au fond de la gorge, des larmes plein les yeux et je m'en
voulais que ce départ ne soit pas aussi joyeux, aussi
sincère qu'il aurait dû être, à la fois victime et bourreau d'un pan de vie que j'abandonnais avant de foncer
sur la scène magistrale du premier acte qui nous réuni-
rait, Viana et moi. Tout l'après-midi, j'attendais Viana dans
un petit bois à quelques minutes du lycée où souvent
je m'attardais le samedi pour ne pas rentrer chez mes
parents et, là, je me disais qu'elle ne viendrait pas,
que plus rien ne nous protégeait. L'air de l'été serait le
plus fort et Viana n'y résisterait pas; elle ferait un bond
dans le monde, dans la curiosité, impulsive et folle, sourde aux derniers relents des odeurs d'encre, des repas
infects que nous partagions dans un réfectoire douteux,
échangeant des pâtes contre des pommes de terre, des
fruits contre des sucreries. Viana complice involontaire des
punitions injustes, des zéros de conduite, des composi-
tions échangées sous les yeux indifférents des professeurs.
Vie communautaire où je ne l'avais pas prise dans mon
regard une seule fois pour essayer le charme dont je me
vantais auprès des plus faibles d'entre mes compagnes,
les troublant quand je voulais avec ce charme hérité de
mon père à qui je dédiais sans hésitation le nom de mes

amies, en changeant tous les jours pendant des années pour mieux lui décrire ce que j'avais hérité de lui, ce qu'il écoutait en silence, un sourire étudié sur ses lèvres fines que je prenais à mon compte comme le plus beau compliment, la plus belle récompense venant de lui. Je songeais brusquement à Maryse et je réalisais qu'une chose commune nous unissait tout en nous dissociant.

Je me souvenais de ses sourires impudents, l'été dernier à Charvy, de son air sauvage, les yeux perdus au milieu d'un fatras de boucles brunes; Maryse vivait avec sa mère; Viana délaissait une mère et un père divorcés pour l'abusive maternité d'une grand'mère exigeante; moi, je poursuivais chez Adrienne la conquête d'un père et d'une mère moralement divorcés. Voilà de quoi nous étions faites: de drames qui ne nous concernaient pas et qui répercutaient sur nous trois des nœuds sentimentaux impossibles à démêler. Pour ces raisons déraisonnables, j'avais un rendez-vous galant, il faut bien le dire, avec une jolie fille au cœur avide; dans ce cas particulier, il n'était plus possible de préciser de quoi étaient faits nos sentiments, nous n'y pensions pas, et je croyais sincèrement que Viana ne viendrait pas me rejoindre, que la journée s'achèverait sur le souvenir glorieux de cette année scolaire. J'étais allongée dans une herbe haute et chaude, les yeux fermés contre un soleil vert; j'étais bien et douce, décidée à attendre le coucher du soleil pour partir. La veille, avant de nous séparer, à la terrasse d'un café, Viana me confiait qu'elle voulait devenir comédienne et que sa grand'mère s'opposait à ce choix mais qu'elle ne céderait pas et qu'avec moi, puisque je voulais me diriger vers la décoration théâtrale, tout serait possible et encourageant. Nous appartenions encore au lycée au moment de ces confidences; des filles, des garçons, livres et cahiers sous un bras passaient et partaient, buvaient, riaient, discutaient. C'était, comme le stade, un dérivatif à nos refoulements et, aujourd'hui, demain, le café serait déserté par ces écoliers bruyants, une fois les portes du lycée fermées pour trois mois. Nous vivions au jour le jour et il suffisait d'un rien pour que nos rêves hurlent à la lune, quitte à les renier pour d'autres, plus aventureux. Je me laissais couler de plus en plus dans la chaleur quand Viana a cassé le jour en deux pour mieux me voir allongée dans l'herbe de toute sa hauteur, de toute l'ampleur de sa robe bleu pâle qui déployait dans tous les sens son harmonie vague et je la laissais fléchir lentement sur moi, visage contre visage pour la première fois, lèvres contre lèvres pour la première fois, amour contre amour pour la première fois. À la gauche de mon corps, des grands coups se multipliaient, là où j'avais placé délibérément les sons, les couleurs, un nuage dans le cadre d'une fenêtre. Une arabesque parfumée sur ma bouche et, dans ma mémoire, deux visages qui s'entrechoquaient, trahissaient l'une et l'autre, me culpabilisaient quand je n'espérais plus rien: Maryse et Viana. Je comprenais ce qu'il y avait eu d'inachevé avec Maryse et je voulais accomplir un rite; je renversais Viana sur le dos pour mieux reconnaître Maryse et savoir que je ne me trompais pas; elle m'attendait depuis des années, j'en étais certaine. Les mêmes yeux, les mêmes cheveux, la même sauvagerie désespérée; c'était nous trois que j'enlaçais, trois reflets dans un seul miroir qui m'inondaient de leur tendresse, persuadée que Viana ne serait pas trahie par cette image enfantine de Maryse continuée dans notre adolescence. C'était elle que j'aimais, qui me révélait l'identité de JE, moi ne comptant plus, pas assez belle pour Maryse et Viana.

Sur cette coulée de lave brûlante, l'année s'achevait et, plus encore, mes objectivités périssaient au contact de Viana; il ne me restait plus qu'elle, fascinant candélabre que je promenais au-dessus de ma tête comme une couronne de lauriers. Les vacances, une suite de promesse dans ce bois, apprendre la vie ensemble, voire un métier, n'importe lequel, pour être indépendantes, étudier nos cours de théâtre, en finir avec cette famille et leurs problèmes dont il faudrait bien qu'elle s'arrange sans nous. Viana parlait; elle décidait pour nous deux; je l'écoutais et je la croyais. En l'embrassant, je n'avais que cela à faire: l'écouter parler. Elle me confiait aussi qu'elle faisait semblant de sortir avec un garçon de son âge qui habitait près de chez elle car sa grand'mère trouvait anormal qu'elle n'ait pas d'amis et que subitement j'intervienne à un degré aussi intime dans sa vie du jour au lendemain; j'étais d'accord; elle continuerait à faire semblant. Je ne lui demandais rien; elle assurait que dans un an nous vivrions ensemble dans un appartement à nous. J'écoutais sans me lasser son acte de foi mais je ne lui demandais toujours rien. Nous savions que le lycée était perdu, que les murs protecteurs de la terre n'étaient pas bâtis avec des pierres aussi dures mais avec du sable mouillé, friable aux intempéries. Nous le savions sans en parler. Viana me submergeait de ses fidélités futures; elle balayait nos mystères affectifs et je crois que, ce jour-là, nous nous sommes fiancées dans le secret de nos enfances communes et outragées.

L'été s'annonçait aussi lumineux que nous l'étions. Quelques jours sans nous voir et la fin de semaine me précipitait chez Viana que je trouvais souvent en compagnie de son ami qui ravissait sa grand'mère, une vieille dame autoritaire, pleine de santé, de bon sens et qui me disait: « Ne trouvez-vous pas charmant l'ami de Viana? » J'assurais qu'il me plaisait. Viana me demandait si j'étais jalouse. Je ne l'étais pas. Plus tard, nous aurions une autre vie et l'ami si charmant disparaîtrait. C'était Viana qui parlait ainsi; je la croyais. Parfois, son père venait nous voir, restait quelques heures, repartait on ne savait où. Je ne comptais plus le temps en heures ni en jours; c'était l'éternité renouvelée sur les lèvres de Viana et l'erreur que je commettais devenait atroce: je sublimais chaque détail de nos rencontres, croyant distinguer avec Viana ce que je trouvais avec Samuel, la particularité du mouvement spirituel et l'automatisme transparent du rêve que je ne parvenais plus à séparer de la réalité. J'étais née avec de lourdes contradictions, d'une chevelure de lin et d'une chevelure sombre et bleue comme certaines nuits d'été, d'une sage plus tenace que le lierre et d'un fou plus volage que les graines des herbes mauvaises. L'un et l'autre, à leur manière, portaient le rêve en eux mais faux, mal défini, embrouillé d'un réalisme assez déséquilibré pour que le tout ne s'effondre pas comme un château de cartes où, pendant de longues années, ils avaient vécu à l'extérieur des murs, menaçant à chaque instant de faire écrouler cet édifice aussi fragile qu'eux.

À mon tour, je me laissais éblouir, ne voyant plus rien de distinct devant moi, les yeux crevés d'un amour d'enfance qu'il me faudrait perdre avant de m'éblouir moi-même. Cet été-là, je livrais Samuel à Adrienne, ne participant pas aux fêtes promises des moissons, pas plus que je ne partais croquer les grappes sanguines des vendanges avec les gitans. Je croyais faire renaître Maryse sous un véritable visage en accaparant celui de Viana entre mes mains alors que le choix n'existait pas, que l'une et l'autre témoignaient d'une partie de ma vie sous des formes différentes, mais ce n'était rien de plus qu'une anomalie dans une durée de temps que je ne savais pas calculer; quand Viana ne sortait pas avec son ami, je croyais fermement qu'elle était l'aboutissement de la solitude vécue à Charvy; cet amour que je pensais idéal se passait de décor, donc je n'hésitais pas à imaginer la campagne jaune et bleue, les vallées creuses, tempérées sans que le charme vu de loin, un parfum quelconque à fleur de narines, en soit dénaturé, enivré d'un certain regret ou d'une dose de remords. Samuel ne se plaindrait pas; Adrienne n'écrirait pas; je croyais avoir mis de l'ordre dans cette adolescence piégée pour l'amour de Viana; en vérité, il n'y régnait que le contre-ordre, une chaleur orageuse, menaçante, un arrière-goût d'amertume que je ne distinguais pas encore et que seule Léna, bien des années plus tard, serait en mesure de m'offrir.

L'été et Viana ne faisaient qu'un et si je parle de cette saison avant Viana, c'est qu'elle agissait sur moi avec une telle force communicative, irisait ses mille couleurs au centre d'un petit monde où régnait Viana au second plan mais il y avait toujours en moi ce besoin de chaleur abondante, de gestes lourds qu'un orage du soir allégeait, défaisant le voile opaque qui avait tamisé la maison de Viana, ou peut-être était-ce mon regard soucieux de ne rien perdre de l'instant fugace, assise sur un banc de bois peint, habillée d'une robe rouge que Viana aimait à cause du teint brun de ma peau plus foncé encore sous le soleil; je figeais une seconde pour me souvenir: à droite du banc, un jardin japonais miniaturisé; à gauche, des pots, des jarres peintes contenant des géraniums aussi rouges que ma robe, d'autres plus modestes, débordant de pensées, de marguerites et cet ensemble grimpait attaché à une rampe de bois, rassemblant quelques marches avant d'atteindre le couloir. J'étais seule et je me demandais si un autre été serait possible tellement celui-ci me maintenait dans un état irréel que le dynamisme de Viana fortifiait; je songeais aussi que des saisons moins tyranniques nous ramèneraient à un sentiment plus amical. J'avais de ces instants de panique que je photographiais avec terreur, plongée dans un vide innommable que je n'oublierais pas comme si le manque du bonheur se révélait en une maladie redoutable chez moi, une douleur fulgurante et qui passait de la même manière, assez vive cependant pour troubler ce qui avait fait ma joie une heure plus tôt. Ces secondes désespérées deviendraient des heures, des jours, des mois quand une main secourable et douce ne se poserait plus sur mon épaule ou au creux de ma nuque; j'apprenais la solitude qui posait des petites marques aux différents endroits de ma tête, se rappelant à moi au fur et à mesure du déroulement inégal de la vie pour laquelle je ne possédais pas le don de la séduire, c'est-à-dire que je me laissais emporter pour survivre à des moments éteints que je peignais du bout des doigts et je me souviens que le jardin frémissait non pas autour de moi mais en moi comme une seconde nature superposée à celle qui m'entourait; celle-là entrait à l'instant voulu dans une partie de moi qui sauvegarderait de temps à autre des moments aussi palpables et à la fois impossibles à décrire physiquement, créatrice que j'étais du cartel temporel quand je stoppais les aiguilles, le balancier géant et qu'enfin je permettais au décor d'être ce qu'il était et non pas ce que j'en avais fait. Un mouvement se produisait et le malaise ressenti disparaissait en même temps que Viana me rejoignait, ne se rendant pas compte de mon trouble et babillant des mots qui mettaient un certain temps à entrer dans mon cœur; elle prenait discrètement ma main et ses longs doigts maigres enserraient les miens; ce contact physique, cet effleurement ranimant le jardin, j'entrais à nouveau dans l'ère provisoire du bonheur que j'essayais en vain de modeler sur celui de Viana lorsqu'il lui arrivait de me soupçonner de quelque infidélité, se rappelant mes amies lycéennes; il lui était difficile d'admettre que, durant son absence, je passais des heures à lire enfermée dans ma chambre ou bien à me promener le long du fleuve qui traversait la ville où je vivais. Elle menaçait de me surprendre chez mes parents, ce qui me faisait rire et lui faisait taper du pied de rage, surtout de coquetterie; sûre d'elle ou de moi, elle arborait de plus en plus souvent cette attitude qui m'irritait car je ne mettais pas en doute sa liberté. Je le lui disais et elle finissait par pleurer; sa jalousie avait condamné son ami que je ne voyais plus sans que jamais je ne lui en aie parlé mais elle ne pouvait plus supporter de vivre dans un tel mensonge et je m'étonnais que le sacrifice de quelques mois soit aussi insupportable pour elle qui jouissait d'une abondance de désirs plus enthousiastes que les miens et sur qui je comptais tant pour secouer mes angoisses.

Quand son père venait, il nous entraînait dans de longues randonnées que Viana demandait, exigeait même, éprise subitement de tel endroit dans une campagne que je ne connaissais pas, qu'elle affirmait être beau, fleuri, ensoleillé; elle finissait par convaincre ceux qui voulaient bien la suivre et, tout à coup, nous nous retrouvions dans le lieu qu'elle avait si bien décrit, gardant un air de mystère si on la questionnait un peu trop sur cet endroit, m'observant du coin de l'œil; je ne savais pas à quel jeu elle se livrait; l'idée m'était venue qu'elle avait découvert ces coins tranquilles avec son ami; quand je lui posais la question, elle se contentait de rire, éprise non plus de moi mais d'une jalousie qu'elle croyait avoir fait naître; je ne la contrariais pas, acceptant l'évidence de ce qui aurait pu être et, dans le cas présent, me faisant profiter d'elle au maximum. Je gardais ce raisonnement pour moi; Viana ne l'aurait pas compris dans la mesure où je ne me creusais pas la tête à lui faire avouer ce qui ne m'intéressait pas; l'instant à vivre devenait plus important que le gâchis que Viana risquait de provoquer si j'avais répondu à cet appel et, prise à son piège, c'était elle qui souffrait d'une jalousie qu'elle créait; mon silence et mon calme ne suffisant pas à la désarmer, elle cherchait à m'atteindre plus profondément par des astuces un peu sinistres, un peu faciles, tout ce qu'une femme amoureuse peut mettre en branle pour la faire tomber d'un piédestal qu'elle ne mérite pas.

Pour me venger, sans la prévenir, je filais droit dans la campagne, courant très vite, consciente de l'éloigner de son père et, quand Viana me rejoignait, j'engageais avec elle un corps à corps qui nous laissait pantelantes dans les herbes sèches, nous faisant perdre la tête; ses yeux immenses sous les miens, je la soumettais à des morsures; le visage plaqué contre la carapace du soleil, elle me demandait de lui pardonner, jurait qu'elle avait découvert cet endroit sur une carte routière quelques jours plus tôt, qu'elle avait rompu avec son ami maintenant que sa grand'mère m'acceptait comme sa meilleure amie. Des mots fous que je cueillais d'un bouquet de caresses inachevées sur ses cuisses, sur ses épaules la rendaient humble, me rendaient folle à mon tour, épuisaient les forces qui me restaient pour la délivrer à temps de mes bras, ce qu'elle ne désirait pas, éprouvaient la légèreté de nos robes, tissu léger et puissant comme le bouclier de Tristan. Nous revenions, les bras chargés de fleurs à moitié fanées, nous étant arrêtées mille fois en chemin pour échanger des mots, nos bouches coupées en deux par le contact de nos dents, le poids de nos peaux moites et du front de Viana mouillé d'un désir que je lui refusais, en bataille avec JE qui ricanait doucement dans ma tête, moi moralisant avec elle, me défendant au nom de je ne sais quelle pureté qui n'existait plus depuis longtemps; JE attendait son tour, plus exactement celui de Viana qui me précipitait du haut de mon amour pour mon père et je recommençais à croire que je ferais cela pour lui, que j'inscrirais une femme de plus à son répertoire amoureux.

Ce jour-là, je n'envisageais plus ma vie avec Viana et je crois que cette décision venait d'elle seule. Je saisissais au vol de ces heures chaudes qu'il était encore temps de me sortir de ce piège, que nous vivrions chacune de notre côté même si nous devions partager des joies professionnelles, une heure glorieuse, des applaudissements côte à côte; je n'étais pas faite pour la communauté de sentiments marginaux avec leurs coups bas, leur vulgarité, pas plus que je n'avais envie de partager une autre vie avec qui que ce soit; je voulais être seule pour livrer mes batailles personnelles et pourtant j'aimais Viana non pas d'affection mais d'amour, d'une infinie tendresse compliquée qui n'avait rien à voir avec ce qu'elle livrait de ses yeux quand je la tenais contre moi, le souffle court, docile, la chair molle de son corps qu'elle m'offrait et que je ne pouvais prendre de la même façon qu'une femme se livre à un homme. Je ne lui parlais pas de mes réticences et elle, si curieuse, ne me posait aucune question, m'attendant au virage, encouragée par JE qui m'étranglerait une nuit d'août, nuit des dix-sept ans de Viana...

Ce soir d'août, un samedi, entre son père et sa grand'mère, nous avions fêté l'anniversaire de Viana lorsque la nuit était tombée, une belle nuit bleue, chaude; « autant d'étoiles, autant de beaux jours » prononçait Viana tout bas en serrant sa jambe contre la mienne et j'étais très émue de participer à titre d'amie unique, à ce repas familial dressé près du jardin japonais, éclairé simplement de chandelles; je virais une fois de plus dans l'irréalité que m'offraient ces trois visages, trois générations, des vies mouvementées et, peut-être que sous cet air de fête, nous pensions à la même chose sans le montrer: que serait l'avenir de Viana qui attaquait gaiement des désirs que sa grand'mère refusait, que son père soutenait être un caprice de jolie fille et Viana qui voulait vivre, travailler avec moi? Il y avait trois visages façonnés par l'ombre des chandelles qui leur permettaient de se camoufler derrière une flamme toute neuve venant de naître à une nouvelle année qui serait difficile pour tous. Nous évitions d'en parler car la famille de Viana savait que, moi aussi, je voulais me diriger dans la voie de Viana et combien de fois le désaccord venu de sa grand'mère avait failli compromettre mes allées et venues dans la belle maison organisée, dirigée par une femme âgée mais intransigeante elle aussi, n'hésitant pas, au nom d'un conformisme désuet, à gâcher les dons que Viana possédait. L'heure était à la joie comme si un mot d'ordre avait été lancé et je remarquais la pâleur superbe du visage de mon amie qui buvait du champagne, mangeait peu, osant même mélanger nos doigts sur la nappe avec une audace qui ne lui ressemblait pas. Elle avait quelque chose d'une condamnée à mort; il semblait impossible de lui refuser ce qu'elle demandait, m'obligeant à vider sans cesse ma coupe pour que son père la remplisse et rien n'aurait été trop fou, trop fantastique pour la supplier de ne plus boire, de lâcher cette main une dernière fois. Elle parlait peu, nous observait; allant de l'un à l'autre, elle attendait quelque chose qui viendrait à son heure et son visage heureux, presque transparent, s'irradiait d'une nouveauté qui ne possédait rien de terrestre. Il n'était plus question de la quitter dans cette nuit assoupie, tant elle semblait absente, alertée par une présence dont nous ne pouvions l'arracher. Tout à coup, l'impression d'avoir été si loin dans ses pensées la rendait fragile, désemparée; sa main tremblait dans la mienne. Son père, sa grand'mère ne pre-

153

naient pas garde à ces transformations mais, moi qui connaissais les violences de Viana, j'essayais de communiquer avec elle en l'obligeant à dire n'importe quoi; peu à peu, elle se détendait, merveilleusement présente mais différente de celle que je voyais vivre au gré de ses fantaisies et de ses caprices. Le champagne la ravissait et son père la taquinait gentiment sur ses capacités à boire; nous étions bien, au moment de souffler les dix-sept bougies; le vin pétillait dans nos coupes en cascade, blond et rosé, mousseux, se répandant en buée sur la nappe et, moi-même, je devenais une bulle blonde qui ne touchait plus la terre, qui se levait pour couper des fleurs que je mêlais dans les cheveux de Viana, imprudence folle que l'on mettait sur le compte du champagne; je riais à mon tour car il suffisait d'un sang un peu renouvelé dans nos veines par un vin pétillant pour que tout soit permis. J'avais envie de hurler que nous avions enfin la permission de créer nos professions, de fouler de notre jeunesse les désirs défendus et, au moment où la grand'mère de Viana se levait pour débarrasser la table, que son père en faisait autant pour chercher une boîte de cigares, je me penchais sur Viana et l'embrassais longuement sur les lèvres. Nous venions d'échanger nos bagues de fiançailles; nous venions de nous promettre en mariage; nous venions de sceller un pacte avec le diable qui se nommait JE.

Il était temps d'aller dormir. Je couchais dans la chambre d'amis contiguë à celle de Viana. Il était très tard et la nuit chaude; mon corps était transpercé de milliers de petites bulles que nous avions bues et qui jouaient ensemble dans mes veines, dans mes artères, jusqu'au bout de mes ongles, jusqu'à la racine de mes boucles brunes que je tenais à pleines mains, nue devant la fenêtre ouverte afin de respirer librement. Je levais les yeux vers le ciel: des éclairs de chaleur, tels un phare, balayaient la nuit d'un coup sec, électrisaient la peur de les recevoir en pleine vue et je me demandais si Viana éprouvait la moiteur identique de l'électricité de cette ville-lumière que j'imaginais pour me rassurer et oser regarder jusqu'au fond de l'horizon ces traînées bleues, oranges, annulant les gouffres de noirceur que possède l'univers, le grand vide extensible de nos origines. Un soleil vert grandissait à l'horizon et je me disais qu'il était encore trop tôt pour que l'aube me surprenne de cette manière anormale. Ce n'était pas l'aube d'un jour comme les autres; je me contentais de faire un pas en avant, un bond dans l'éther, qui n'interdisait plus à mes sens de débrider mes poignets vers ce que j'avais de plus cher au monde. L'éther, mon unique patrie, là où les lignes meurent d'elles-mêmes dans l'extension universelle; l'indivisible arc-en-ciel entre l'Alpha et l'Oméga. J'appelais Viana; elle ne m'entendait pas mais j'étais sûre que nous venions de ces contrées et je voulais le lui entendre dire sur la croisée des chemins célestes qui nous avaient précipitées par erreur sur une planète, dirigées du doigt par deux femmes et deux hommes désunis. Nous étions identiques, immortelles et je comprenais soudain la fascination que nos beautés exerçaient l'une sur l'autre. Je quittais ma chambre afin que mes membres s'étirent librement dans une secrète jouissance où le péché était l'invention de l'homme, où l'âme se trouvait ailleurs, loin des sceptiques, à l'abri des superstitions. J'entrais dans la chambre de Viana. Blanche et nue sur son lit, elle était l'essence même de mes pensées, l'intensité télépathique que nous échangions d'une chambre à l'autre sans le savoir. J'étais prête à lui vendre mon âme jumelle pour qu'elle demeure aussi irréelle dans ma mémoire. Au pays des météores, elle appelait JE.

J'avançais sans répondre. Je marchais sur mes prophéties, sur mes croyances, sur mes solitudes désincarnées. Je déambulais sous les noyers de Samuel... Un sourire timide à Maryse... J'aimais les bras de mon père dans la neige... La peur de le perdre un jour ou l'autre. Viana m'attendait; elle me le disait en tendant les bras. Toute mon enfance dans cette attente! Des années de lycée à chercher l'éblouissement! Je foulais la zone interdite des contemplations humaines et j'échouais contre le corps de Viana comme une mendiante sur une bouche d'égoût du métro en plein hiver. Illusion. Une envie de hurler me tenaillait; JE me poignardait lâchement dans le dos entre les omoplates, mes mains offertes en holocauste à Viana, à la portée du plaisir que je redoutais, et ses cheveux riaient avec elle, lourds sur mes bras, étourdissants comme elle, comme le trop plein de champagne qui débordait de nos coupes blondes. Je grimpais à l'assaut du grand front blanc humide jusqu'à la racine des cheveux bruns. Aucun nom inscrit sur ces paupières fermées; aucune ombre douteuse sous les longs cils. Hurler à Viana mon inexpérience, l'assassinat qu'elle commettait avec JE, et elle dont JE faisait mon enfer! Nous accomplissions les noces alchimiques et secrètes d'un temps révolu; nous retrouvions, une seconde, l'unité nostalgique de l'androgynie ancestrale, ce mariage enfin bu jusqu'à la lie de l'inconscient et du subconscient; nous capturions la volupté jusqu'à l'extase de l'esprit, nos corps ne voulant plus rien dire, leur coque mortelle jetée, souillée, que nous retrouverions au matin, misérables habits de nonnes dont on aurait pu jurer la plus parfaite innocence. Je frôlais de mes lèvres l'abstraction d'une image que j'avais aimée dans un autre temps, dans un autre espace; Viana me tenait compagnie dans un jardin verrouillé de cadenas entrelacés par de lourdes chaînes; elle m'appelait, je ne lui répondais pas: l'extase nous emportait au-delà des murs de ce jardin et je descendais doucement à l'assaut d'une chair blanche et dure comme un marbre qui aurait pris vie, tout à fait étonné de se mouvoir par la force d'une énergie étrangère, ce feu qui était le mien et que je communiquais à ce marbre à mesure que notre monde devenait cohérent, seconde après seconde, miette par miette. Les coups de nos cœurs transperçaient nos os et nos peaux que nous revêtions, l'aube à la pointe de la fenêtre. Nous flottions, nous perdions la voracité tracée sur nos doigts cadenassés les uns aux autres, ces lourdes chaînes entrevues dans l'éther d'un bout de l'univers. Les distances concordaient à nouveau et peu à peu nous savions différencier la vie réelle de la mort fausse. Le choc de nos âmes s'était produit; JE me ressuscitait d'entre ses mystères que j'ignorais en moi comme une prédilection apparentée au Bien et au Mal.

Nous nous regardions avec calme et bonheur; il ne s'était rien passé physiquement; seule, l'irradiation de nos esprits lancés l'un vers l'autre, emportés vers un symbolisme incohérent où je craignais de m'abandonner de mon plein gré et j'étais obligée de savourer la richesse de mes sentiments pour Viana lorsque je posais mon front sur le sien; un parfum de tabac blond montait de sa peau nue, frémissante et dure: la marque de la vie. Je ne voulais plus perdre Viana. Nous commencions à vivre à partir de cette nuit où, ensemble, nous avions eu dix-sept ans. Contre moi, elle rayonnait, elle s'endormait, elle s'éveillait, elle refusait que je rejoigne ma chambre. Elle se plaisait à admirer la forme de mon corps à travers le sien; j'étais son miroir dans lequel elle détaillait chaque ligne de ses courbes, de ses pauses, me faisant savourer goutte à goutte le narcissisme où nous nous contemplions sans cesse. L'amour des corps ne lui suffisait pas, m'affirmait-elle, et il en serait toujours ainsi entre nous pendant plusieurs autres mois, des saisons beaucoup plus calmes, sans anniversaire ni champagne qui nous aideraient à nous élancer dans l'exaltation. Viana ne désirait pas l'accomplissement qui détruisait la Beauté, nourrissait la faim trop goulue des sens et qui devait faire partie de l'enthousiasme intellectuel nous raidissant dans des outrances physiques où nous savourions l'insatisfaction au bord d'une impulsion sauvage qui me jetait sur Viana, me la faisait aimer jusqu'au délire, jusqu'à l'identification et peut-être l'échec d'une première naissance.

Ce comportement inhumain nous enferrait délicatement dans une défaite du corps et de l'esprit que Viana exultait dans une frénésie permanente de déguisements en déguisements plus fous, plus provocants les uns que les autres; elle se parait comme une reine antique comme si elle voulait compenser en se voilant dans des tissus luxueux la fausseté de nos rapports de plus en plus lourds, éloignés de la vie; j'avais la désagréable impression de jouer constamment une mauvaise pièce de théâtre où Viana interprétait le rôle principal et où je lui donnais la réplique machinale sans la simplicité qui aurait dû englober une force de volonté nécessaire à combattre des adversaires plus forts que nous, à l'aise dans la vie de tous les jours, ce qui faisait leur puissance pendant que nous rêvions, que Viana rêvait, non pas dans l'imaginaire mais dans une aspiration qui la poussait vers une vanité qu'elle confondait avec l'optimisme. Il est vrai que les désirs peuvent soulever des montagnes quand une ambition concrète les soutient mais il n'en était rien et seul le rêve encourageait Viana dans un monde farfelu, imprévisible, débridé que je ne pouvais suivre sans y mêler une sorte de rage qui me donnait envie de secouer mon amie pour la rappeler à la raison; elle n'était rien pour l'instant, pas plus que moi, sous la tutelle d'une famille qui ne partageait pas nos ambitions; j'avais beau expliquer à Viana qu'il fallait leur prouver nos talents, tout en exerçant un métier pas trop encombrant qui nous permettrait simplement de subvenir à nos besoins les plus élémentaires, elle s'entêtait à forger un avenir qui débutait par la fin de sa carrière et non par la modestie de débuts difficiles. Peu à peu, je doutais de sa vocation théâtrale qui s'appuyait uniquement sur la fragilité d'une beauté qu'elle ne posséderait pas toujours, qui travaillait son œuvre destructrice chaque fois que Viana fardait sa peau d'un maquillage dont elle aurait pu se passer. Elle jouait avec la nature, éprise à juste raison de plusieurs identités, jeu illégal puisque Viana se contentait d'un seul rôle: le sien, sans éprouver le besoin de réunir la pluralité de ses MOI, sortes de rôles composés qui m'auraient prouvé la valeur de son talent, l'authenticité d'une nature généreuse qui m'aurait comblée de sensations diverses, délaissant ce qu'elle n'était pas, ou bien elle aurait dû garder ce mauvais rôle pour les autres, car il est évident que nous nous composons toujours un air de circonstance selon les personnes à qui nous avons affaire; ces personnes étant n'importe qui, il suffit que nous les contentions superficiellement et je rappelais méchamment à Viana que je n'étais pas n'importe qui. Elle pleurait sans m'attendrir, ce qui était grave malgré les griffes crochues d'une souffrance qui ne me quittait plus et ce climat aride entre nous entretenait, tout à son aise, la fragilité de ma santé, l'hypersensibilité décuplée à volonté, rompue aux mensonges, aux éclaboussures où Viana évoluait, de plus en plus méprisante avec ceux qu'elle côtoyait, trouvait vulgaires, pas assez cependant pour m'imposer un certain temps la présence d'un garçon qui lui aussi utilisait la comédie comme le pâle reflet d'une vie médiocre.

Pour distraire Viana, je l'invitais plusieurs fois chez mes parents: ma mère la détestait; quant à mon père, nos regards échangés une seconde avaient suffi à mettre les événements à leurs places et surtout à ne pas les déranger. Je croyais que mon père, selon ses habitudes, établirait un contact mondain avec elle et j'étais surprise, presque inquiète de l'indifférence avec laquelle il l'accueillait, poli comme il était capable de l'être, mais rien de plus, ce qui me décourageait doublement, persuadée que mes amies appartenaient un peu à mon père et, plus tard, je devais sourire tristement en concluant que je me dépêchais de les lui présenter pour qu'il me vante leur beauté et notre bon goût. Un automne et un hiver allaient vivre et mourir, moi aussi, selon les jours; il pleuvait ou un grand soleil illuminait ma tête selon les humeurs de Viana; trop souvent il pleuvait de l'eau si liquide que je me demandais comment elle pouvait l'être à ce point; je foulais des feuilles sales, rongées d'humidité sans pouvoir retrouver l'humus qui alimentait les feuilles de Charvy quand, blottie dans ma cape, j'avançais tête et pieds en mesure, en cadence, dans leur masse rousse et propre d'une eau faite pour elles et non pour les nostalgies. L'eau fait toujours partie d'un lieu et même de la vie d'une personne et, pareille à ce lieu, à cette personne, nous disposons d'elle, nous l'arrangeons au goût du jour qui nous enchaîne à un certain état d'âme et nous la rend légère, pétillante, ou encore, si liquide, si gluante qu'elle porte à son tour son poids dans nos têtes et qu'il nous paraît insensé de revoir un jour le soleil.

Je n'attendais pas grand'chose de la fin de l'hiver et surtout pas un nouvel été. Nous prenions des cours privés dans deux écoles différentes, ce qui nous permettait de nous écrire, de nous revoir à chaque fin de semaine mais malgré les folles démonstrations de Viana, mon cœur n'y était plus; l'enchantement craquait de tous les côtés au point qu'il s'incrustait dans une illusion qui essayait de se donner un air délibéré, enjoué. Je ressentais tout cela si profondément qu'inconsciemment la grand'mère de Viana me sondait car nos scènes ou nos bouderies ressemblaient à des scènes naïves d'amoureux qui se retrouvent plus aimants encore. J'étais si lasse que je me laissais aller à des confidences qui concernaient uniquement la vie professionnelle de Viana. Sa grand'mère s'étonnait que je sois si attentive aux ambitions de sa petite-fille alors que, plus jeune d'un an, j'avais moi aussi quelque chose à construire... Je ne voyais pas les choses sous cet angle; mon avenir était mon affaire où Viana intervenait rarement et puis ce métier de décoratrice exigeait moins de facultés intellectuelles, plus d'imagination pure, moins de rêves que Viana possédait pour deux. J'expliquais ces *conclusions* à sa grand'mère; le terme est hasardeux et me fait sourire car j'étais loin de me douter que c'était réellement une *conclusion* quand la vieille dame fouillait dans sa poche et me tendait une lettre interceptée où je reconnaissais mon écriture. Je restais calme devant la lettre d'amour et la trahison. Viana n'était pas avec nous. Curieusement, je me disais que cette fin en valait une autre; j'éprouvais un soulagement qui me révoltait sans pouvoir bouger de la chaise où j'étais assise. Cet événement ne se passait pas avec moi mais avec JE, comme la nuit d'été où j'avais été assassinée dans le dos et, aujourd'hui, en regardant cette lettre au bout de la main ridée, je ne savais pas me défendre, en dehors du coup, prête à jurer que la lettre ne m'appartenait pas, ce que la vieille dame aurait démenti. Elle me demandait ce que j'allais faire. J'appelais Viana à mon secours pour la première fois, enfin réalisant que je perdais mon avenir, mes tourments, mon adolescence, un reste de lycée, si mon amie m'était retirée. Une voix autoritaire me commandait de quitter Viana le plus rapidement possible, sinon mes parents seraient prévenus; le chantage faisait partie de la mise en scène et j'en avais par-dessus la tête de ces mises en scène que Viana m'imposait et maintenant sa grand'mère, comme une tare dans cette famille vide comme une coquille de noix où je ballotais désespérément en criant que jamais je ne me séparerais de Viana. Le chantage ne me faisait pas peur puisque mon père me défendrait et je me moquais de la réaction de ma mère qui m'avait promise depuis longtemps aux vices les plus bas; de ce fait, elle ne serait pas surprise. Je quittais Viana en pleurs que je venais de mettre au courant de nos situations, lui jurant ma fidélité sur nos jours passés et à venir malgré la minorité de nos âges. J'interceptais une lettre à mon tour et je la présentais ensuite à mon père: cette lettre invitait mes parents à une réunion de famille pour décider de notre sort. Ma mère n'était au courant de rien car je voulais l'appui de mon père avant d'entreprendre celle-ci qui ne manquerait pas, une fois de plus, de m'envoyer aux enfers.

J'étais si fatiguée de ce langage et si proche de l'enfer avec Viana que je demandais à mon père de m'aider à soutenir le siège matriarcal. Mon père éclatait de rire en déchirant la lettre, refusant de se mêler à *de tels enfantillages.* Je reculais de terreur vers la porte, secouée de sanglots qui ne passaient pas au-delà des paupières, engorgeaient ma poitrine, un étau de haine et d'amour se déchirant; j'entendais le rire de mon père, non pas un rire, mais un ricanement. Il ne voulait pas m'aider pour savourer mon premier échec amoureux, noyant tous les siens, toute sa vie gâchée, sa tendresse envers moi qu'il avait failli réussir et qui avait été son échec le plus pervers, dans la faiblesse morale qui m'obligeait à lutter contre des fantômes puisque sans lui je ne pouvais nous sauver, Viana et moi. Personne ne comprenait que nos sentiments étaient sur le point de mourir d'eux-mêmes et qu'en nous forçant à les tuer, nous les renforçions de notre désespoir, d'une jeunesse brutalement coupée à ses racines au lieu d'en attendre avec rigueur son étiolement. J'expliquais mes pauvres défenses à la grand'mère de Viana qui ne s'avouait pas vaincue malgré la désinvolture de mon père et prônait que les tribunaux pour délinquants sauraient nous mettre au pas! Viana s'était enfermée dans sa chambre; il n'y avait rien à faire pour la forcer à m'aider, terrifiée qu'elle était par les menaces de sa grand'mère et surtout par l'intervention de son père qui la gâtait beaucoup mais qu'elle craignait pour avoir subi certaines de ses colères. N'ayant plus de ressources, je promettais à sa grand'mère de réfléchir et je partais après avoir embrassé Viana tendrement, comme si une prémonition voguait dans ces baisers, celle de ne plus jamais la revoir…

Trois jours plus tard, quelle ne fut pas ma surprise de recevoir une lettre de Viana qui m'écrivait lâchement: « Tu ne m'aimes pas puisque tu as promis à grand'mère d'attendre plusieurs mois avant de me revoir, etc. » Je déchirais la lettre sans la lire jusqu'au bout. C'était bien Viana, telle que je l'avais connue, qui jouait son dernier rôle avec moi sous l'influence d'une vieille femme qu'elle prétendait quitter le plus tôt possible. Il me restait quelques semaines avant de terminer mes cours. J'agissais sans savoir, les nerfs bouleversés, le doute en moi, la perfection de Viana qu'elle recherchait si mal, au bord des lèvres, ignorant encore qu'il faut traverser les plus grandes sources de la médiocrité, au risque de se noyer, avant de parvenir à cette perfection dans une totale solitude et qu'à force de tout sublimer je risquais de tomber dans l'excès inverse; la médiocrité de son œil cru et rouge m'apprendrait à éviter les perfections visibles; l'essentiel était peut-être là: la nudité, la perméabilité du regard au centre de la laideur que mon père serait le premier à personnifier après ma rupture que je croyais être provisoire, mon chagrin étant immense de rester sans nouvelles de mon amie, si proche de l'été que nous devions passer ensemble. Sentiments anormaux peut-être mais l'adolescence n'est-elle pas une merveilleuse crise de folie qu'il ne faut pas laisser passer sans trancher dans le vif de ses sensations, ce qui me faisait douter de revoir un jour Viana car l'amertume plongée dans cette crise ne la ferait pas revivre aussi désintéressée et comment pourrions-nous nous retrouver avec nos cœurs purs et impurs après cette épreuve?

J'en étais là de mes réflexions, un soir dans un train de banlieue, quand j'aperçus mon père, son bras noué autour du bras d'une jeune femme brune; leurs visages se touchaient presque et ils riaient ensemble comme deux innocents. La jeunesse de la femme accentuait les traits vieillis de mon père et, pour la première fois, je le trouvais laid, le crâne dégarni, l'air gaillard et non plus courtois. J'avançais vers lui sans savoir pourquoi, ne m'expliquant pas mon indiscrétion, si, en fait, obscurément je le savais; je désirais me venger du moment qu'il choisissait pour se faire remarquer en la compagnie d'une autre femme que ma mère; je subissais cet affront et comme ma mère je renversais les rôles; je n'étais plus sa fille mais une maîtresse délaissée pour une autre femme, d'autant plus que jamais, malgré l'histoire répétée de ses conquêtes féminines, je n'avais assisté à la rencontre de mon père avec une autre femme. Il m'avait doublement trahie en écartant froidement Viana de ma vie et en plaçant une inconnue au centre de la sienne. Nous nous observions tous les trois avec effarement; mon père reprenait son sang-froid en me présentant à son amie que je saluais gauchement, intimidée par cette jeune femme qui volait cet homme, le héros de ma vie que je ne devais plus appeler par son prénom. J'étais méduséee par la bêtise de la situation que nous vivions dans ce train qui assourdissait les paroles de mon père, secouait mes nerfs d'un fou rire déplacé, soulagée en observant les traits lourds de la jeune femme, si différente de l'idéal de mon père qui maintenant ne choisissait plus mais se faisait choisir par les plus laides. Cette aventure ne serait pas la dernière et il irait ainsi de visages de plus en plus ternes en corps frustrés, à moins qu'il ne paie, et encore à quel prix, la jeunesse insensée d'une fille vicieuse encline aux vieillards, aux vieux beaux. Je riais encore quand le train s'arrêtait et que je les quittais pour descendre à l'extrémité du wagon comme si rien ne s'était passé. Dans la rue, je fredonnais un air à la mode en y mêlant le prénom de mon père et celui de Viana. Je venais de tout perdre pour avoir tout inventé, l'harmonie, comme d'autres, la haine. Ce père, c'était moi qui l'avais créé de toutes pièces avec ma ruse de femme occidentale. Le père n'existe pas: c'est l'homme qui dépend de son enfant mais jamais le contraire. Voilà l'erreur que j'avais commise envers lui.

Samuel ne m'avait pas tendu ce piège odieux et je le respectais plus que tout au monde puisqu'il ne m'avait inspiré aucune passion. L'enfant choisit un père quand certains événements lui révèlent la fragilité du monde dans lequel il évolue; c'était ce que j'avais fait pendant les nuits où la guerre me terrifiait. Ce père était devenu l'accident de mon existence puisque je remarquais plus tard qu'il me dédaignait: c'était moi, toujours moi qui le soumettais à mes sentiments affectifs, à mes effusions; il était le pantin, le jouet préféré qui s'était brisé; le polichinelle savant et disponible, curieux un moment de ma jeune beauté en qui il retrouvait ses folles années, un visage neuf, une certaine nostalgie facile à renouer chaque fois que je me jetais dans ses bras. Rien que cela, mon père dont, avant Viana, je souhaitais être le prolongement, le Moi-Idéal, œdipien, le transfert incongru auquel je ne parviendrais pas à échapper jusqu'à ma rencontre avec Hugo. Nous nous évitions; ma mère soupçonnait que quelque chose de grave s'était passé entre nous et elle en souriait; j'avais pitié d'elle, tout autre forme de sentiment absent, distribué, envolé à l'aube de mes seize ans. Les cours se terminaient et je n'étais pas plus avancée au sujet de mon avenir. N'y tenant plus, je bouclais rapidement une valise et sans aucune explication avec ce père qui ne l'était plus, sans l'accord grincheux d'une mère qui ne l'avait jamais été, je partais à Charvy.

VI

Je préférais m'habiller et m'en aller avant l'appel strident de Hugo par le truchement du téléphone. Je ne voulais plus le revoir dans l'état euphorique de mes insomnies et que cette originalité lui serve de tremplin. Nos culpabilités devaient être la cellule désincarnée de témoins absents qui se promèneraient à travers l'espace, se détacheraient enfin de nous pour rire entre eux puisque toute souffrance se termine de cette manière, et qu'en plissant légèrement les yeux, on examine l'objet de nos anciennes misères sans indulgence aucune, et le rire, le sourire plutôt, déplie une bouche amère, nous fait soupirer un grand coup de soulagement, l'urgence d'une vieille affaire étant réglée... Je désirais cette désinvolture, cette action physique, vivace, de la façon que j'agissais quand je retournais à Charvy et que, parfois, y trouvant mon père et ma mère, Adrienne et Samuel, je les observais, ne comprenant pas très bien ce qu'ils faisaient ensemble et moi au milieu d'eux; ils écoulaient une vieillesse qui ne les rendait nullement heureux, les uns et les autres, ne possédant plus leur vigueur, leur hargne, leur rancune d'antan, et la vie ne les ayant pas épargnés à cause de moi, souche primordiale de leurs bons et mauvais sentiments, ils s'ennuyaient sans savoir pratiquer ce penchant à la négation, tristes, vrais vieillards démunis, alors que l'ennui engendre chez un être encore jeune et lucide, la philosophie tendre de l'humour comme un réel réconfort face au temps qui ne peut plus rien pour lui. Mais Hugo loin de ce temps et si proche de moi? Hugo B.? Hugo-Pologne? Je lui avais parlé de Charvy, de l'ensemble de ce monde fêlé où j'avais vécu aussi fragile que lui, différente puisque disponible; ces êtres avaient façonné dans ma tête une sorte de puits sans fond, creux et pourtant téméraire reliant l'intérieur d'un rêve que je poursuivais grâce au génie solitaire de l'imagination. J'avais ressuscité pour Hugo l'alliance étrange que Viana avait permise, la déliant de sa peur et me perdant à la veille d'un été que je croyais parent de celui plus jeune d'une année, Viana et moi comme les autres, tournant en rond autour de nous-mêmes et finissant par n'y trouver que les éclats ternis de sentiments désagrégés d'une impatience que commande une trop forte jeunesse, voulant tout dévorer et ne sachant pas déguster ce qui fait le raffinement d'un geste ou d'un mot.

Hugo ne disait rien quand je parlais de Viana, répétant inlassablement une part de la comédie que j'avais jouée quelques années plus tôt envers ma mère, n'hésitant pas à la perdre, lorsque je créais une Adrienne intercalée entre la vérité et le mensonge; je décidais qu'un être tel que Hugo se gagnait, se méritait, se perdait et, imprégnée de Viana comme je l'avais été d'Adrienne, je ne pensais pas qu'il m'écoutait pour m'éprouver alors que ma mère attisait par un regard haineux un détail nouveau dans le portrait d'Adrienne que je lui imposais, que je m'imposais pour gagner un peu de répit, et savoir comment je devais me soumettre, puisque je ne l'aimais pas, à une femme qui se disait ma mère, de but en blanc, la discussion fermée entre elle et moi, le fait de m'avoir mise au monde lui accordant des privilèges qu'elle s'octroyait sans autre permission que la sienne, signe de sécheresse du cœur, me réclamant plus tard une reconnaissance que je lui refusais sous peine de rupture, ce que je n'hésitais pas à commettre, l'acte le plus gratuit, le plus réconfortant que nous aurions dû alléger depuis longtemps au lieu de nous battre pour un homme, un mari, un père, qui se dérobait, cherchait sans trouver ce qu'il ne savait pas quoi chercher, s'illusionnant devant le portrait de sa jeunesse perdue, là encore, à mille lieues de ce qui l'attendait, un pinceau dans une main tremblante, une veste d'intérieur en soie bariolée; il composait un intermède pour lui seul; le public restreint de ses aventures passées, doux nuage sur lequel il embarquait, fatigué de son numéro, il ressemblait à un vieil acteur à bout de souffle, à court d'idées, la foule vite repue, exigeant de la nouveauté.

Mon récit terminé, exagéré, exacerbé par la présence silencieuse de Hugo, il me prenait dans ses bras en souriant, ne se formalisait pas de l'apparence trompeuse de l'être entier que je décrivais comme irresponsable mais je le défiais de soudoyer, par l'abus d'une curiosité que je développais à tort et à travers, mes égarements, mes erreurs, que j'échangeais contre une colère, un mépris qui auraient pu secouer Hugo tout entier, pliée en deux que j'étais, couchée sur le côté gauche pour éviter la douleur qui ne cessait de monter, d'engorger mes résolutions avortées quand Hugo me soulevait par les épaules, geste d'homme chaleureux qui attendait d'autres horreurs, finissait par happer mon regard et me dire, rassurant: « Tu es plus près d'Aphrodite que de Séraphîta! » Je m'échappais de sa maison pour courir dans la chambre minable, louée pour un jour, deux jours, avec l'impression de m'éterniser dans ce pays mobile où mes valises à peine défaites, attendaient la suite d'un épisode, au pied de mon lit;

comme des chiens fidèles, détrempées, desséchées, elles finissaient par sentir le poil de cet animal et je ne m'endormais pas sans leur murmurer un mot flatteur comme une caresse. J'emplissais des verres de fleurs ou d'herbes sauvages, de brindilles que je ramassais dans mes randonnées; elles s'accumulaient dans un coin de la chambre, en principe entre une armoire et le mur, formaient lentement la hauteur éparpillée d'un fagot, flairaient dans cette pièce passagère un relent douceâtre de forêt endormie et je m'y adonnais les yeux fermés, la respiration accordée à des singularités qui n'existaient plus et qui vidaient mon esprit de ses expériences, trébuchant sur le miracle de l'enfance truquée au fur et à mesure que je grandissais sans l'aide des autres.

Ainsi occupée à des habitudes sans passion, j'inversais les heures normales, je m'absentais du sommeil bienfaisant pour vivre quand les autres oubliaient le rôle actif de leur divinité provisoire. Inépuisable étrangère au corps que transbahutait JE dans le miroir intérieur de ma vie, je devenais ce monstre nécessaire qui ne rassasiait que pour un temps nocturne la fascination des gens un peu blasés; écueil du monde endormi où je me cognais sans gémir, sans rien voir, je veillais dans une chambre défensive, le visage tourné vers une fenêtre fictive que cachait un mur peint d'une œuvre anonyme: un garçon ou une fille glissant dans cette nuit; je ne distinguais que la main rageuse, main sortie du cerveau et qui se vengeait à coups de couleurs comme moi à coups de mots. J'étais bien ainsi dans le bas-fond, semblant de bien-être et de décor posé au hasard des fantaisies d'une histoire que JE ne se lassait pas d'enflammer; JE s'évertuait à souffler sur des cendres mourantes, presque éteintes, ranimant une petite étincelle qui ne demandait rien à personne et encore moins à moi puisque JE donnait vie à une agonie qui se précisait et que je n'encourageais pas, situant trop parfaitement l'espace où la petite étincelle éclaterait un beau soir semblable à une nova qui se déplacerait à la vitesse-lumière d'un rêve et diffuserait dans l'univers une autre aventure qui me concernerait et que JE m'empêcherait d'éconduire d'une manière scabreuse, voulant tout savoir; la censure d'une existence échappant à la loi du silence, il n'était pas question de laisser un nom dans l'oubli volontaire, exil dépravé, cour des miracles où se nichent les ramifications d'une année, de deux, rarement plus, nourries jusqu'à la nausée de saveurs acides, onctueuses comme certains fruits exotiques étalent sur la langue un goût rare et se décomposent en une âcreté frémissante de tout le corps.

Dans ces chambres grises, au cours de mes voyages, dédaignant ce qu'il y avait de plus beau, je n'aimais pas qu'un lieu ait le temps de me séduire, une main accrochée aux murs d'une nouvelle frontière, mon passeport dans l'autre; cet équilibre majeur, les mains pleines, je sautais à pieds joints sur mes valises pour les boucler quand une ville me déplaisait et que le foyer recherché s'avisait de trousser son allure dégingandée dans des rues, des impasses, des culs-de-sac où je virais d'un côté, de l'autre, m'affolant un peu, effectuant un détour du côté gauche de moi-même, je quémandais le nid, toujours à Charvy, fécondé par la parthénogenèse de ma solitude ombrée d'une dernière particularité.

Quand je retournais à Charvy, l'été de mes seize ans, je doutais et je n'étais plus libre. Avec Samuel, doux vieillard égaré dans une douleur perpétuelle, ne se rappelant plus très bien d'où elle lui venait, le dos courbé vers la terre, inlassablement, la main droite rivée sur une branche noueuse qui lui servait de canne; nous empruntions d'anciens chemins sans parler; trop âgés l'un et l'autre pour disséquer le charme désuet d'instants si courts vécus ensemble, nous nous arrêtions quelques secondes, le silence plus éloquent, plus vrai, le regard plus mouillé que des larmes que nous aurions pu verser en vain; il était inutile de leurrer Samuel qui se souvenait, comme un hier perdu, de la force des saisons qui agissait sur nous et sur Adrienne, l'effleurait cet été-là d'une manière erratique, Samuel se détachant, lourd et provocateur vis-à-vis de la nature solidaire, amie, insoumise quand il la manipulait avec ses mains amoureuses aux saisons propices; peu à peu, la paille débordait des sabots qu'il ne quittait plus et je n'osais interrompre cette marche alerte vers un but que Samuel ne désespérait pas d'atteindre. Il n'y avait que moi d'humain autour de lui; Adrienne le laissait enfin, mais trop tard, errer dans un monde de bonté, elle aussi, vieillie, fripée de la tête aux pieds, trop proche de nous encore, le regard épais comme un velours usé, la langue crachant parfois un dernier sursaut d'aigreurs qui ne s'adressait plus à Samuel, en particulier, ou peut-être à un ancien Samuel vulnérable, peureux, caricatural dans sa tête, hors d'atteinte maintenant, de plus en plus absent, de longues heures, se nourrissant de fruits, de laitages, ne rentrant que le soir à l'heure exacte de la soupe fumante qu'il mangeait sans rien dire avant d'aller se coucher sans un mot à Adrienne, un regard furtif vers celle que j'avais été, si petite, mal défendue, un peu étonné de la jeune adolescente qui lui rappelait quelqu'un; il fronçait les sourcils une seconde, se détournait de moi et me laissait en tête à tête avec Adrienne; nous continuions toutes deux à souper dans une apparente tranquillité, surtout moi qui ne redoutais plus Adrienne; je me retirais dans le jardin ou dans le grenier sans crainte d'être rappelée constamment à l'ordre comme au temps de mon enfance dès que je me reposais dans un endroit herbeux, fleuri, étoilé; Adrienne sur les talons, je m'engageais dans des trous que je creusais moi-même à travers toutes sortes de broussailles pour la décourager, ayant besoin de retrouver mon souffle comme un cerf traqué dans les bois de Charvy.

De ces promenades avec Samuel, je ne reconnaissais plus rien. J'aurais voulu faire un grand pas en arrière et lui demander de me redonner la foi, de tout recommencer, de tout effacer qui ne serait pas lui et moi dans les sentiers de la vallée de Charvy. Comment décrire, dépeindre ce que je ne savais plus regarder, plus sentir, plus entendre; comment expliquer ce que mes yeux, mes doigts, ne retenaient plus d'une teinte entrevue, du suc d'une tige coupée avec rage ? Samuel s'enfonçait plus sauvagement dans les bois alentour, sans rien dire, son instinct à portée de la mort qui marchait à ses côtés plus attentive que je l'étais; j'essayais de suivre la cadence courbée de Samuel qui s'efforçait d'effacer de ma mémoire les imperfections, le désenchantement, ce qui m'avait fait déserter Charvy, trahir Samuel et à travers lui, les grandes cérémonies ancestrales des moissons, des vendanges, une panoplie de travaux moyennâgeux avec des hommes et des femmes qui parlaient peu, le visage en feu, des hommes secs, des femmes grasses qui ne perdaient jamais de temps, une heure devrais-je écrire, à paresser mais à dormir pour le bien de leur corps et de leur âme.

Tout ce qui n'accrochait plus mon regard s'écourtait dans un relief qui devenait très vite un reflet, ternissait la composition héraldique des champs et jamais visage ne fut autant miré dans l'eau tiède des étangs de Charvy, jamais corps plus accouplé à la terre, aux joncs qui bordaient ces étangs, les doigts ensanglantés d'avoir fouillé l'intérieur d'une eau boueuse pour défaire les traits du visage qui n'était pas le mien mais celui de Viana, obsédante, perfide; je souffrais de m'être éloignée d'elle, la soupçonnant des pires infidélités, ce qui arrangeait bien l'indifférence dans laquelle je vivais, compensant celle-ci par des angoisses que je mettais sur le compte de Viana alors que son infidélité existait depuis longtemps au niveau du rêve glorieux qu'elle s'était fabriqué en compagnie de quelques garçons de notre âge, à rebours d'une réalité qu'elle ne parvenait plus à diriger elle-même, tant la place de son rêve était faux, comploté hors de l'imagination positive, ce qui amène forcément à trahir moralement ceux que l'on aime et qui ne font pas partie du rêve puisque j'existais à ses côtés comme une seconde nature où elle puisait une énergie que je ne possédais d'ailleurs pas, mais trop indulgente, je comptais sur la beauté, le talent de Viana, un remaniement qu'elle effectuerait un jour ou l'autre sous mon influence. Je me trompais. Quand le rêve est trop violent, il désaffecte le désir comme un acide ronge doucement un métal précieux et je me demandais qui des deux, Viana ou moi, ne possédait pas assez de désirs pour égayer l'absurdité négative du rêve où Viana se contentait de vivre sans agir. Avions-nous eu peur du monde pour ne pas l'affronter plus radicalement, pour ouvrir et refermer sur nous, une fois pour toutes, car Viana m'en parlait souvent, les portes forgées du lycée, ne plus nous appuyer contre des dossiers de bois dur, poser nos joues sur la pelouse douce de la cour? La vie n'était pas au milieu de ces filles dont Viana se contentait comme public à la distribution des prix comme je le faisais avec Maryse dans la petite école de Charvy. Ailleurs, le public serait plus exigeant, celui qui juge, condamne, et combien de fois Viana n'évoquait-elle pas ses succès lycéens? Combien de fois, au lieu de sourire de ses enfantillages, aurais-je dû la gifler et la secouer de ce semblant de vie qu'elle tissait, gigantesque toile d'araignée où elle attirait ses favoris, et surtout moi, la continuité d'un temps et d'un espace révolus? En marchant, l'infidélité de Viana devenait plus flagrante car ce n'était pas moi que Viana aimait mais l'ensemble de plusieurs années vécues de classe en classe qu'elle ne voulait pas souiller au-delà des caresses et des baisers protégés par le voile pudique de son rêve, et en le violentant, j'aurais détruit pour toujours, le trouble qui naissait en elle quand je me faisais plus insistante; Viana sur le bord d'un rivage houleux, prête à céder, appelait à son secours les doigts pleins d'encre, les talons plats, les odeurs de réfectoire et, pour une fois encore, elle gagnait, dirigeait ses élans, ne s'occupait plus de moi puisque dans les secondes précédentes j'humanisais ses sentiments au contact d'un monde très vaste qui lui faisait peur hors des portes du lycée.

Je me promenais dans le verger de notre vieille voisine morte quand je découvris l'évidence de cet amour feint au nom du lycée, une religion comme une autre dont j'avais été la déesse représentative et rien de plus, comme quoi l'amour en un Dieu imaginaire varie selon la somme de nos satisfactions et insatisfactions comme un moulin à vent tournique ses ailes quand Dieu le veut, manière de se représenter une divinité qui nous a oubliés, plongée elle aussi dans un rêve aussi absurde que celui de Viana, ce qui l'aidait à vivre, à construire un monde meilleur, Dieu ne nous aimant pas à sa démesure et se servant obligatoirement d'un décor pour intimider les justes et les athées. Je comprenais ce que Viana avait essayé de sauver et, la perdant, je venais à mon tour de la sauver d'un piège grossier que seul un homme serait capable de démonter. J'éclatais de rire, emportée dans un délire synthétique, si loin de l'imagination pure que je me jetais contre la terre, la bouche emplie d'herbes sèches qui coupaient délicieusement mes lèvres, non plus les miennes mais celles de Viana puisque je me mettais à la hauteur ou à la déchéance de son rêve, moi plus morte que vivante, sachant maintenant qu'il fallait laisser Viana se délivrer seule, que son talent mourrait dans le tourbillon joyeux d'une vie qui lui serait propre.

J'avais besoin de hurler, de courir, et comme je n'étais pas très éloignée de la maison d'Adrienne, je me précipitais, la bouche sanglante de Viana sur la mienne, afin de prendre la mobylette de Samuel qui ne s'en servait plus et marchait droit devant lui, pour une fois allant très loin, rentrant de plus en plus tard, puisque le jour mourait d'une chaleur torride qui ne cédait sa place que pour accorder au monde de Charvy quelques heures de fraîcheur. Je démarrais sous l'œil ahuri d'Adrienne en éclatant de rire, en lui criant que personne ne m'avait jamais aimée, que j'avais été utilisée dès ma naissance pour satisfaire et compléter la marque élégante de l'existence des autres... Évidemment, Adrienne ne m'entendait plus; je rejoignais des chemins pierreux, des routes sans circulation avant de me laisser choir dans un champ qui n'appartenait pas à Samuel, un champ de blé coupé, et les chardons pénétraient avec force dans la paume de mes mains; le soleil mordait ma nuque comme un chien enragé, désagrégeait ce qui me restait d'intelligence jusqu'à faire de moi un petit tas de corpuscules que guidait impitoyablement l'animal que je devenais. J'aboyais. Je miaulais. Rêve de Viana au goût de sang... J'imitais les cris des animaux sauvages que Samuel m'avait appris... Visage de Samuel, visage éclaté comme une vitre... Un caillou contre mon front pour lui ressembler... Une marque de sang: j'avais réussi. Je me relevais pour retomber les yeux aveuglés par une ombre visqueuse qui glissait sur ma joue, la chatouillait sans la caresser... Je criais à Viana de cesser cette nouvelle comédie... Je n'entendais que les multiples battements de mon cœur si bien gardé à ma naissance, malmené par et pour des êtres qui n'en valaient pas la peine et qui se servaient de lui comme de la petite bougie de l'espérance qui ne meurt jamais... C'était la nuit soudain autour de ce cœur qui baignait dans un bain sulfureux et me faisait mal, trop gros dans la cage de ses os, mal abrité dans sa chair, dans sa peau... Ce silence autour de moi... Ce bruit en moi... Ce silence de la nature, aucun chant d'oiseaux... Le repli stratégique de l'hostilité qui me faisait reculer plus profondément dans une hargne qui ne s'appelait plus Viana, ni personne, personne étant encore palpable, je me demandais où se cachait le néant. Je levais doucement, méfiante, la tête. Je repérais une mouche que je happais de ma patte de chat enragé; elle frétillait au bout de mes griffes, ses ailes bariolées de blanc et de mauve, son corps noir comme une route après une averse. Où était la route? Que signifiait cette mouche au bout de mes doigts, les pattes raclant le vide à quelques centimètres de la terre, pour elle, un immeuble de dix étages... Voilà, je lui offrais le choix: ou bien elle se jetait de cette terrasse, ou bien je l'écrasais; je la mangeais toute crue avec sa carcasse molle... Je préférais l'écraser sinon elle m'échapperait et ne mourrait pas; elle connaîtrait à nouveau une liberté dont j'étais dépossédée par la faute d'une fille qu'il me faudrait retrouver pour la tuer... Tuer le lycée... Tuer l'amie aux yeux gris... Tuer Maryse absente de Charvy et que j'aurais aimé revoir... La mouche agaçait ma patience: je commençais

par une patte... Pour papa... Une aile... Pour maman...
Une autre patte... Pour petit frère... Et le reste du corps
pour moi toute seule, effilochée au soleil comme le ventre ouvert de la mouche jaune et vert... Un ongle à
la mode, jaune et vert... C'était beau contre le ciel bleu...
Un scarabée: un nuage noir. Paf! Une goutte de sang
sur son aile mordorée... La voilà, la route brillante...
L'averse ne suffisait plus... Il me fallait un orage pour
avoir peur... Je n'avais plus le droit d'avoir peur... Qui
a peur de l'orage à seize ans? Moi... Joli scarabée, tu
as signé ton arrêt de mort avec mon sang... D'ailleurs,
un insecte plus gros t'aurait dévoré... Joli scarabée, c'est
la dernière minute de ta vie... Je vais te guillotiner entre
mes dents de loups... À seize ans, on a tous des dents
de fauve... Tête de scarabée, tu es folle de t'agiter comme çà... Un scarabée mort, c'est la destruction d'une
ville... J'ai connu une ville à moitié morte, fumante,
déployée de tous ses membres par une guerre d'avions,
de bombes, d'ennemis... Viana, mon père, Adrienne, ma
mère, sont mes ennemis... Pas Samuel... C'est l'allié
avec qui je vais tout détruire... Vroummm... Vroummm...
Je suis un avion... Un autre me suit... C'est Samuel...
Attention! On va heurter le soleil et non la terre! Un
papillon... L'avion de Viana... À ses couleurs: à ses yeux...
à ses cheveux... Ce n'est pas une couleur... C'est la fin
du monde... Attraper ce joli papillon brun... Hop! Un
plongeon de trois mètres... J'ai mal... Mon avion a dû
être touché... Je recommence: une aile pour Viana...
l'autre pour Adrienne... Le corps pour moi... Gluant,
vert et jaune. Un soleil. Celui de Van Gogh en plein
champ d'oliviers... Des tournesols que personne ne voyait
comme lui... Un coup de revolver au pied d'un arbre
en plein été pour lui tout seul... Mes mains? La palette
de Van Gogh avant de se tuer, grasse, pâteuse... Et du
blond... Du jaune qui pétillait autour d'elle comme le
champagne de l'anniversaire de Viana... Une sauterelle...
Comme je suis fatiguée... J'échange la croyance de TOUT
contre la révélation de RIEN... Ces petits insectes ne me

suffisent plus sous ma dent... Plus on mange, plus on a faim... Il me faut une victime rampante pour sacrer mes mains et les présenter au soleil des dieux puisque l'emblème de presque tous les dieux est le soleil. Il me faut un soleil plombé au-dessus des nuages gris et qui fait si mal à la peau... Il faut que je marche vers un mur... Ce qui rampe se trouve le long des murs ou sous les pierres... Mon visage est une flamme... Mes yeux, un brasier... Ma bouche, une gueule... Le mur loin du champ... Encore ce soleil qui va m'aider... Il faut que je marche... je me reposerai après avoir tué les femmes de ma vie... Les femmes de mon père... Il faut... La voilà, brune, ondoyante... Samuel m'a appris à ne pas me faire mordre... C'est une vipère jolie... jolie... écaillée comme une robe métallisée de Paco Rabane... Une robe que Viana aimerait... La pierre vers la tête... La patience me détend et me porte au bout de mes forces... Samuel... Je l'ai blessée, presque coupée en deux... Il faut attaquer la tête... l'écraser avant de hurler qu'elle me fait frissonner... Vipère... Viana... Les mêmes initiales... V... V... V... Du sang de sa jolie gueule rose... Elle est morte... Elle s'entortille autour de mon avant-bras... J'ai remarqué que beaucoup de femmes portent des bracelets en forme de serpent... Pouah! Quel manque de goût... Elles ont peur du serpent... Elles ont peur des hommes... Viana et Adrienne... Ma mère qui aurait dû prendre un amant blond comme elle... Voilà... Mes femmes sont mortes... Le serpent est issu de la terre et c'est pour cette raison qu'il me fascine... Tout ce qui vient de la terre est bon... Mais j'y pense, je viens de commettre un crime? Plusieurs crimes... Je dois me punir sinon des hommes hanteront la forêt et me tueront ou se tromperont et tueront une autre à ma place, comme ils l'ont fait avec le docteur, il n'y a pas si longtemps... C'est lourd à porter le poids de ce deuil qui n'est pas le mien... Mes sandales dans mes mains... Le serpent noué autour du poignet... Mignonne petite tête de Vi-Viana... Le champ... Repérer ce champ de blé coupé avant que mes pieds ne soient

dévorés à leur tour par des mandibules articulées...
Des larmes... Pourquoi des larmes? Je ne pleure plus
depuis si longtemps... C'est un coup du soleil qui me fait
fondre en une masse puante... Mes doigts commencent
à sentir mauvais avec toute cette vermine sous leurs ongles... Quel gros insecte malformé, la mobylette de
Samuel... Il est temps de nous passer d'elle et moi de
moi... Quel peintre, quel poète, sont morts sous un ciel
trop lourd pour eux, volontairement en plein été... Vas-y
ma cavale grise, on se dirige vers le mur... vers le soleil...
vers l'aveuglement... Je ris ou je pleure? Maudites poignées qui glissent dans mes mains puantes! Voilà le grand
mur blanc... On va voir ce que l'on va voir... Je me
charge de tout ce travail... C'est merveilleux! Je fais du
sur-place! Le mur vient au-devant de nous! Mes sandales
glissent de mes pieds... Où est le serpent? Attends, mur!
Attends une seconde, j'ai tout perdu! Arrête-toi, sinon je
vais cogner à côté... sur le bord du soleil... Il faut que
je retrouve ma sandale... Un baiser vert... Viana! Tu
ne viendras pas cet après-midi dans le bois! Viana! Ma
sandale! Je vole en éclats contre l'univers! Viana! Je ne
veux pas encore mourir! Le mur! Ma sandale! Ma sandale!

Quand je m'éveillais d'un coma qui durait depuis trois
jours, dans une odeur d'éther, je croyais retrouver le nuage
blanc accroché à la droite d'une fenêtre qui faisait face
à mon lit mais ce n'était qu'un rideau qui lentement
se balançait dans ses plis vaporeux, imposait son élasticité
au rythme d'élancements douloureux dans ma tête, et le
fait d'ouvrir, de fermer les yeux condamnait la chambre,
non seulement ce rideau, à un tangage de mer déchaînée;
j'essayais de me retenir à la proue d'un navire-fantôme
mais, plus je me débattais, plus le naufrage enrageait
comme si je contrariais des vents opposés échappés eux
aussi d'une outre qu'un compagnon d'Ulysse, manquant
de foi, la tête sur le point d'éclater avait détourné de la
vision de leur ville natale, le regard ahuri, n'y croyant
pas, maudissant Ulysse; je hurlais ma haine aux dieux
qui ne voulaient pas de moi; je braillais que j'étais sur le

point d'atteindre un soleil vert en orbite autour d'une sandale jaune dont les lanières rejoignaient la surface d'une planète inconnue et, j'en étais sûre, personne ne voulait de moi, personne ne me voyait sur mon navire... Sur la terre j'avais commis des crimes... Je fuyais et personne... Une main qui cramponnait la mienne pour me secourir... Un œil sur ces doigts ravagés... Ils venaient de la terre, directement de la terre, tout noirs au bout de leurs ongles... La chair de la terre... Un autre œil que je montais, la peur en moi de découvrir un ennemi de plus qui ferait semblant de me protéger... Mon père l'avait fait. Un cri dans ma gorge: mon père! J'étais orpheline de père et de mère! Mes pieds aussi! Mes orteils aussi! Perdues les deux sandales je ne savais plus où... La sécurité parentale de mes pieds... Une voix ébréchée, maladroite, du côté de l'oreille gauche. Tout me parvenait de la gauche comme je le désirais depuis si longtemps: cette main dans la mienne, cette voix contre mon oreille, un cœur posé contre le mien pour que je puisse enfin apercevoir le visage. Des traits travaillés à rouge, à blanc, comme le fer sur l'enclume, inlassablement œuvrés par la main habile du forgeron géant de la vie. J'écoutais et j'admirais. Je trouvais un nom perdu pour sortir de l'anonymat cet être, un homme, qui pleurait des larmes sur nos mains nouées et posait une joue lugubre sur elles pour les ranimer de gestes humains, présents, inoffensifs. Ses lèvres frissonnaient sur l'impact de mon nom physique; l'important gagnait toute sa vigueur dans ce nom abstrait et j'aurais pu être un numéro, la chance était enfin de notre côté puisque j'ouvrais les yeux, je serrais un peu la main qui tenait la mienne, je respirais à petites goulées mais je respirais quand même, ma gorge assoiffée, ma tête douloureuse, autant de signes de vie qu'il était bon de constater en m'appelant machinalement par mon prénom. « Ne bouge pas... Ne bouge pas... Tu as eu un accident... » Une mort manquée a sur le moment un charme unique: celui de nous égaler à l'erreur et aussi de nous précéder dans un passé qui n'a pas été le nôtre, quelque chose d'ignoré en évoluant tous les jours normalement, flagrant à la seconde où Samuel m'assurait que j'avais eu un accident; pour la première fois, il aurait pu me nommer des noms de tous les végétaux, des minéraux, m'imaginer autrement que celle qu'il observait, les yeux embués de larmes reconciliées avec la joie momentanée qu'il éprouvait pour moi, je reconnaissais que mon suicide, mon crime, un accident peut-être, possédaient une gamme sensuelle d'identités qui ne se perçoivent qu'au bord de la folie et qu'en réalité ma mort n'était qu'un prétexte pour subvenir à la nécessité de ne plus voir les éléments tels qu'ils sont, le regard finissant par se lasser de la perfection que l'on imagine chaque jour dans l'œuvre de notre vie.

J'aimais trop Samuel pour lui mentir et je lui expliquais d'une voix hachurée, pour qu'il s'habitue, que ce n'était pas un accident. Il hochait la tête et me confiait qu'il le savait mais, pour Adrienne qui ne comprendrait pas, ce serait un accident... Pour mes parents... Je lui disais que pour eux, ce ne serait rien. Il ne fallait pas les prévenir, je resterais à Charvy jusqu'à ma guérison et mes cheveux que l'on avait coupés, rasés, sur le côté gauche de ma tête, à cause d'un traumatisme crânien, repousseraient à la petite longueur bouclée que je leur concédais. Samuel m'assurait que j'avais mal agi en voulant mourir si jeune, que la mort n'était pas un tour de force, ni un choix et que rien ni personne ne valait la peine qu'on aille délibérément au-devant d'elle sans la prévenir. Des paysans m'avaient ramassée sur le bord d'une route et Charvy n'était pas si grand pour ne pas me connaître au moins de vue. C'était aussi simple et aussi délirant; l'acte en soi demeurait insignifiant et je n'aurais pas su dire si j'étais née quelque part, à la seconde de mon envolée dans le coma, sous une autre forme. Des maux de tête l'emportaient sur la raison qui dureraient long-temps comme une cicatrice intérieure, l'indice capital d'une solitude qui giclait en moi, non plus en petites touches comme au temps de Viana mais à grands coups de pinceau écrits en lettres majuscules et, moi qui cherchais sans cesse une identité, je me demandais si je ne représentais pas la solitude sous une forme corporelle, de la manière absurde qu'on dessine la mort, qu'on la concrétise sous la forme humoristique d'un squelette et d'une faux, la mémoire ayant besoin de rappels à l'ordre, pensant rarement à une fin totale, la reléguant au rang d'une obligation à laquelle il faudra bien se soumettre une nuit de préférence alors qu'elle n'hésite pas à adorer des idées, à croire à des fables, à s'enticher de tabous religieux au nom desquels la mort, toujours elle, finit par faire un grand détour en catimini, inonde une ville d'une épidémie, une plaie d'Égypte que nous savons tout juste stopper et, la bonne santé s'épuisant, nous finissons par nous convaincre que la vérité, une des rares que l'on puisse toucher quand la peau est moite, les os saillants, les joues cireuses, une odeur d'amandier en fleurs qui se décompose en pus et envahit le corps, le met au supplice comme celui de Job sur son fumier et éloigne de nous, ceux qui disaient nous aimer par-dessus tout, sauf au-dessus de la mort, car rien n'est plus puissant qu'elle, même pas la vie. Nuit de naissance, nuit de mort et la boucle est fatalement bouclée.

Pendant ma convalescence, installée dans le jardin de Samuel, quand Adrienne rôdait autour de moi comme une hyène autour de sa proie, je songeais avec tendresse combien Samuel avait vu juste en minimisant les causes de ce suicide raté en un banal accident car il m'arrivait, faisant semblant de dormir dans une chaise longue, à l'ombre d'un arbre, de surprendre Adrienne qui m'épiait avec des yeux interrogateurs, sans aucune indulgence dans leurs prunelles sombres, voilés peut-être inconsciemment d'un mépris à mon égard qui laissait entendre ou plutôt lire qu'un tel dérangement durant une saison aussi envahissante de travaux champêtres était une marque d'impolitesse. Je ne bronchais pas, les nerfs rendus fous de douleur par tant d'immobilité que je devais garder dans l'ombre inquisitive d'Adrienne qui profitait toujours des absences de Samuel pour satisfaire sa curiosité malsaine, ce qui ne m'empêchait pas de conclure qu'Adrienne avait raison et d'en déduire que le suicide manqué est l'acte, pour les autres le plus consternant, je ne pense pas à Samuel, trop désintéressé, mais aux gens ordinaires, plus spécialement odieux comme Adrienne, conventionnels comme ma mère, pour qui le désespoir d'un moment circonstanciel fait dans ce cas précis vite place à la pitié, à l'ingratitude nous poussant à réfléchir aux responsabilités qui ont failli leur incomber et, à notre tour, pour avoir la paix, nous compatissons avec ces personnes, nous nous attendrissons non plus sur notre sort mais sur le leur, ce qui englobe inévitablement les frais d'un enterrement, les faire-part à envoyer, quelques réjouissances ratées elles aussi, le doute que l'on fait naître de recommencer un tel acte, de le rater à nouveau et de repasser par les mêmes embûches morales qui se nomment selon le niveau social: devoir, éducation, lâcheté, etc. Enfin, la victime et le bourreau condescendent à établir une paix relative, sorte de capitulation silencieuse qui se produit dans certains vieux ménages, le suicide n'étant qu'une scène de ménage avec soi-même ou avec les autres, ceux qui pensaient sincèrement nous aimer ou ceux qui ne nous aiment pas; l'indifférence en tout l'est aussi envers le suicide; je souriais intérieurement en reprenant ma respiration songeant qu'il en était ainsi des plus grandes amours!

Les jours passaient et j'allais de mieux en mieux. Je ne savais pas QUI j'avais tué en moi, mais ce crime m'allait bien; il était question de visages féminins, très rarement celui de Viana, à qui je songeais maintenant avec douceur, uniquement dans la mémoire, greffée dans une case folle de l'adolescence; Viana saurait mieux vivre sans moi, sans théâtre; les chimères qu'elle possédait éblouiraient un jour, plus tard, un homme qui l'aimerait et dont elle profiterait comme d'une chose qui lui serait due depuis longtemps; Viana, contrairement à moi, exclusive, jalouse, ne résisterait pas à l'admiration provocante qu'elle ferait naître dans un regard masculin. Inutile folie de la rejoindre! Il ne me restait plus qu'à m'attacher à la vie par des moyens banals: tout d'abord quitter mes parents, travailler, oublier mes cours de théâtre. Je n'assistais pas aux moissons, ni aux vendanges, ni au battage du blé. J'étais une spectatrice neuve, sans enfance à Charvy et, un jour que je me promenais près de la ferme où nous avions habité, c'était avec une indifférence amère que je contournais les chênes centenaires, agrandie que j'étais d'une amnésie paisible envers ce que j'avais aimé au niveau des yeux, des pas dans les prairies spongieuses bordées de larges étangs calmes où des carpes se reposaient, creusaient de leurs gueules aux lèvres boudeuses un large trou vaseux pour y trouver quelque fraîcheur quand l'été surplombait les eaux stagnantes, tiédissait la surface liquide, translucide des feuilles rondes et larges d'énormes nénuphars sur lesquelles des grenouilles vertes, joyeuses, grimpaient, plongeaient au moindre mouvement qu'un oiseau provoquait quand il effleurait l'eau imprudemment.

À l'automne, les chasses au canard ne m'importunaient plus, ni les chasses à courre que les comtes de Charvy organisaient avec les châtelains, leurs fermiers, dans les bois environnants; ces chasses me révoltaient plusieurs jours à l'avance, me faisaient pleurer quand j'entendais l'hallali et que la meute de chiens aboyait; le cerf mourait avec mes gémissements et je maudissais ces gens qui faisaient de ce carnage un sport digne du rang qui les élevait au-dessus de mon chagrin, de la souffrance inutile d'un animal qu'on abattait le plus tard possible pour prolonger la fête. Pourtant, le jeune comte de Charvy était un peu mon ami, ses parents considérant la simplicité comme une grâce qu'ils devaient à leurs sujets, oubliant que les enfants solitaires comme je l'étais et comme l'était le jeune comte se passaient des notions élémentaires d'un savoir-vivre qui nous était naturel et, bien plus tard, je devais apprendre la mort prématurée de ce jeune homme au cours d'une chasse, mort officieuse jamais éclaircie, une dernière pensée pour le petit comte solitaire qui portait un blason trop lourd pour lui, prix doré du devoir l'empêchant d'aimer à sa guise et qui l'avait acculé au suicide...

J'anticipe sur le temps, sur les événements. Charvy restait muet cet été-là comme il arrive souvent qu'une torture morale ou physique trop répétée ne nous atteigne plus ou, si peu, que l'on devient un témoin, un spectateur et que bien des années sont nécessaires avant de retrouver intacte la première sensation qui réveille en bloc ce qui s'est passé dix ans, vingt ans plus tôt, un écheveau qui finit par se démêler graduellement si l'on s'en tient à la patience d'un détail qui nous frappe dans un espace différent, tellement parallèle qu'il devient identique et nous reporte, nous immobilise dans un temps que l'on croyait mort, oublié et plus que jamais raffermi à cause d'événements futurs qui prendront leur importance dans un autre temps, dans un autre espace, si l'occasion vaut la peine de s'y arrêter, si la rareté du lieu nous fait souvenir de sa fragilité que nous avons voulu oublier pour ne pas souffrir, afin de nous dire plus tard, lâchement: « Ce n'était que cela! »

De réflexions en réflexions, l'été raccourcissait ses jours bleu clair, allongeait ses nuits bleu foncé; la force du soleil sur les choses, sur les êtres familiers, sur moi amollissait déjà un contour automnal et, avec une angoisse croissante, j'y voyais le signe d'une vie nouvelle, irréalisable hors de Charvy et, à un moment, j'hésitais à m'installer dans la ville provinciale où vivait maintenant Maryse, si proche de Charvy, ancienne, historique, royale, son climat terrien et non cosmique, qu'il me suffirait à dépêtrer de ses fils, le peu d'ambition que je possédais, surtout le peu de désirs qui ne méritaient pas mes allées et venues dans une capitale reconnue comme une des plus belles du monde; ma première idée renforçant la seconde, je me retrouvais au bord de la rivière de Charvy, moi-même eau courante, ne sachant plus m'arrêter au bon moment, stopper mes élans s'ils devaient se manifester un jour, et ils le devaient, car JE n'avait pas dit son dernier mot; plus dément que je l'étais, JE ravagerait les aubes pâles, maladives, éclaterait de rire en regardant un paysage de Charvy, ne se retournant pas, ne revenant pas sur ses pas, dirigeant les miens dans ses empreintes; JE oublierait qu'à seize ans, une saison, le printemps, émeut en sourdine les balbutiements de mots qui s'apprennent et dédaignerait les nuances, les pudeurs des sourires en biais, abattrait sans pitié les émotions moites qui croisent et décroisent les mains, les jambes pour huiler mon corps d'un second amour sec comme le désert qui va à Tombouctou, le cœur et la peau nus, brûlant les deux au troisième degré de la souffrance d'un bûcher dressé sur une place qui se vide autour de soi, dans la tête le murmure d'une fontaine publique où un chien galeux, la langue boursouflée lape une eau tiède, croupissante, sans parvenir à se désaltérer, en attendant la nuit que le corps fonde sur le bûcher pour le flairer; aussi puant que lui, il hurle à la pleine lune comme un fou avant de disparaître sur une autre place désertée au midi vertical du soleil qui plombe les mémoires, dénude les corps, les embrase machinalement d'un sexe pour deux en attendant la jouissance paresseuse de la saillie des corps et du crépuscule.

Un après-midi rouge avec Mademoiselle Y., nous traversions le parc du château; un après-midi pour moi qui se comptait sur les doigts d'une main avant de partir de Charvy; loin de la campagne et de sa ville provinciale, nous suivions un sentier qui menait à la rivière, puis à l'école. Nos pas faisaient craquer le silence de nos bouches en mille morceaux et je n'éprouvais qu'une immense fatigue, celle qui survient à la fin d'un beau voyage, fatigue agréable, presque oisive, futile, tous ces jours à ne rien faire, sous la garde ombrageuse d'Adrienne, la tendresse complice de Samuel qui naissait uniquement de ses yeux; et lui, à nouveau enfermé dans sa mort future, ne l'évitant pas, je me demandais si ses randonnées du matin au soir, ne le maintenaient pas dans un perpétuel sentiment d'abandon vis-à-vis d'Adrienne pour contrebalancer cette immense part de lui-même qui avait toujours appartenu à la nature, il s'écroulerait à son tour comme le poète qu'il était sans avoir rien écrit de sa vie, sachant lire, écouter, regarder, sous un ciel bleu, lourd, si lourd que Samuel épuiserait ses forces à le maintenir constamment sur ses épaules. Et quand, plus tard, des paysans devaient ramasser son grand corps au bord d'une vigne, près d'un noyer, j'avais considéré sa mort comme un avènement, une récompense qui lui venaient des dieux antiques et, malgré ce grand vide en moi, je ne pleurais pas, imaginant Samuel planer au-dessus de moi, semblable à un grand oiseau blanc, ce qu'il avait été dans un autre monde avant de se désintégrer dans un corps d'homme qui n'était pas fait pour lui, maladroit de tous ses gestes, de toutes ses attitudes qui irritaient si fort Adrienne, aussi lent que la décomposition de la nature avec qui il était lié d'une manière intime et mystérieuse.

L'école de mon enfance observait le même silence que le nôtre, presque bleue avec ses bâtisses aux toits d'ardoises, confortable entre les marronniers aux feuilles caduques, humaines, si humaines, des doigts verts écartés, l'épiderme changeant comme celui du caméléon et puis les grappes blanches ou roses de fleurs si riches en sève qu'elle dégoulinait entre les mains comme la pâte molle d'un caramel s'étirant avant de se solidifier dans le grand vase que Mademoiselle Y. laissait en permanence dans la classe. Dans ces arbres, des hannetons glissaient d'une grappe à une autre pour en dévorer les feuilles; englués de la même sève que nos mains, nous les attrappions; nouant un fil à l'une de leurs pattes, ils nous conduisaient dans toute la cour en ronronnant comme un moteur, nous donnaient, surtout à Maryse et à moi, des idées d'évasion; ces petites bêtes franchissaient en notre compagnie des pays sans frontière, sans racisme, sans nationalisme; nous glissions sur nos ailes fabriquées de nos jeunes enthousiasmes, à la cadence mordorée des coléoptères que nous finissions par délivrer, les suivant, les yeux chavirés à force de fixer une branche et les hannetons plongeaient enfin dans le soleil pendant trois semaines qui nous enchantaient et nous préparaient à d'autres fêtes naturelles que Mademoiselle Y. encourageait, permettait à celles qui réalisaient leur unique chance d'assister à un cours d'entomologie ailleurs que dans une classe surchauffée et dans des livres muets, morts comme une photographie. Il ne restait même plus les ombres de ces jours insouciants, ni l'écho des rires, des cris effarouchés, des chansons enfantines. L'école attendait une autre rentrée et se reposait. Mais où en étais-je dans cette cour fleurie? Où était Maryse? Qui nous ressemblerait en octobre, cheveux bruns ou dorés? Quelle enfant aurait nos démarches, enveloppée dans une pèlerine brune, des chaussures aux semelles de bois; d'autres qui viendraient des fermes lointaines et partiraient quand il ferait très froid... Un bras autour de mes épaules posait l'éternelle question de l'enfance égarée et, moi, le regard embrumé, j'appelais l'enchanteur Merlin à mon secours, demandant à Mademoiselle Y. que tout puisse recommencer sans erreur, sans oubli, ou plutôt si, avec l'oubli de ceux qui savent protéger leur avenir et le considérer comme le déroulement normal de la vie; quand un son, un souffle, une odeur les effleurent, ils ont si bien oublié que le son, le souffle, l'odeur ne sont plus que des sensations gênantes, indignes de la maturité que l'âge doit chevaucher comme un animal bien dressé. Le bras de Mademoiselle Y. se crispait autour de mes épaules et, la voix touchée à vif, presque sauvage, qui voulait elle aussi oublier une autre école, une autre Maryse, une autre enfance, me suppliait de ne pas offenser ce qui avait été en prolongeant ce qui ne serait plus. Je comprenais que la vie ne m'exalterait pas en quittant Charvy, que je la craignais comme une seconde Adrienne qui me suivrait de loin et que l'instant à imaginer ce qui ne serait pas charriait une frayeur bilieuse au fond de mes bronches qui m'empêchait de respirer. Je sursautais quand la voix maternelle de Mademoiselle Y. murmurait: « All lost, nothing lost... » Stendhal! J'aurais dû y songer plus tôt car pour rejoindre l'extrémité du cercle, il fallait tout d'abord en faire le tour et se retrouver à son propre point de départ, ce que je devais faire pour survivre à Charvy, à seize années d'une existence que je ne désirais pas, assumant ce que JE désirait de moi, femme ou homme, le principal atout de mon tempérament étant celui de se méconnaître, donc de tout se permettre. Il n'y aurait jamais d'homme à combattre puisque je serais une composition à part entière comme le sont la majorité des femmes; il n'y aurait pas de femme à éviter puisque je serais l'une d'entre elles, douée d'une féminité que pas un seul homme n'accaparerait. Je me promettais de charmer les uns et les autres, la nourriture impérissable du souvenir de Viana en moi, intouchable parce que je l'immortalisais dans le temps que nous avions vécu ensemble et elle ne changerait pas d'âge alors que je ferais passer le temps à sa place pour éviter de faire vieillir ce qui me restait d'elle: son adolescence trop perméable à la mienne. Je ne parlerais pas de Viana aux hommes, aux femmes à qui j'ouvrirais mon esprit, ses formes inachevées pour qu'il absorbe de nouvelles connaissances, de même que mon corps, lui aussi, entre « il » et « elle ». Il ne serait pas question de devenir une proie facile mais un mystère redoutable, silencieux qui ferait battre le pouls plus vite et chavirer les volontés les plus ardues. J'exploiterais des attentions masculines, des subtilités féminines; j'aurais des amis sans amitié; je ferais de mes vêtements une parade, un bal masqué. Spectatrice attentive de ma vie et de celle des autres, je réussirais mes choix comme je le souhaitais bien avant ma descente sur terre à la petite seconde d'inattention ou de faiblesse dont une femme blonde aux yeux verts, ma mère, un homme noir, couleur d'olive, mon père, avaient profité pour me procréer dans un volume d'ammoniac, portion de matière fourvoyée dans le carnaval surprenant d'une vie avec qui j'échangeais perpétuellement sa médiocrité et qui, faisant de moi une sceptique, m'offrait une toute petite chance, celle de retrouver un jour, par hasard ou par nécessité, mon point de chute. « All lost, nothing lost... » Je ne devais plus revoir Mademoiselle Y., mais nous l'ignorions l'une et l'autre. Des mots définitifs avaient été prononcés; la petite école de Charvy gisait dans un temps antérieur, au même titre que le souvenir de Viana; j'arrêtais le temps pour elles deux dans un espace que je retrouverais identique chaque fois que je devais revoir Adrienne et Samuel. Le temps et l'espace de Charvy seraient mon luxe, l'aide-mémoire sans chronologie, un point de repère sanctifié par la mort de Samuel.

Mademoiselle Y. partirait de Charvy, en cours d'année, gardant son mystère; personne ne savait QUI ou QUOI elle rejoignait si brutalement. Je ne lui souhaitais rien en mon âme et conscience: elle avait choisi ce qui lui semblait être vrai, peut-être une grande déception digne du jugement qu'elle ne portait jamais à tort sur les personnes qu'elle aimait, se disant, fatale et vieillie: « À un jour! » Elle avait choisi et j'aimais ce choix, ce silence envers moi, pas une seule lettre échangée pour me confier la raison de son affection particulière à mon égard. J'étais persuadée que j'avais été une autre quand elle posait ses yeux mauves sur moi avec sa faculté de rebondir de paroles en paroles comme si elle récitait une leçon qu'on lui avait enseignée et qu'elle avait oubliée volontairement pour vivre ce qu'elle souhaitait. Étrange contraste que nous formions, elle, une femme belle, un peu âgée, sortie d'un autre siècle, moi, adolescente belle, trop jeune, génération du Verseau que la fin de mon siècle m'offrait en marge des contraintes, balayant d'un seul coup ce que nous avions appris, la bouche ouverte à des appétits depuis trop longtemps, des siècles, encellulés pour des causes qui ne tenaient pas debout.

Affection intellectuelle, communion des esprits, où avait été le prolongement, la ressemblance entre Mademoiselle Y. et moi, le noyau conceptuel de tant de jours et de mois, qu'elle manipulait avec précaution pour ne pas heurter l'enfant rebelle, amie de Maryse, mais sans autre amie, l'enfant trop vite effarouchée quand on parlait trop fort ou que des gamins du village taquinaient de loin,

Adrienne les chassant à grands cris, les menaçant du poing s'ils ne me laissaient pas en paix. Ne sachant pas me défendre avec des mots, je remerciais intérieurement Adrienne d'intervenir dans de telles occasions; ces gamins de mon âge devaient me soupçonner de quelque infirmité mentale et souvent, quand je les rencontrais, je prenais un air vague, idiot, les obligeant à ne pas m'aborder. C'était le temps des églantines, du chant des heures dans ma tête, des mille-feuilles qui fondaient au soleil lorsque j'allais au-devant de Samuel m'asseoir au pied d'un arbre, apprendre consciencieusement mes leçons, ou encore couchée dans l'herbe odorante, la nuit m'endormait et Samuel m'emportait dans ses bras sur le cadre de son vélo, toute menue, invisible contre lui, je ne bougeais pas car je savais que pour lui, c'était l'heure de la tendresse, de toutes les attentions pour me garder en équilibre jusqu'à la maison; il défendait à Adrienne de me toucher, m'étendait sur leur lit, surveillait mon réveil que j'éternisais le vague à l'âme du manque d'un autre homme qui ne méritait pas cette nostalgie. Pour ceux qui m'aimaient, le mystère était grand et, de la même façon heureuse, Samuel et Mademoiselle Y. devaient disparaître de ma vie, s'évaporer avec respect de la croûte terrestre, de la parcelle d'un village qui nous avait momentanément appartenu. Mystère des êtres et des femmes. Complexité de notre biologie à fleur de peau, de nerfs et de veines; prolongement éternel du corps féminin toujours transformé, du renouvellement quotidien de ses gestes imprévisibles comme un lendemain, ses grâces jamais complètes, entre le garçon et la fille, grâces adolescentes parfois garçonnières comme nous les possédions, Viana et moi, mais jamais illusoires, jamais mensongères comme celle d'un homme qui s'accomplissent une fois pour toutes, se stabilisent un certain temps et finissent par mourir.

Ainsi se consumait Charvy dans un très beau crépuscule que je devais de plus en plus déserter après la mort de Samuel, le départ de Mademoiselle Y. et celui de Maryse. Adrienne ne pouvait me retenir près d'elle, pas plus que l'époque des moissons et des vendanges sans Samuel: Samuel avait été Charvy; Adrienne n'était rien dans sa vieillesse et surtout quand mon père et ma mère devaient s'installer près d'elle, croupissant à leur tour dans ce village sans nom, sans secours pour moi. Le bel été permanent soutenait des visages dans ma mémoire et, pour rien au monde, je n'aurais voulu les ternir d'une absence d'amour, d'un malentendu entre ces trois êtres qui se suffisaient à eux-mêmes; ne pouvant les supporter plus de trois jours, je m'enfuyais, après un dernier coup d'œil sur le verger de la vieille dame d'antan, sur l'école pour une longue promenade dans les sentiers de Samuel où je composais un énorme bouquet de plantes les plus sauvages pour en recouvrir sa tombe vide car Samuel s'animait partout où je passais, à Charvy; cette tombe demeurait un symbole, celui des autres, mais pour moi Samuel arrachait les mauvaises herbes dans le cimetière très beau de Charvy, sarclait entre les tombes inconnues, entretenait soigneusement le tombeau des comtes de Charvy et, m'attardant dans le cimetière, je m'attendais à le voir apparaître au détour d'une allée, aussi paisible que je l'avais connu, ne nous étonnant pas l'un et l'autre de cette rencontre insolite qu'il me demanderait de garder secrète; surtout ne pas en parler à Adrienne qui lui refuserait cette éternelle distraction, Samuel ne pouvant demeurer inactif. Quand je sortais du cimetière, je ne manquais pas de dire à voix haute et normale: « Au revoir Samuel, je t'aime. » J'étais persuadée qu'il entendait et m'envoyait le même message.

Des années avaient été vécues de bout en bout, de janvier à décembre sans omettre une semaine de leur importance, et là, des bribes étincelaient, mouraient de la même façon que celles qui suivraient et dont je me promettais l'effigie gravée pour les années qui me resteraient à vivre; l'être humain est ainsi fait qu'il a besoin d'une discipline interprétée par un dynamisme interne qui soutiendra ce que le temps, les occasions, voudront lui accorder en échange. Je croyais avoir évité les grandes philosophies qui foudroient les jeunes fécondations romantiques, avec l'exagération et la crédulité des actes héroïques, en les soumettant à des influences étrangères qui sont les symboles trompeurs et impatients de l'adolescence. Il n'y avait eu qu'un gouffre sans fond caillouté de violences, de déchirements, de bonheurs blêmes comme certains matins le sont qui nous font détester ainsi les heures qui suivront; j'avais été en possession d'un monde où beaucoup n'entrent pas et ceux qui en réchappent par miracle diffusent une aura blessée de toutes parts. Dans ce gouffre insensé, par la faute d'Adrienne et des autres qui lui ressemblaient d'une certaine manière, l'obscurité admettait mal les lois mathématiques du soleil jaune et vert qui cognait les parois divergentes de murs pierreux à l'extrémité lointaine d'un point lumineux qui brillait dans ma tête et qui me permettait d'avancer à petits pas, les bras en avant, pour écarter un monde grouillant de folie que j'aplanissais de chemins brumeux, laiteux comme les rayons d'une pleine lune transpercent l'eau tranquille d'un lac assoupi.

Des années martelées de mirages sentimentaux avant d'aboutir à l'uniformité de la mémoire souveraine, à la décomposition de l'humour subtil, parfois dément où j'allais bannir les dernières émotions pour que le pire, mon amour pour Léna, se vautre à l'aise, patauge dans un désert mouvant, celui de ma propre évolution qui n'était que le miroir terrible, la scène d'un drame déséquilibré, involontaire, tellement déraisonnable qu'il ne s'analysait plus, ne se disséquait plus, fou comme une dépression nerveuse, tendu au-dessus de toute autocritique, partie intégrante, cinquième membre que JE mutait dans mon existence comme une bête mauvaise, puante, cafardeuse; ne me permettant plus de visiter les hauts lieux de la connaissance, je ne ressentais que des coups bas, l'impression ahurie de me retrouver à un point de départ; déjà malmenée, châtrée, loupée, je marchais sur un tapis roulant ou je glissais sur les murs visqueux du gouffre créé par Adrienne; je ne pouvais avancer dans un tel désordre;

l'important de la minute à vivre se présentait et disparaissait; l'écœurement de la facilité me distançait d'une si grande longueur que dans ce cauchemar visible, j'accrochais mes doigts à des grains de chapelet géant; les pieds dans le vide, j'entendais des lamentations, je tournais la tête et des centaines de petites vieilles croisaient, dévoraient, les lèvres pendantes sur la mort, des millions de perles attachées les unes aux autres, petites vieilles en deuil recroquevillées sur un corps blanc, et moi insistant pour savoir qui était ce cadavre frais et neuf, appétissant aux prières, j'examinais mon visage froid, glacé, sur une civière de glaise, que les pleureuses professionnelles, vérité d'Adrienne, la seule, avaient fabriqué aux dimensions exactes du moi désincarné aux lois terrestres.

Je hurlais contre JE qui désinfectait, pour quelques heures seulement, les plaies galeuses de mon cerveau et attaquait de plus belle la place qu'occupait la raison, aspirant de toutes ses forces les frondaisons de ma solitude qu'elle cernait d'un désir de vivre qui n'était pas le mien, ne l'avait jamais été; elle provoquait un tel chahut de tous les diables dans le peu de curiosité qui animait mon imagination que je finissais par céder à ses exigences; sa voix claire, joyeuse, chatouillant le lobe de mes oreilles, elle obtenait mon âme pour pas grand chose, n'ayant rien à lui offrir; je me damnais contre des promesses douteuses; mon élan final demeurant dans le cosmos avant de prendre forme dans un autre corps, elle ferait de moi la peur que l'on éprouve à atteindre quelque perfection, la complète décadence de cette fin du siècle où j'avais été jetée.

J'étais enfin partie de chez mes parents, échangeant une chambre rose et bleue contre un studio encombré de livres et de disques dont le décor me laissait indifférente. Je commençais mes errances au cœur de nuits qui épuisaient mon image; les miroirs ne suffisaient plus à accomplir le miracle obsédant de la séduction que j'avais connu avec Viana. Le chaînon du jour après la nuit me poussait dans une réalité doucereuse, maladive, ce qui était depuis longtemps l'aspect le plus frappant de ma vie si JE, ma géhenne, ne cabriolait pas autour de moi afin de galvaniser mes langueurs apathiques, mes envolées silencieuses dans un autre monde qui n'était pas le sien. JE voulait faire de moi une immoraliste et préservait pour le moment voulu, son choix, ses cruautés et ses tyrannies.

Je vivais dans un cercle restreint, celui du travail, de tous les travaux qui se présentaient, de préférence dans l'ambiance des journaux, des revues, plaçant avec beaucoup de mal quelques articles qui me permettaient de m'alimenter, un recueil de poèmes édité à mon compte, jamais vendu, pages froissées, pages écrites pour un cercle d'amis et de poètes qui m'aidaient à ne pas mourir de faim. JE n'avait pas besoin de tels recours, ayant écrit et publié deux romans âprement controversés, ce qui lui avait assuré un certain succès et lui permettait d'en vivre modestement, continuant à chercher un sujet original dans ses expériences personnelles et à en tirer une substance cathartique, utilisant des mots à formules magiques en attendant le moment propice pour livrer un troisième livre qu'elle désirait intrigant la consacrant au titre de romancière à succès; d'ailleurs JE pensait avec son humour coutumier qu'il était toujours intéressant d'avoir, en filigrane, au fond d'un tiroir, une histoire étrange qui occuperait un éditeur et distrairait deux heures, un public prolétaire assis ou debout dans un métro, un train, un autobus. Mais JE attendait, savait attendre, savait écrire une histoire qui devrait être méritée comme un amour rare.

Sur cette mer de difficultés financières, se balançait mollement la vague de ma liberté; c'était un signe étourdissant quand je sortais du journal ou d'une imprimerie et que je reculais dans la nuit; j'observais des inconnus qui rentraient chez eux, pâles et défaits, frileux, à la merci d'une habitude ancestrale qui dénature l'être humain de sa dignité quand le jour ne l'éclaire plus d'un repos de plusieurs heures. J'aimais les insomnies pour écrire ou ne rien faire, m'endormant au traversier insoutenable de l'aurore jusqu'à l'éclatement total du soleil; une inconstance naturelle, prédisposée à l'existence terne contre laquelle je luttais dans la manière de m'habiller, me métamorphosait, une extravagance vestimentaire qui en disait long sur les affres passées. Nue, je n'existais que pour moi seule; vêtue de satin, de velours, noirs et blancs, j'universalisais un immense échiquier dont j'étais le pion capital, partie d'échecs que tous les joueurs en pariant sur moi avaient perdue, me déplaçant au gré de la fantaisie de JE; certains de ces joueurs avaient disparu, d'autres étaient morts comme Samuel une semaine plus tôt; je le livrais une dernière fois aux mains d'Adrienne en n'assistant pas à ses obsèques; la force me manquerait de faire semblant en partant au cimetière pour terminer le tout en un banquet de fête où il faudrait encore faire semblant de pleurer ou tout au moins de prendre un air de circonstance, le vin et les viandes en sauce montant à la tête; pour y avoir assisté plus jeune, je me souvenais parfaitement de ces repas plantureux où de temps à autre les voix s'élevaient, se taisaient et soudain se souvenaient du mort fraîchement enterré, exigeaient des secondes d'apitoiement pour recommencer de plus belle, ou plutôt continuer un repas de fête qui n'en était pas une...

Enfermée dans ma tour d'ivoire, la partie était dangereuse sur la surface délicate d'une vision que je laissais entrevoir à certains inconnus quand je marchais dans la rue et que je plongeais dans leurs yeux taupiniers la noirceur éclatante, phosphorescente des miens qui ne bronchaient pas, vulnérable que j'étais à des réactions soudaines, violentes que je voyais naître et je m'éclipsais, ne désirant que la preuve de la marque d'une vie en moi contre laquelle, des hommes, des femmes réagissaient comme une aiguille fonce sur un aimant. Je n'oubliais pas qu'en agissant de cette manière factice, je redevenais la meurtrière de Charvy, car mon regard ne longeait qu'un retour sur moi et je ne demandais rien en échange à ces êtres que je frôlais le soir ou la nuit de mes yeux de chat, les surprenant mais ne les reconnaissant jamais comme pouvant faire partie de mon existence et j'étais la plus stupide des meurtrières ou des suicidaires puisque l'apparence du mystère qui s'appuyait sur les bras de velours noir de mon orgueil pourrissait, sans savoir pourquoi, comme une force qui s'exprime innocemment un jour, on ne sait jamais. Et du haut de mon échafaudage branlant, je croyais descendre d'une montagne pour visiter le monde entier, alors que je me tenais résolument à des rues, à des quartiers, à des faubourgs, ne dépassant jamais la marge de sécurité qui aurait pu me jeter dans un second dividende du monde, ce que j'aurais dû faire seule, au lieu de me laisser prendre la main par JE qui attendait son histoire pour l'écrire, histoire qui finirait par me concerner si JE n'escamotait pas ses vérités contre mes illusions. Mon seul point de ralliement déviait dans le brouillard épais de mes horaires sans montre, basculait mes jours dolents dans la stupéfaction de mes nuits insomniaques.

Une année à vivre entre la raison et la folie, les deux conjuguées, magnifient ce qui n'en vaut pas la peine, ce que je faisais en recherchant la médiocrité pour mériter la récompense inhumaine de la perfection terrestre qui n'existe nulle part. Des collègues de travail n'hésitaient pas à m'abattre, à me livrer à des injustices minutieusement élaborées et dont la bêtise m'apparaissait comme la nécessité primordiale d'apprendre à côtoyer un milieu étranger; je songeais, pour me donner du courage, à mes terreurs enfantines qu'Adrienne, la guerre, avaient construit, élevé en moi, et qui me guidaient adroitement lorsque j'étais lasse du silence incompréhensif de personnes qui m'évitaient, dramatisaient mes attitudes maladroites avec des mots timides qui me rappelaient Samuel. Je provoquais dans une inertie désarmante l'état d'abandon que j'adoptais pour ne pas avoir l'impression de devoir m'excuser d'une faute que je n'avais pas commise mais qu'une maladresse fortifiait, lourde, équivoque, au point que certains pensaient que je n'étais pas tout à fait normale, comme les garçons de Charvy. J'étais pourtant légère et nulle avec ma tristesse, abusive encore avec des éclats de rire dont personne ne comprenait le sens. Il m'arrivait d'inspirer des confidences lorsque des discussions sévères divisaient en deux l'équipe avec qui je travaillais; mes silences, mes temps morts rassuraient les plus timides, et parfois, à la sauvette de dix minutes de détente, des vies s'étalaient à voix basse, en parallèle avec la mienne, étonnée que j'étais de tant de misère morale, de tant de détails sordides, de l'impudeur que fauche l'ennui quand plus rien d'autre ne se manifeste. Je faisais là mon apprentissage, ne sachant pas encore quels hommes, quelles femmes, après Léna, viendraient me demander un conseil, un avis, une critique. Je ne savais pas que sous les masques dociles de l'éducation se heurtent constamment des sentiments ennemis, contraires, éclatant un soir, bien souvent après un verre d'alcool, devant un témoin indifférent, mieux éduqué que le masque qui se confie, ôte sa parure souriante pour faire place aux grimaces. Étrange carnaval que celui de la terre qui tourne sous nos pieds, apesantit le poids des perspectives quand un visage trop longtemps abandonné se fait si vieux que l'on hésite à placer sur lui, un nom, une date, un lieu de rendez-vous, que l'on traite comme un cheval de courses sur qui l'on mise, sans se rappeler ses distinctions, ses trophées, le nom de son propriétaire. Il en est ainsi des êtres que nous bousculons tous les soirs dans un dîner, qui disparaissent un certain temps, reparaissent, nous laissent finalement le souvenir faux que nous avons fabriqué, au lieu de donner au temps ce soin particulier, ce massage du corps et de l'âme.

Après la mort de Samuel, je laissais de côté les hésitations de mon tempérament, ses contradictions, pour me rapprocher des quartiers que je ne connaissais pas, ce qui me faisait songer au peu d'intérêt que je portais à Tour-Charvy; en dehors de son école, j'en gardais le souvenir d'un bourg plus important que Charvy, tout en longueur, que je traversais le plus souvent pour rejoindre Samuel, ou bien Adrienne m'envoyait acheter un produit des plus communs, comme un fil à coudre d'une couleur qu'on était sûr de trouver à Tour-Charvy mais que la mercière de Charvy ne possédait pas; d'une voix impérative elle m'affirmait que je le trouverais dans le « grand bourg »; je n'ai jamais su par quel mystère Charvy était dépourvu de ces besoins si futiles mais si impérieux quand ils sont nécessaires pour vivre; nous faisions figure d'arriérés de plusieurs siècles par rapport à Tour-Charvy. Il est vrai que nous avions le château et ses châtelains, les touristes dédaignaient le « grand bourg » pour se promener dans le parc, ou bien visiter l'église, boire un verre sur sa place, à l'ombre des grands arbres en attendant le départ des cars. Dormant le jour, j'attaquais les rues de la ville, m'enveloppant de tous mes mystères, ce qui était facile et lâche puisque personne à cette heure nocturne risquait de pénétrer un œil curieux dans l'antre orgueilleux de ma liberté; je flairais des odeurs de pluie, des sueurs humaines. Je passais d'une alternative à une autre, c'est-à-dire que d'un endroit douteux où souvent je rencontrais des prostituées paumées entre un café noir et une cigarette, je me retrouvais sur une avenue bourgeoise bordée de platanes, dans un café où je rencontrais d'autres prostituées, mais celles-ci, argentées de bijoux et de fourrures, dédaigneuses, la conquête facile dans leur démarche. Je traversais un jardin public, un bois, où se livraient des tornades d'amours interdites, un bosquet secoué par l'amour saccadé de deux sexes qui s'accouplaient, rien de plus, une étreinte de chien à chienne; l'occasion d'une rencontre ébréchée par le doute et l'ennui suffisait à rapprocher deux partenaires qui se montraient les dents, se flairaient, s'affriandaient.

Je découvrais une variété d'existences et, pour la première fois depuis Charvy, j'ouvrais les yeux de la manière curieuse, abasourdie, quand Samuel se reposait et m'enseignait une nouvelle leçon de choses. Dans la ville, les humains remplaçaient les animaux mais jusqu'à quel point de bienséance? Chaque homme, chaque femme contournaient le danger qui les menaçait d'un café à un autre, d'une rue à une avenue à peine éclairée; la démarche lente d'un individu disparaissait sous une porte cochère en courant à un mystérieux rendez-vous de poker. Tous faisaient leurs jeux comme je faisais les miens en permettant à JE d'écrire mon histoire, si elle désirait s'installer devant sa machine alors que j'écrivais mes petits articles sur du papier d'écolière, d'une fine écriture prisonnière afin d'économiser le plus possible les feuilles que JE arrachait de sa machine et jetait à l'autre bout de sa chambre, rageuse et vaincue, quand les mots étaient plus forts qu'elle, ne songeant pas à ce qu'il y a d'atroce dans l'acte solitaire de l'écriture; mon échec venait de trop y penser; elle oubliait que son histoire, son livre, mourraient un jour, avant elle ou après elle, un peu plus tôt, un peu plus tard; le livre à écrire était tellement important pour JE, tellement dérisoire pour moi, que nos divergences d'écriture venaient de nos mémoires; JE, intellectuelle, se jetait sur sa machine; moi, intimiste et cérébrale, j'écrivais bêtement avec dévotion, sans aucune témérité, un stylo à encre entre les doigts, une histoire fictive au lieu d'attaquer la vie, me contentant d'une rencontre avec un ami poète; je ne disséquais pas nos impressions, je les vivais sans écrire, alors que JE se méfiait des poètes, de leur idéalisme inactif; acharnée à sa solitude, elle oubliait dans son enthousiasme que l'écrivain est encore le Modigliani du XXe siècle; hantée par la magie des mots, elle les étranglerait s'il le fallait pour décrocher un jour un grand prix, capable d'inventer mon histoire décadente, de me la faire vivre en cette fin de siècle pour les siècles à venir.

La nuit bougeait et je croyais que la ville était la cause de ce débordement voluptuaire; son fleuve gris, large, emboîté dans son armure de pierres couronnait la ville comme la petite rivière qui séparait Charvy de Tour-Charvy; il m'était agréable de me promener dans la nuit lorsque j'en avais assez des êtres-fantômes et de leurs banderilles sanglantes piquées à même leurs expériences heureuses ou malheureuses, car j'ai rarement assisté au bonheur des autres assise près d'eux; un éclat de rire, un mot d'esprit, certes, trop de nuances auréolées d'amertume cynique durant mes ballades sans lune, le nez aux étoiles, eux causant, la cigarette pendue à la lèvre inférieure, elles racontant, le sac à mains en bandoulière, un mouchoir enroulé autour des doigts, j'écoutais, les mains nues, la bouche nue, les vérités ou les mensonges qui venaient tout droit d'une enfance jamais oubliée, trop à vif à certaines heures, les individus les plus tourmentés étant ceux qui ne peuvent fermer les bras affectueux à une mère morte, à un père disparu, aux fissures d'une maison familiale vendue un beau jour par un frère ou une sœur pour qui l'enfance est une portion du gâteau à manger et non à déguster; un haussement d'épaules suffit à clore pour toujours le bec tendre de ces adultes en mal de dents de lait, de genoux égratignés, de chevelure emmêlée... La nuit fertilisait les tendresses d'une heure et la question de la vie dépassait le cadre de la dignité, pénétrant soudain dans le monde exotique de Gauguin, un ou une me demandant à moi, si jeune: « Qui sommes-nous? Où allons-nous? ». Une femme rousse se penchait sur le parapet du fleuve, causait seule, ne s'occupait plus de moi, se demandait où menait ce fleuve large et gras, à quel moment le sel pénétrait la peau, me recommandait soudain de partir plus loin, d'aller à la source du fleuve, de ne vivre que pour moi; une seule vie devrait être vécue plusieurs fois pour qu'on puisse la comprendre comme la lecture de certains livres ou la vision de certains films. Cette femme rousse, poète, grande, joyeuse le jour, folle de tristesse la nuit, aimant ce dépit de soi, j'oubliais son nom au contact d'autres femmes rousses, me trimbalant de cercles littéraires en cabarets littéraires, sur la rive gauche de la ville, où quelques-uns de mes poèmes étaient lus, grâce à elle bien souvent; elle me protégeait sans m'apporter de joie, moralisant plus qu'elle n'écrivait la cause du mal, la raison du bien; sa présence à nier mes préférences m'exaspérait et je ne tardais pas à me retrancher doucement hors de cette voie poétique qui me décevait et me persuadait que je ne possédais aucun don pour la parole, pour la critique qui classe et déclasse l'œuvre si ardemment imaginée, ce qui ne m'était d'ailleurs jamais arrivé; mais cette femme rousse, ses amis, rivés tous à un univers clos, JE leur riait au nez de se contenter de si peu, de croire encore dans notre monde matérialiste à la poésie. JE n'aimait pas cette forme émouvante et singulière de l'écriture; moi, j'étais faite pour ces récitations contemplatives mais je refusais de stagner, de vieillir comme la femme rousse qui se condamnait elle-même aux demi-teintes d'un succès de dimanche après-midi, du lundi matin au vendredi soir, exerçant je ne savais quel métier qu'elle détestait ouvertement; je me disais qu'il était temps pour moi de quitter tout ce monde, de ne plus travailler, de partir une fleur aux lèvres, un foulard noué dans les cheveux, robe longue de fille ou costume de garçon; je ne devais ressembler à personne, encore moins à ces obscurs, me singulariser par la véritable élégance de l'esprit qui se meut dans tous les pays et non sur une place, dans un café, dans un cercle de quelques personnes, toujours les mêmes; cette sagesse de l'homme, me diversifier m'empêchait d'acquérir cette sagesse que je devais affronter face à d'autres dangers, à d'autres visages, (les visages sont des ennemis permanents pour le cœur); la félicité paresseuse, geignante, ne durerait pas sous l'olivier magique de la ville au fur et à mesure que je marchais dans ces temps antiques, ces alvéoles creusées dans le reflet de la vie d'autres personnes antédiluviennes tellement la nuit leur sculptait un faux désespoir romanesque qui ne voulait rien dire pour moi.

Vision peut-être fausse, mais j'étais sans indulgence malgré l'écoute silencieuse de mon oreille. Je voulais autre chose que je pourrais mesurer avec mes anciens yeux d'enfant, de toute leur beauté noire, la dernière candeur à protéger. Je voulais me battre contre une force, une santé, ne sachant pas que je soupirais après une mère inconnue; une femme qui viendrait du Sud prolongerait Viana, JE la jetant dans mes bras, de tous ses charmes agrandis par l'art de l'étonnement qui serait le nôtre et auquel je succomberais sans me rendre tout à fait compte que mes rebellions envers elle allaient être une grande histoire d'amour pour JE qui en avait assez de mes amis végétatifs comme des plantes assoiffées, jamais désaltérés d'une qualité d'une eau qui leur tombait du ciel quand elle pouvait; ces êtres étaient trop vieux, trop atteints d'un désenchantement qu'ils nourrissaient comme un bienfait des dieux et source de leur pauvre inspiration en face de la page blanche qui se couvrait uniquement de petits dessins nerveux, de taches de cendre, enfin un grand coup de crayon qui remettait tout au lendemain, celui-ci servant l'inspiration dans la poésie comme la foi divine sert de tremplin au condamné à mort, le grand X sur la feuille, croix de saint-André, croix aussi de défaite; la poésie, la foi divine font partie des mystères qui enchantent ou désenchantent nos vies selon la vision du jour et de l'heure qui ne conviennent pas systématiquement à nos désirs.

Un moment, je regretterais ces hommes et ces femmes qui se servaient de leur imagination au lieu d'entrer dans l'action, se dédommageaient de rêves comme d'autres de désirs, s'en délectaient comme un couple mal assorti finit par se supporter et, quand je sortais la nuit pour les rencontrer, j'instaurais de suite une amitié sans passion mais dont le bon goût physique, le raffinement exagéré ciselaient ma vie d'un feu de joie et je me croyais au centre de l'Art pur; en vérité, je faussais nos relations puisque je pavanais l'androgynie de mon corps, et qu'une fois une lueur d'aube à l'horizon, l'ouverture ou la fermeture de certains cabarets, il ne restait plus rien de moi qui savais si bien les charmer une seconde plus tôt. Le jour stoppait nos idées et nos gestes jusqu'au soir prochain et le miracle aurait lieu une fois de plus comme si nous avions passé notre temps à bavarder derrière un rideau qui nous aurait empêchés de nous identifier, certains visages ne supportant plus la lumière crue du jour quand l'âge distille sur eux la patte recroquevillée du temps. Après la tendresse de l'humour, après la curiosité assoupie, l'ennui m'assourdissait d'une fatigue retenue qui ne prédisait rien de bon et j'aurais dû ne pas attendre le cliquetis annonciateur de JE à mes oreilles; une clochette joyeuse comme une note musicale suffit à nous faire aimer les trois mouvements d'un concerto. Mais comment prévoir ce que l'on ne saura que plus tard? Les actes n'ont rien à voir avec l'activité débordante qu'offre le temps harmonique dans lequel nous hésitons à nous engager afin de ne pas déplaire aux personnes qui nous entourent, qui disent nous estimer, ne plus savoir se passer de notre intelligence, chantage qui fait dégénérer notre vanité en une somnolence dangereuse jusqu'à l'épuisement du cycle de nos sensations. Et c'était vrai que sur l'échiquier du monde, j'attendais un équilibre instructif; je demeurais passive, silhouette légère, élégante, harmonieuse; je posais dans des conditions altruistes que je croyais supérieures à la mort, au génie; aidée des hommes et des femmes, il ne m'en fallait pas davantage pour motiver les hauts lieux, leurs abstractions; je survolais un groupe humain d'où étaient rejetées les structures les plus élémentaires de la raison et de la logique. Peu à peu, nous reprenions, dans un ordre établi une fois pour toutes, le rôle inquiétant que le jour figeait jusqu'à l'attente future d'une soirée où les mots fuseraient entre deux verres et chacun sait combien, l'alcool aidant, la sensibilité éprouve les nerfs, nous poussant à une sorte de rêve déambulatoire dans les parties inexplorées de notre cerveau au point de ne plus nous souvenir de la passion soutenue au cours d'une conversation; nous nous renouvelons alors avec une acuité maladive qui, lorsque nous en prenons parfois conscience, nous intimide, stoppe nos élans, nous rend honteux qu'une telle éloquence sans conviction puisse venir de nous; un sourire ironique nous tue dans les yeux partenaires qui nous écoutent et attendent que la monotonie nous mortifie de l'étroitesse mesquine qui fait le sujet réel et quotidien de notre vie. C'est plus tard que le passé, certains regards, s'analysent mais, en contact permanent avec des personnes plus âgées que moi, leur fatigue plus conséquente que la mienne pour des raisons dolentes, l'habitude surtout de ces dolences qui excusait les véritables raisons de ces êtres déçus, une fin de paresse qui les arrangeait bien, moi au début de la mienne, j'évidais à coups de serpes les avantages d'une situation que la femme rousse exploitait généreusement en m'exhibant à gauche, à droite; petite merveille à la mode, je n'avais pas grand'chose à faire pour séduire des femmes mûres et belles, elles chutaient librement sur mes dispositions solitaires, interprétant mon silence comme le signe révélateur d'une vocation qui surgirait bientôt et qu'elles lisaient, devinaient, entre les mots des poèmes que j'écrivais, qu'elles applaudissaient, demandant sournoisement le nom de l'auteur pour s'esclaffer: « Encore elle! » Rires de triomphe qui retombaient doucement d'une main longue et parfumée sur une de mes épaules, que je subissais en souriant; je ne distinguais sous ce poids charnel que l'effet illusoire et le remerciement que l'on voulait bien recevoir de moi comme une faveur, je devrais dire un devoir, que la femme rousse d'un battement de paupières remarquait, détournant enfin son regard, m'évitant momentanément; je serrais les dents, du haut de la branche verte de mon entrée dans le monde miroitant des adultes mais comme ces adultes se conduisaient d'une façon étrange, désorganisée, infantile parfois, je n'avais pas besoin de me servir de mon intelligence précoce pour me compromettre ou me distinguer des autres; mon jeune âge suffisait à béatifier l'insatisfaction des hommes qui accordaient leurs fibres paternelles et savouraient un trait d'esprit, *un caprice intellectuel ravissant*, disaient-ils; indulgents et tendres, ils se pliaient gentiment aux exigences de ma mémoire qui jouait avec d'autres mots que les leurs; je me permettais de leur faire remarquer que certains d'entre eux ne s'employaient plus, ils n'y étaient pour rien; prudemment j'essayais de prophétiser que les formes de langage n'échappent pas aux modes, qu'elles évoluent à peu près à chaque décennie et que lorsqu'elles dépassent ces périodes, semblables aux couturiers, elles se tournent hélas vers le passé et non vers l'avenir. Ils souriaient comme si je venais de les rassurer, de ressusciter des valeurs anciennes qui renaîtraient un jour ou l'autre; ils ne se rendaient pas compte que ces valeurs faisaient partie intégrante de leur désespoir, lui aussi désuet et démodé, que, sans elles, un charme de moins aurait rompu l'ensemble des digues qui soutenait notre bonne entente. Certains de ces hommes élégants et raffinés me rappelaient mon père tenant le bras de sa brune amie et aussi des jours meilleurs quand nous voguions tous les deux au centre d'une complicité virile car, par la suite, je demeurais persuadée que mon père avait possédé sa minute de sincérité avec moi comme il l'avait fait en enlevant ma mère, en promettant monts et merveilles à d'autres femmes. Il lui suffisait de rêver pour croire qu'il obtiendrait ce qu'il promettait aux autres et lui aussi offrait à des inconnues et à moi une vérité altruiste sans aucune défense contre lui-même alors que JE surveillait mes agissements et me disloquait d'une audace que ni mon père, ni ces hommes ne posséderaient jamais; j'examinais froidement leur allure épuisée qui devançait l'échec physique, la diversion, manière peu extatique de confirmer sous un masque tragique, un rien, un ultime battement de cœur.

Les femmes, de l'âge de leurs compagnons, n'en demandaient pas tant et, pour un soir ou plusieurs, leur beauté grave, ravivée, ranimée, conservée par l'éclat d'une lumière artificielle nous mettait sur un pied d'égalité. Une de leurs mains trahissait sur mon épaule ce qui leur manquait de fougue quand je m'écartais de l'étreinte molle qui ne savait pas me retenir alors qu'une main, celle de Viana, m'aurait fait gémir, se servant des ongles pour assouplir l'indiscipline qu'il me plaisait parfois de manifester, surtout dans les derniers mois, avant la descente infernale de JE sur moi et les ravages de Léna, envoyée de JE qui désirait écrire son livre analytique et s'en débarrasser, m'envoyer promener dans un autre pays en sa compagnie, enfin décidée à ne pas me perdre. Sans le savoir, JE intervenait comme la déesse Athéna redonnait à Ulysse des forces perdues; elle m'incendiait d'une beauté qui lui appartenait et je transperçais, grâce à elle, le gâchis du temps sur le visage et dans le cœur de ces femmes qui sollicitaient des mots que j'écrivais, élève trop docile de la femme rousse qui nous menait telle une guerrière teutonne dans les méandres de ses angoisses, nous imprégnant de ses joies, de ses plaisirs au point que nous ne vivions plus nos existences déjà entravées mais la sienne comme si il eût été indécent de ne pas nous soumettre à l'heure caractérielle d'une maîtresse de maison qui dirigeait non pas une maisonnée d'hommes et de femmes mais un réseau défectueux de sentiments éteints et de sens en perdition. Je me faisais, quand j'étais libre, l'interprète amputée de la première ride, du premier cheveu blanc; je trouvais les mots exacts pour égayer, de mon mystère d'être décadent, tendre, raffiné, ces yeux qui demeuraient en suspens dans un rêve indéfini et que je remettais lentement à jour, m'appliquant à moduler des éternités dans lesquelles j'inscrivais noblement les traces d'un souvenir attardé au fond de l'âme. J'éloignais tous les signes du Zodiaque pour ne retenir que celui du Verseau, symbole de l'intellectualisme dont JE transmuait les pensées les plus négatives en richesses incomparables, ravivant les expériences vécues non plus dans le remords mais dans le regret d'avoir possédé avant de désirer. Et quand je décidais, à cause de la femme rousse qui supportait de moins en moins mes échappées avec ses compagnes, de rompre ce fil détrempé au fond de ce lac corrompu, je me rendais compte que, pendant plusieurs mois, j'avais imité Viana dans le théâtre de mes nuits sans sommeil, dans l'outrance des velours et des soies et que je me nourrirais d'un échec évident au bout de ce faux luxe si je continuais à me ballader dans une singularité de sentiments qui n'existaient que pour me satisfaire et faire dévier mon ennui des travaux que j'exécutais avec un découragement réel qui atteindrait sous peu, et avant son âge, le drame de la femme rousse.

Ce décor n'était pas la vie, et pour avoir mal aimé Viana maintenant que des mois répandaient sur moi l'étendue inévitable d'une indifférence, sorte de lac profond, eau morte que je croyais morte parce qu'elle était si sombre que je n'y mirais plus mon visage, je confondais l'évolution, l'influence, d'une chose qui meurt pour renaître sous une autre forme, ignorant encore que la vie ressemble étrangement à l'univers qui se dilate, se confond peut-être avec un autre univers; la vie ne meurt jamais, elle enfante des plantes-éprouvettes qui dorment et attendent l'adoption d'une saison. Plus tard, je remarquais qu'il en était de même pour les êtres et leur soi-disant grand amour qui est toujours le même, la continuité du premier, du second, du troisième, etc. mais qui ne porte pas sur le trait d'une bouche, l'arête du nez, le contour d'un œil, l'identité du même partenaire; nous préférons penser que la différence physique vient uniquement de nous, d'un détail inaperçu, oublié; un défaut tout à coup jonche notre route désordonnée, une qualité mal entrevue et qui éclate un jour, non pas chez le partenaire mais en nous, comme une révélation qui nous fait jurer, parjurer, pâle reflet de ce que nous voudrions être, de ce que nous ne serons jamais heureusement puisque l'atteinte d'un désir nous blesserait mortellement. La vie devait être ailleurs, plus simple, plus réaliste et ce personnage qui dormait le jour se nourrissait de fruits et de confitures, rongé à petit feu par le fléau terrible d'une imagination qui n'était plus la sienne mais celle d'une femme insensée, se déversait en moi, dans ma tête comme des torrents de douleurs. Douleurs véritables puisque je souffrais de maux de tête que je négligeais pour exercer continuellement mon penchant à mourir pour mieux me pénétrer de la vie, et seuls les êtres vraiment désespérés prennent conscience chaque jour de ce qu'est réellement la vie, celle qui se vit au niveau de ses petites et grandes imperfections, de ses doses de magnificences avec qui je me reconciliais dans mes nuits effarées, effarantes comme au temps révolu lui aussi de mes chutes libres dans des précipices bloqués les uns contre les autres, que j'essayais d'écarter sur mon passage afin de pénétrer davantage dans le cosmos. Ce n'était plus l'heure de m'effeuiller au gré des fantaisies des autres, morts-vivants, qui me conduisaient à ma perte et ne s'en défendaient pas car malgré quelques mouvements de révolte, la femme rousse, poète intraitable, m'accaparait chaque heure, chaque minute, chaque seconde, ne se souciait pas du temps qu'il faisait sur nous, de la misère dans laquelle je vivotais; je ne m'occupais plus d'écrire et de placer des articles qui me nourrissaient, à la merci jalouse, exclusive, d'un être moins féminin que les autres et quand je devais la quitter, elle menaçait de ne plus s'occuper de mes poèmes qu'elle aimait, me suppliait de les réunir en un recueil qu'elle ferait publier, m'attachant à elle d'une manière reconnaissante, celle que m'offrait ma mère et que je désertais; ce n'était plus une femme rousse un peu folle qui m'achetait aussi bassement mais une femme blonde aux yeux verts que je quittais en plein milieu d'une nuit pluvieuse d'avril; je m'enfuyais le visage rafraîchi d'une eau enfin pure; j'imaginais un arbre en fleurs; j'étais cet arbre en fleurs sous une pluie battante, mes racines de pieds arrachant le bitume bleuté de toutes mes branches de bras, dénichant dans l'air fétide de la ville une senteur d'orangers, de pins, d'oliviers, d'eucalyptus, une forêt bienfaisante comme celle de Macbeth qui me défendait de cette *lady* aux mains non sanglantes, bien sûr, mais au cœur plongé dans des abyssales qui subtilisaient les plus beaux moments qu'une nuit printanière peut secouer, fécondée par une campagne pastorale ou une ville qu'il faut savoir dématérialiser, plonger dans un ensorcellement de becs de gaz, de petites rues muettes, tranquilles et exploiter ses balcons où se révèle un printemps en miniature dans une vague de coloris rouge, orange, épanouissant les yeux, les sens, gamme d'invisibilités essentielles qui serait la nature de tout individu s'il voulait apprendre à se servir du potentiel de beauté qu'il possède en lui, aussi simplement que le faisait Samuel.

Enfin éloignée de mes amis poètes volontairement et sans tenir compte des menaces d'oubli de la femme rousse, sans inspiration et surtout sans vocation, je traînais le soir jusqu'à une heure avancée de la nuit, ne pouvant plus me défaire de cette habitude noctambule, dans les coulisses de petits théâtres ambulants, imaginant Viana dans cette fourmilière humaine, pleine d'entrain, une approche plus sincère du théâtre, dépouillée de toute idée grandiose de gloire, jouant pour jouer, le cœur dans la mémoire des grands acteurs qu'ils désiraient être pour l'amour de la déclamation, la mémoire dans le cœur du Moyen Âge, peut-être plus loin encore, au centre d'un théâtre de pierres, les deux masques de la vie cachant leur véritable visage, ce qui n'apportait ni la gloire ni l'argent à ces prolétaires artistiques qui me frôlaient sans parler, sans poser de questions à la curieuse que j'étais; je ne leur parlais pas, trop proche du rêve creux de Viana qui avait eu raison de se mystifier à travers moi, son seul public. Sans argent, je m'éthérais de jour en jour, volant deux ou trois fruits lorsque je rentrais chez moi et que la faim travaillait mon estomac; je ne pouvais résister à traverser un immense marché qui s'installait sur le nombril pavé de la ville; j'errais, la salive au coin des lèvres, à l'affût d'une rave, d'une salade, le plus souvent cachée entre des camions débordant de cageots de fruits; j'espérais que l'un d'entre eux roulerait à terre, s'éventrerait et je me tenais sur mes gardes, prête à bondir; je n'étais pas la seule à tendre une main invisible pour me nourrir pendant que les clochards, les chiens, les chats errants traquaient les poubelles environnantes. Souvent je parvenais à mon but sans difficulté mais, quand la récolte avait été maigre, je marchais le long des cafés ouverts autour du marché et l'odeur du café, des pâtisseries me faisait sangloter, raclait de plus belle les parois de mes boyaux affamés; les yeux hagards, sans larmes, mes sanglots venaient de mon ventre, des prostituées me regardaient curieusement et certaines d'entre elles, à force de me voir rôder dans leur rue, finissaient par m'offrir un café chaud et fort, elles aussi silencieuses comme des actrices qu'elles étaient, jouant dans ce quartier, pour peu d'argent, le jeu de l'amour.

À bout de ressources matérielles, je me demandais comment je pourrais garder le studio minuscule; je me voyais déjà couchée au milieu de vermines, sous un pont du fleuve et, avec ironie, je songeais que mon seul luxe serait de choisir le plus beau puisque la capitale où je vivais dans une si grande misère en possédait pour tous les goûts! Ce qui était curieux, dans ce temps presque immatériel, car les vissicitudes me rendaient les êtres, les choses impalpables et je demeurais moi-même une ombre que des hommes observaient curieusement; ils ne m'accostaient pas pour entrer une demi-heure dans une chambre d'hôtel et, à la fin de ces deux mois sordides, ces hommes agissaient comme les prostituées, m'invitaient dans un café; j'avais à peine la force de les remercier; je m'en allais comme j'étais venue mais eux savaient qu'ils me reverraient la nuit suivante; ils ne me demandaient pas d'où je venais, qui j'étais; l'anonymat que nous conservions était comme une marque respectueuse entre nous; je lisais seulement dans leur regard une grande surprise fataliste quand ils me demandaient: « Tu n'as plus faim? » et que je hochais la tête négativement; je me levais alors en souriant, soutenant une poche ou un vieux sac muni de quelques fruits volés ou mendiés qu'ils faisaient semblant de ne pas voir sous le grand manteau qui me protégeait du froid, de la pluie et qui sentait le chien mouillé à force d'avoir été porté dans des endroits invraisemblables; on y reniflait des odeurs de poissons, de quartiers de bœufs, de choux pourris, de fruits avariés. Il était le garde-manger des nuits où je ne sortais pas; je le calais sous ma tête; mon estomac trop agité de soubresauts ne réclamait plus grand'chose; je finissais par m'endormir, le manque de forces physiques fortifiant ce sommeil que je bénissais; l'ayant rarement connu aussi lourd, aussi épuisant, il me faisait grâce du temps pendant lequel, les yeux ouverts sur les toits gris de la ville, je n'envisageais plus rien de décent, abandonnée de la femme rousse, de mes parents, de Samuel, orpheline pour de bon; j'usais mes dernières soieries, mes derniers velours blancs et noirs, la joue contre leur douceur, me figurant, me persuadant que la vie serait un jour ainsi, cette douceur sur ma joue et non plus l'écœurante puanteur du manteau accroché à un clou dans le bois de la porte d'entrée et qui dépassait à l'extérieur comme un avertissement muet: « Défense d'entrer ».

Je m'éveillais, un après-midi aussi nul que les autres, quand Léna C., défiant la pointe du clou extérieur, entrait sans frapper, s'excusait de me déranger; je sautais comme un animal traqué hors de mon lit; je me précipitais sur un pamplemousse que j'écorchais de mes ongles noirs, vêtue simplement d'un pyjama qui ferait dire plus tard à Léna: « Tu me fais songer au *Gilles* de Watteau. » Ce jour-là, rien de comparable, je n'attendais personne. Elle parlait pendant que nous nous regardions, elle avec calme, moi avec violence; réfugiée dans un coin de ma chambre, les cheveux ébouriffés, les yeux traversés par des bandes de sommeil et de faiblesse, j'écoutais Léna sans la voir, précise, douce, volontaire; elle nommait un nom qui me rappelait quelqu'un, une conversation échangée quelque part dans ma vie, il y avait longtemps, une femme nocturne qui me voulait du bien, se souvenait que j'écrivais, que j'exerçais mille autres petits métiers; je me demandais méchamment et avec méfiance ce que Léna venait faire dans notre univers de fous égarés; je la soupçonnais de travailler huit heures par jour dans un bureau depuis des années; ma sensibilité plus que jamais attaquée par la faim creusait dans ma tête ce genre de prémonition en même temps que mes douleurs, mes nausées me rappelaient à l'ordre de JE qui devait me suivre depuis un laps de temps afin que j'épuise ma volonté à n'être rien comme si je représentais pour elle une marchandise rarissime qu'on allait mettre enfin aux enchères pour évaluer ses qualités, ses défauts; JE attendait patiemment la mort du squelette dégoulinant du pus de ses lambeaux de chair que je devenais pour se jeter sur moi afin que je m'intègre définitivement en elle, là encore semblable au peintre dont les œuvres ne valent rien de son vivant et dont on soutire les plus grandes fortunes après sa mort. Au fur et à mesure que Léna parlait, je me sentais faiblir sous l'influence de JE qui tenait de ses doigts durs et chauds ma nuque raide, qui jouait de l'humour, pareille à mon père, pour ne pas céder aux instances professionnelles de Léna qui observait ma chambre misérable d'un air si triste, des paroles solennelles sur sa bouche, une sincérité touchante sur tout le visage, une simplicité farouche en elle que la femme rousse, ses amis, m'avaient fait oublier; je reculais encore plus dans l'ombre du coin où je me trouvais pour cacher à Léna que je retrouvais une image, une senteur de Charvy, une brûlure jamais tout à fait guérie derrière l'oreille gauche quand je percutais le mur, face au soleil vert et jaune d'un après-midi d'été. Pour me rassurer, je lui demandais pourquoi elle se présentait au grand jour, à l'aurore d'un midi qui prenait pour moi l'allure d'un petit déjeuner et que, vivant dans un grand décalage d'heures, (je n'osais pas ajouter de sentiments) elle me dérangeait dans ce clair de ciel froid, elle fracassait la notion libérale de mon espace, que je devais sortir dans quelques heures, etc. Debout dans la chambre, Léna ne m'écoutait pas et, pour la première fois depuis des mois, je réalisais que je n'existais pas comme à la rencontre monotone qui s'effectue entre deux êtres lorsqu'ils ne se connaissent pas. J'avais charmé des femmes élégantes, je ne charmais pas une femme aussi simple, aussi naturelle, qui lisait les titres des livres que je possédais en vrac sur une étagère, rangeait en pile des disques sans leur pochette et je finissais bêtement par me taire; Léna se tournait vers moi, ouvrait le rideau de la fenêtre, m'observait une seconde, me disait en souriant: « Enfin, je vous vois! » Elle s'asseyait sur le bord de mon lit défait et m'expliquait à nouveau ce qu'elle attendait de moi: ma collaboration dans une revue féminine; plus exactement, je devrais travailler librement mais sous sa responsabilité en partie surveillée. Je refusais. En même temps que ce refus, j'éprouvais une violence douloureuse envers elle, je me sentais déplacée sur l'échiquier du monde: JE venait de marquer un point alors que je me débattais furieusement sur la case noire de la haine, c'était du moins ce que je croyais, pendant que le jus du fruit coulait entre mes doigts jusqu'au coude et que Léna me tendait une serviette, finissait par essuyer elle-même la manche poisseuse du pyjama. Mes dents lacéraient à coups redoublés l'écorce amère du pamplemousse que je prenais plaisir à dévorer salement; bavant un peu, je fixais Léna pour la dégoûter de ma présence; j'essuyais avec le revers de mon bras mes joues barbouillées de la pulpe du fruit, les mains sucrées que je passais dans mes cheveux, et Léna riait de ces enfantillages que j'essayais de rendre véridiques, adultes surtout, mettant un peu plus à jour ma vulnérabilité car il est bien connu que la manière de manger d'un enfant, d'un adolescent parfois, a quelque chose de maladroit et de touchant; je n'y avais pas pensé!

Ouvrant plus grand les yeux pour mieux vivre la fin de mon agonie si lente avant d'atteindre le juste royaume tranquille où Léna résidait, je lui demandais en criant d'où elle venait avec sa peau d'olive comme la mienne, ses yeux sombres et cernés, ses cheveux noirs et bouclés. Du Sud. Du soleil tragique, d'un climat cosmique qui trame les histoires de fous comme celles que je portais dans la tête depuis ma naissance. À pieds joints, je faisais un bond dans les points cardinaux où JE n'hésitait pas à me propulser. Viana nordique ne ressemblait en rien, ma sœur jumelle, à cette femme assise humblement devant moi, que je détaillais pour la comparer encore une fois à Viana. Rien d'elle, Viana pouvait être à l'abri dans une alvéole privilégiée de mes souvenirs et, en détaillant ainsi Léna, je ne trouvais rien non plus sous le manteau bleu clair qu'elle n'avait pas quitté, ne me doutant pas que, sous le tissu protecteur, je devrais mourir de désir sur ce corps un peu gras, sur le ventre légèrement rebondi, ma bouche affamée sur les seins pleins d'un lait maternel, doux comme un miel, lèvres pleines elles aussi comme la chair amère, du fruit que je venais de dévorer, furieuse, outragée de la présence de cette femme inconnue qui venait au nom d'une autre alors que je mourais de faim et de misère depuis des jours et des nuits que je ne délimitais plus; les rideaux de ma chambre restaient obstinément fermés; Léna venait de les ouvrir, éblouissant mes yeux fatigués; nous ne savions pas, surtout moi, que rien ne serait facile entre nous et qu'en entretenant mes litanies au sommet d'une perfection que j'inventais depuis Viana, à la fois savante et soumise, elle m'initiait au principe fondamental d'une vérité toute nue, qui est peut-être la seule valable et qui s'ancrait en moi, têtue et forte; Léna se contentait à ce moment-là de m'étonner, tour de force que je n'ai plus jamais retrouvé chez un être humain; Hugo et moi possédions nos mystères et nos macabres découvertes qui finiraient par tomber en poussière si le vent se dirigeait sur nous, arrivant tout droit de l'Est, d'une Pologne apaisée et non plus tragique, moi poussée à l'Ouest pour m'énergifier à nouveau d'une passion commandée par JE, condamnée aussi par elle si JE désirait ne plus écrire, vivant largement de mon histoire jetée comme une poignée de sable dans les yeux pour se défendre de m'avoir prise comme témoin, et moi continuant à gribouiller péniblement mes feuilles d'écolier...

Au contact de Léna, je comprenais qu'il fallait être extrêmement primitif pour croire à la présence d'une divinité penchée au-dessus de nos têtes, qu'il ne fallait pas avoir goûté à l'arbre de la connaissance pour que la présence provisoire d'un Dieu se réconcilie avec le cœur de l'homme sinon d'autres dieux faits de pierres et de stuc se vengent en désertant le terrain où ils se sont plus, deviennent muets, se refusent à nous conseiller et font soupirer de regret la mémoire de l'homme qui les a approchés une seule fois comme nous le prouvent toutes les anciennes civilisations, le plus parfait éveil de la connaissance se produisant dans une période enivrante de la décadence que JE m'incitait à vivre sans me poser de questions, sentiment de grand souffle, de grande haleine, promenade stupéfiante en moi, évocation d'une fresque gigantesque au long du passé de JE que j'aurais travaillé dans un bois précieux, un marbre carrare; j'évoquais Léna et sa première visite, toute disposée à me plonger dans une sorte de lande dévastée par le feu quand je lui parlais une fois de Viana, ma séraphine aux sens éveillés à qui je refusais les émois de l'amour pour ne vivre que de ses nuances, imitation de l'amour; la peur de nos affinités nous renversait dans des chemins creux, côte à côte, le rictus aux lèvres, que nous prenions pour le sourire du bonheur. « Il faudrait que vous preniez une décision rapide... » Je sursautais, courbée un peu plus vers le sol par la main de JE, qui me secouait, ses doigts de rire dans mes cheveux sucrés. « Quelle décision? » Léna C. m'expliquait plus clairement quel travail elle m'offrait. Des perspectives de promenades à travers la ville, à l'affût d'une curiosité, d'une sensation... Un crayon, un papier, rien de plus dans mes poches, mais les yeux immensément ouverts sur tout ce que les femmes aiment lire, découvrir; le sujet fût-il d'hier ou d'aujourd'hui, il fallait l'intégrer dans les colonnes des faits divers; des femmes heureuses, des hommes malheureux, le contraire, on avait tout vu, tout entendu. Plus que jamais, dans notre siècle où les choses, les événements se passaient toujours, le plus souvent, à côté de la réalité, il fallait inventer l'imaginaire ou tomber au moment propice de la proie à saisir, à signaler dans les parages, traquer, chasser, un fusil de papier dans une main, l'humeur vagabonde dans l'autre, un crayon entre les dents, la cible de la chance...

Léna parlait doucement, elle me fatiguait. J'avais envie de hurler que j'en avais par-dessus la tête de me cramponner à la ville où je vivais entre jour et nuit, que personne ne la connaissait mieux que moi quand mille individus lui dessinaient enfin un masque de vie réelle et non pas ces précautions que l'on prend toujours afin de ne pas bousculer ce qui s'appelle par hasard une autre forme de réalité, la plus hypocrite, je le savais; un individu peut mourir au bord d'un trottoir, personne ne lui portera secours, tandis que la nuit, des êtres exceptionnels créent un mélange de haine ou d'amour, jamais d'indifférence et c'est là que les choses existent enfin, que des poignards glissent d'une botte pour défoncer une paire de poumons, qu'une corde fine étrangle et s'enroule savamment autour d'un cou, que la première vertèbre cervicale claque d'un coup sec et que la mort s'appuie nonchalamment contre un mur pisseux, glisse ses mains dans ses poches et s'en va ailleurs. Ni vu, ni connu. Les amours sont les mêmes; on s'entend pour un prix de famine à échanger une phrase, parfois une de plus quand le client fait semblant de devenir un partenaire et que la prostituée, plus humaine que la majorité des autres femmes, s'initie à écouter des mots qui ne sont pas d'amour, et je savais de quoi je parlais: la nuit est le rempart de la solitude, la permission à toutes les folies et combien d'hommes, de femmes, seraient considérés comme incurables par la société bien pensante lorsqu'ils se livrent à la grande nocturne, sans scrupule de trop aimer ou pas assez, la cape noire de l'oubli dans le cœur et la tête. Est-ce l'insécurité bienfaisante de ces troglodytes que Léna recherchait pour ses lectrices? Je leur assurerais le frisson garanti comme dans un roman d'aventures du siècle dernier, moi aussi le couteau au bord de la main gauche; la nuit est une cour des miracles qui paie œil pour œil, dent pour dent; elle ressemble à ces peuplades qui jettent le nouveau-né dans un fleuve, lui assurent la survie et non la vie...

Je voulais tout expliquer à Léna pendant qu'elle m'assurait un avenir stable où je mangerais autre chose que des pamplemousses à moitié pourris car je ne lui cachais pas que je volais ou que je mendiais un quignon de pain; elle devait payer à son tour le mépris qui ressort parfois de la grande misère physique puisqu'elle fouillait, sans frapper, mes aptitudes à écrire, qu'elle m'inscrivait au nombre restreint de ceux que la vie accroche par la crinière et marchait hardiment dans l'ordre et le désordre de mes soirées, de mes maux de tête qui fulguraient leurs douleurs comme des épingles enfoncées dans mon crâne et handicapaient mes froideurs naturelles. Je me levais du coin de ma chambre en même temps que Léna ouvrait la porte de l'unique armoire qui contenait en vrac, en tas, mes vêtements, je devrais écrire: mes déguisements, soieries et velours râpés, robes longues ou costumes garçonniers; Léna gardait un sang-froid amusé en jetant le tout sur le lit; elle prononçait des mots si bas, parlait à je ne savais trop qui; j'en profitais pour me déshabiller et me revêtir d'une longue robe rouge qui rehaussait ma pâleur brune, la fièvre de mon regard; Léna suspendait un geste pour m'admirer (je le sentais) et enfin souriait, se détendait, me tendait une carte de visite, se retirait sans ajouter un mot.

Je comprenais que Léna ne serait jamais assez folle pour me laisser traîner dans des zones lumineuses, plus sombres, une fois que je travaillerais avec elle. Ce n'était pas le fantastique qu'elle me demandait mais la trouvaille ordinaire qu'une autre que moi pourrait entreprendre d'une manière plus objective, plus saine, imaginant des femmes plus sociables; mes rencontres ne me permettaient pas de telles facilités; je perdrais mon temps à flâner comme une sage, une tranquille, guettant quoi au juste? L'objet rare a une place bien à lui, l'événement a une heure fixe; je n'étais pas un objet rare et je ne possédais aucune constance horaire, pas plus qu'un lieu de naissance, un lieu de repos depuis la mort de Charvy-Samuel. Je ne laisserais pas à une inconnue le soin bourgeois de déranger mes hantises, de les déboîter justement de leurs horaires inversés, de me contredire, de fouler de sa main courte et brune les sables bouleversés de mes plages cauchemardesques. J'éclatais de rire ce jour-là. Alors que le sommeil bandait mes yeux, je ne m'étais pas rendu compte que Léna pratiquait un jeu à la hauteur de mon personnage; elle ne s'étonnait de rien; elle ne m'admirait pas; elle attendait ma disponibilité dans un état de femme normale, ce que j'avais pris pour l'exception; le silence corporel et vocal fait partie de ces qualités qui s'apprennent, se dissolvent en gestes gracieux comme cette femme que je devais repérer dans l'autobus, deux jours plus tard; elle me tournait le dos, debout parmi d'autres personnes, je ne distinguais que la couleur noire, bouclée de ses cheveux, le col d'un manteau bleu, semblable à celui que Léna portait dans mon studio et que j'avais mentalement ôté pour essayer de capter visuellement une courbe qui me la ferait aimer. La main de l'inconnue tenait l'arrière d'un siège pour garder un équilibre précaire, déterminée à ne pas bouger quand l'autobus s'arrêtait, que d'autres voyageurs montaient, la bousculaient un peu au passage afin de pénétrer davantage à l'intérieur du véhicule. La main brune aux doigts courts esquivait de légers mouvements nerveux comme si toute la vie de cette femme se concentrait uniquement dans une attitude mobile qui n'appartenait qu'à la main alors qu'il m'était impossible d'apercevoir le reste du corps et du visage. Je me troublais quand les os des phalanges blanchissaient sous l'effort et que mes yeux fascinés remontaient jusqu'à la manche bleue; j'essayais, mais en vain, de discerner ce profil féminin sur lequel je mettais un nom, me demandant si ce nom ne lui était pas familier au point de crier tout haut: « Léna », persuadée que l'inconnue se retournerait et que je la reconnaîtrais, que j'avancerais vers elle pour la serrer contre moi, pour la défendre des autres qui la bousculaient sans hésitation. Un homme voulait passer, s'excusait, défigurait l'image de Léna que je venais de transpercer sur la nuque d'une inconnue qui était n'importe qui, sachant que je ne reverrais jamais cette femme puisque c'était la première fois (plus tard, je me le suis demandée) que je la remarquais dans des circonstances hasardeuses (et Léna, n'était-elle pas, elle aussi un hasard?); je la photographiais dans ma mémoire pour me souvenir d'elle qui m'avait causé une émotion d'épanouissement total comme il arrive lorsque l'imprévu se présente sous une forme inattendue. Elle ne faisait pas attention à moi, et c'était bien; la descente d'autres personnes inconnues la camouflait une seconde à mon regard et j'espérais la forme vague du visage, un mouvement inconscient vers moi, mais rien de tel. L'absence qui organise le rêve imaginaire le fait plus beau qu'il n'est, et la crainte devenait plus forte en moi à mesure que le temps passait, la peur aussi d'une laideur de traits que je n'aurais pas prévue et qui ne ressemblerait en rien à Léna. Manifestations inconscientes que plus tard Léna me reprocherait, si proche de Viana de par sa jalousie, effet des heures inactives que je passais à l'attendre, tributaire qu'elle était d'un mari et d'un fils que je ne connaissais pas; je ne lui demandais rien, là encore pareille à Viana qui exigeait la compagnie de son ami et à qui je ne posais pas de questions inutiles; Léna me soustrayait à des infidélités qu'elle inventait de toutes pièces; elle en parlait d'un ton si neutre, si détaché, (pour s'empêcher de souffrir) qu'elle en perdait son éclat, sa luminosité et que je lui en voulais de discerner avec autant d'indiscrétion ce qui était pour moi sans importance lorsque mon regard s'attardait un peu trop sur un autre visage que le sien. Quand la femme inconnue descendait, je fermais les yeux pour ne pas l'apervevoir dehors se diriger vers son chemin habituel, au risque de me tromper, d'ailleurs; n'allait-elle pas pour la première fois rejoindre un homme, une amie; n'était-elle pas de ces femmes qui errent un peu partout et que l'on rencontre dans les transports en commun, le métro, les autobus, frôlant des êtres qui n'ont rien à voir avec leur existence, les défaisant un moment de leurs ennuis, de leurs incertitudes, ces femmes que je rencontrais la nuit, le vague à l'âme, le cœur sur la main, et les mains dans les poches d'un imperméable déboutonné, les pas lents, dérivés un peu à gauche, un peu à droite, autant de déboires qu'elles arrachaient de leurs épaules quand elles finissaient par s'asseoir dans un jardin public ou sur la margelle d'une fontaine?

J'ouvrais les yeux au moment où l'autobus repartait.

Il n'y avait plus qu'un va-et-vient anonyme, une léthargie dans laquelle les voyageurs s'enveloppaient en assoupissant leurs têtes contre des vitres sales, enfumées, des voix que des bruits de moteur déformaient jusqu'à démesurer leurs décibels, et je ne savais quoi happer de tout ce tintamarre qui ne voulait rien dire hors des battements de mon cœur, mon doux organe prêt à se rompre; je laissais tomber ma tête moi aussi sur mon épaule gauche pour le questionner, essayer de comprendre ce que voulait dire cette sorte d'alphabet morse, me prévenant d'un danger à courir qui déjà s'éclairait d'un nom étranger, doux, court, palpable à cause de cette main inconnue que je retrouvais sur le dos du siège, ongles courts et vernis; ce n'était plus la main de l'inconnue qui me fascinait mais celle de Léna, entrevue simplement deux jours plus tôt dans une parfaite indifférence, rangeant, fouillant, essuyant le jus d'un fruit exotique sur mon bras, main exotique aussi que je retrouverais s'il le fallait pour parfaire ce qui m'avait échappé lors de sa poussée sur la porte, qui aurait pu se blesser sur la pointe du clou qui dépassait à l'extérieur et que dans une sorte de torpeur je me promettais de défoncer à coups de marteau ou de tenailles, persuadée que Léna reviendrait et que j'accepterais les mignardises de ses articles pris sur le vif, pour elle seule, et non pour des lectrices curieuses qui liraient avant d'oublier et de se faire une opinion.

J'attendais pour téléphoner à Léna en songeant à la femme de l'autobus et maintenant que je ne la reverrais plus (j'avais pris la décision de ne plus la revoir), déjouant ce qui aurait pu être la cause d'une rencontre plus intéressante; sa main obsédait ma mémoire, le col de son manteau, sa nuque brune et bouclée; j'étais d'autant plus émue qu'elle m'offrait un choix en mystifiant son visage dans une ombre qui n'était autre que celle de sa chevelure. Ainsi, je lui devrais beaucoup, laide ou belle, folle ou calme, et qui pourrait dire qu'elle ne fut pas la plus aimée des deux lorsque le profil de Léna dormait contre le mien éveillé, et que je ne pouvais m'empêcher de penser qu'elle rétablissait quelque chose de très beau, la transposition d'un ensemble de sentiments que nous vivions Léna et moi grâce à elle alors que je commettais certainement une erreur en aimant si fort Léna et en serrant dans mes bras une autre femme, une autre forme de pensées éclatées dans l'amour qui nous unissait et, dans ces moments-là, j'étais découragée de demander ce que je ne pouvais posséder, déçue comme après avoir fait un long voyage qui ne nous révèle que du déjà vu.

Je ne devais jamais aimer Léna pour ce qu'elle était mais pour ce qu'elle n'était pas; l'attente chaque jour recommencée, je me demandais quelle surprise m'exulterait, à travers quel objet je la transfigurerais, à quel détour d'une route, un paysage me ferait murmurer tout bas son nom; elle devenait une primitive en tout, abstraite devant une œuvre d'art que je ne comprenais pas, hermétique en écoutant la musique d'un compositeur moderne, chair et fruit, verre de vin, un repas auquel je n'étais pas habituée et me tournait la tête, le retard à un rendez-vous à une terrasse de café qui me faisait douter d'elle et, lorsqu'elle apparaissait, l'acidité qui tordait mon estomac comme la faim des mauvais jours se changeait en un bâton de sucre qui fondait dans ma gorge et que mes papilles dégustaient avec une sensualité qui n'existait que dans la démarche de Léna.

Je ne téléphonais pas à Léna puisque pour la seconde fois elle entrait sans frapper et que je n'attendais qu'elle ou personne. Nous nous observions avec une avidité que j'avais du mal à rompre afin que nous soyons à l'aise. Léna si désarmée, démunie de sa douceur que je l'interrogeais en déboutonnant son manteau bleu. D'une voix fatiguée, elle m'expliquait qu'elle était venue le soir mais que j'étais toujours absente... On l'avait pourtant prévenue que la nuit m'ensorcelait... Elle ne le croyait pas... Elle parlait et je la voyais enfin qui s'asseyait sur le bord du lit, les épaules légèrement courbées en avant, la poitrine lourde, les mains dans un vide si grand que je m'agenouillais devant elle, que je posais ces mains sur ma nuque et que je camouflais mon visage au creux de ses genoux, sur la rondeur des cuisses. Elle parlait et je me demandais ce qui m'arrivait, dans quelle démesure JE fortifiait le personnages de son roman et comment il me serait possible de m'évader de ce piège odorant qui était la vie, le corps de Léna, moi physiquement à l'abri dans la longue robe rouge qu'elle aimait, elle parlant d'une longue litanie qu'elle avait gardé pour elle et qui était mon existence passée sans elle. Ce personnage n'existait pas; il fallait être poète pour créer une fille de velours noir, de satin blanc, de soieries carnavalesques qui se promenait dans le luxe irritant, dans la misère transparente, sans se révolter; il fallait ouvrir d'autres yeux que ceux de la vie courante, quotidienne pour se donner à un tel être, pour l'aimer avec dévotion puisque la jalousie serait défendue, jalousie contre les longues promenades que Léna ne parviendrait pas à m'interdire malgré ses angoisses maternelles, amoureuse de me savoir livrée à un temps dont elle ne faisait pas partie, à cause de mon indépendance, mon refus à lui confier mes virées, mes rencontres, ce qui me restait d'intimité, de liberté quand je commençais à étouffer sous l'emprise journalière de cette inassouvie qui m'imposait un mari détesté, un fils décevant sans qu'elle puisse se détacher d'eux, de leur lèpre contagieuse qui empoisonnerait Léna jusqu'à notre rupture.

Mais ce jour-là, j'étais la grande prêtresse d'une religion qu'elle refusait lorsque je glissais une main houleuse sous le chandail et qu'attaquant le pli marqué de la taille, je grimpais jusqu'à la gorge; le refus de Léna dans mes oreilles, une complainte remontée à l'envers qui finissait par l'allonger sur le lit, le ravage de ses ongles dans mes épaules, j'immobilisais de mes dents la veine jugulaire qui palpitait d'une peur désirable et JE m'encourageait, telle un vampire, à aspirer le sang qui se retirait lentement des joues, des lèvres de Léna; j'empoignais ses cheveux noirs pour leur redonner vie sous la douleur avant d'atteindre la bouche gémissante, la pulpe amère du pamplemousse que je déchirais et qui, à cette minute, goûtait la salive parfumée d'un rouge à lèvres, le contact des dents, une présence muette à travers mes cils baissés sur les yeux fermés de Léna qui ne se défendait plus, épuisée de ma force, de mon audace, de l'inattention sentimentale que ses soirées solitaires à la porte close de mon studio avaient déclenchée en elle sans qu'elle y prît garde.

Je ne lui en donnais pas plus; c'était ma façon de vivre si elle voulait toujours travailler avec moi; la manière de lui faire comprendre que rien ne se convoitait à l'avance, mais sur le moment: une heure tangible, une odeur de soleil entre les persiennes changeait tout. Je voulais écrire ses articles avec cette folie entre nous pour qu'elle ne puisse m'interdire les mots que j'utiliserais, leur démence, même si notre histoire ne tenait pas debout et qu'elle était la cause à effet d'une rencontre avec une autre femme, et qui sait si je n'agissais pas comme avec Viana lorsque je l'embrassais la première fois, que le visage pointu de Maryse soulevait le voile de ses sourires quand je retournais en vacances à Charvy, semblable aux gitans, aux filles qui m'entraînaient dans des rangs de vigne, me caressaient la joue, les lèvres en riant; là, je tenais une autre femme dans mes bras, soumise, honteuse, il faut le dire, qui ne s'appelait pas Léna, me tournait obstinément le dos, aussi mystérieuse que Maryse et ses rires de gorge, ses yeux fendus en devinette chinoise, la chevelure brune au vent de ce qu'elle savait et de ce que je faisais semblant de ne pas savoir.

Délivrée, Léna jurait qu'elle ne reviendrait plus: la séduction était trop profonde. Je lui jurais le contraire en recoiffant ses cheveux, en s'essuyant des larmes douces avec mon mouchoir qu'elle glissait dans son sac; un peu affolée elle maquillait une bouche lacérée de mes dents, elle revêtait son corps pétri, de son manteau bleu, tout ce qui la garantissait contre moi et lui redonnait ce qu'elle croyait être sa véritable personnalité. Elle partait aussi vite que la première fois, sans me tendre de carte de visite et, moi, je volais un poignet au passage de la porte pour lui assurer que cet article, le nôtre, serait le mieux écrit, le mieux vécu si elle le désirait, qu'il lui faudrait du courage, celui de la vérité de soi-même qui nous fait tels que nous sommes, c'est-à-dire peut-être rien car je n'étais rien en l'embrassant férocement, ni homme, ni femme, ni plante, ni cristal mais une forme de l'existence qui avait possédé son heure de gloire dans l'antiquité des temps comme une volupté pudique, et qui n'empêchait pas la bonne entente entre les uns et les unes. C'était cela son article à sensation qu'elle n'offrirait pas à ses lectrices mais qu'elle garderait jalousement pour elle... Je la laissais partir avec, dans le regard, une stupeur, une envie d'en savoir plus long, une vulnérabilité qui craquerait et que j'aurais le temps d'attendre car Léna était trop belle, trop intelligente pour refuser le raffinement des sens, trop malheureuse surtout pour rejeter ce luxe gratuit mis tout à coup à la portée de sa vie comme un héritage fabuleux auquel on n'ose pas toucher tout d'abord et que l'on finit par considérer comme un bien personnel. Bien sûr, avec elle, il n'était plus question de reflets ni de miroirs; elle demanderait davantage que les pensées contemplatives, face à une plaine ou à un océan sans horizon autre que celui, cercle coupé en deux, du ciel, des nuages, du soleil. Les corps n'étaient plus les mêmes; ma victime réclamerait chaque jour sa dose d'amour; ma forcenée deviendrait une irréalité, défierait les bornes de l'imagination et de l'étonnement que je cherchais depuis ma conception. Ce serait par Léna que le génie de la médiocrité et de la perfection atteindrait en moi la lie de la vulgarité, car à force de désirs, de tendresse, Léna accorderait ses sens dans un désert d'impudeur; la passion apprise de la nudité, sa beauté de femme de quarante ans ne parviendraient pas à me lasser.

Elle était revenue un après-midi; cette fois, j'avais eu peur de la perdre; une semaine s'était passée et je ne savais rien d'elle que ma sauvagerie à l'aimer au milieu des disques et des livres. Une fois de plus, j'étais absente mais, depuis plusieurs jours, je laissais la porte ouverte, ma porte de l'espoir, de mon délire, du tapage de son sang sur mes lèvres et je ne savais plus quoi faire des heures, des minutes sans Léna. Je sortais la nuit; une heure plus tard, je m'écroulais toute habillée sur mon lit, le ventre creux, les yeux vitreux, d'une faim de pain, d'une faim autrement plus délirante qui me faisait serrer les dents sur mon poignet comme si je pouvais intercepter une douceur brutale qui viendrait du poignet de Léna et non du mien. Au matin, je repartais, titubante, ivrogne de cet amour, saoule jusqu'au manque d'un alcool, d'une drogue qui ne s'achetaient nulle part. Je poussais la porte avec le pied avant de m'effrondrer sur le jour qui blessait mes yeux, un rayon de soleil projeté sur un mur, un vase vert et son bouquet d'anémones, un ensemble de forces qui me dirigeait ailleurs que sur Léna assise sur le plancher, lisant un livre que je n'avais jamais vu chez moi; d'ailleurs, je n'avais jamais rien vu jusqu'à ce jour; Léna me le prouverait de mille manières pratiques, faisant de mon studio sa seconde demeure; je lui donnais une clef quelques jours plus tard car je n'étais plus libre à partir de cette faiblesse que Léna avait eu le temps de savourer; faiblesse involontaire au niveau de la sienne, nous gémissions de bonheur l'une contre l'autre, sans nous hâter comme la première fois; nous savourions nos défaites et nos victoires; nous savions que nous tenions le temps, surtout moi qui en avais si peur, et il me semblait que déjà je ne connaîtrais plus jamais cette souffrance jusqu'à notre rupture; il ne me restait qu'à éduquer Léna dans ce néant où je vivais; elle devait être ce que je voudrais puisque je possédais le goût de la conquête et si peu celui de la chose conquise.

De cet après-midi outragé, Léna construirait une lignée de joies habituelles, une parade de bonheur interdit, un contre-chant de soupirs et de gémissements entre mon studio, notre travail, nos sorties du dimanche, nos échappées du lundi au vendredi dans la ville, nous enfermant dans un lieu de plaisir pour les yeux, pour l'ouïe, pour la faim. Léna encerclait la nuit de son amour non pas autour de moi mais autour d'elle comme une rivale depuis si longtemps intrépide qu'à force de m'en parler, de l'écharper, Léna s'aventurait dans des lieux élégants où elle m'entraînait, si sûre d'elle que je ne voulais pas la tromper consciemment. Il y aurait toujours assez de rues, de faubourgs éclairés d'un rayon de lune ou de becs de gaz pour contenter Léna dans l'éventaire choisi des soirées qu'elle organisait sans me demander mon avis. De mes longues incantations, il ne restait plus grand'chose quand je marchais au hasard d'un quartier, qu'une ombre fulgurait comme un oiseau de proie, que je la suivais avec malveillance; fonçant sur elle, claquant une porte, je me retrouvais dans un tracé de corps avachis jusqu'à la modération la plus absolue qui faisait d'une nuit l'élégance superficielle d'un homme ou d'une femme lorsque l'un ou l'autre soulevait une tête lourde de songes retranchés dans le souvenir de la nuit précédente, se jurant peut-être intérieurement de ne plus revenir dans ce faux palais de pacotille. Léna ne pouvait savoir que les plus belles, les plus sincères amitiés se forgent à minuit, un verre dans chaque main, qu'elles se reposent avec le jour, se disproportionnent douze heures plus tard, ne sachant plus pourquoi deux êtres se sont réunis, transportés d'une joie hilare, une machination sublime de sentiments hyperboliques, le cœur si proche de la tête au milieu du front comme un troisième œil. On connaît de la nuit ce que l'on connaît du jour: son côté pittoresque ou touristique. Léna préférait les quartiers illuminés de panneaux publicitaires, les grandes avenues jonchées de gens bien habillés et je ne pouvais lui reprocher d'exploiter ce que je ne connaissais pas; je me laissais conduire dans une basilique de sons et de couleurs, de concerts en théâtres, d'un restaurant exotique à de romantiques promenades en forêt. Léna ne se trompait jamais dans ses choix car, en ce temps-là, j'étais si fati-

guée qu'elle précisait ce que je désirais et pour rien au
monde, je ne la contrariais quand elle m'exhibait dans
un lieu public ne sachant pas très bien qui j'étais; Léna
m'habillait à sa façon, me coiffait selon l'inspiration d'une
toilette qu'elle choisissait pour moi jusqu'à la transformation complète du studio dans lequel je vivais anonyme, surtout bel animal, ne m'y reconnaissant plus; Léna
entretenait consciencieusement mes goûts et mes appétits
dans un raffinement qu'elle exposait à ma vue, subissant
à son tour la magie superficielle du lieu, de l'instant à
vivre, ne me laissant jamais en repos; j'appelais du nom
de bonheur ces extases de plusieurs mois et c'était la vérité
car j'aimais Léna sans penser, sans désirer une autre
présence que la sienne, entraînée dans des enthousiasmes
débordants que je ne devais plus jamais retrouver tant
ses étonnements surprenaient les miens, les dépassaient
d'une joie de vivre que je ne possédais pas, ni Viana
cloîtrée dans son décor de papier mâché, tandis que Léna
tolérait le jour comme la nécessité à mieux nous découvrir; elle vivait un amour joyeux, impulsif, premier et dernier m'avait-elle avoué un soir entre deux caresses trop
folles pour qu'elle puisse se taire.

Je ne voulais pas croire que l'émerveillement naissait
de moi; elle me trompait d'amour imité avec son mari,
d'affection avec son fils, alors pourquoi ne m'aurait-elle
pas trompée d'illusions? Ce même soir, je la questionnais,
agressive, dangereuse, lâche puisque je profitais de son
corps que je prostituais au mien pour la faire parler, lui
imposant la torture de l'attente du plaisir; je lui demandais
qui j'étais sous ses paupières fermées, quel nom je portais,
quel souvenir je remémorais dans une case numérotée
de sa mémoire pour fouler aussi hardiment la renaissance
physique et défendue, amorale sans remords; je me disais
que j'étais un regret enfoui et non pas une découverte
subite, un engrenage de refus si longtemps ordonné par
le devoir; je voulais atténuer mon amertume en songeant
à l'espérance entre un mari et un fils convertis; je forçais
Léna à se réfugier dans une retraite où seul un cadavre

surgissait de cendres terreuses, un homme aussi jeune qu'elle, épié d'elle, un homme, un garçon finissait-elle par gémir, de mon âge, une tête bouclée, des idées folles comme les miennes, qui voulait la dérober à la monotonie d'une existence désertique. Mort lui aussi dans la même guerre que la mienne à vingt-trois ans d'intervalle; Léna faisait l'amour avec un squelette mangé aux mites de ses souvenirs dans les draps gris d'une gigantesque toile d'araignée; elle étreignait le vide le plus tenace quand elle enfonçait ses ongles dans mes épaules et que, raffinant mes gestes amoureux, mon corps entre ses jambes ouvertes, elle me suppliait d'en finir avec ce passé inachevé... Je m'acharnais. Elle venait de le dire, d'ajuster le passé au présent pour en finir (c'est elle qui trouvait les mots véritables comme une leçon apprise par cœur depuis des années); il ne s'était rien passé et, de cela, elle accommodait son aventure avec celui ou celle que j'aurais dû être, que je ne serais pas; elle inventait un être, lui donnait mon nom... Je voulais entendre l'écho de ce nom fuser entre ses lèvres expirantes au moment de la jouissance... Je voulais connaître mon prénom masculin à vingt ans de différence entre lui et moi... Elle refusait... Je la dépossédais de mes mains, le corps cambré en arc de cercle, le visage fou de douleur, la bouche ouverte à un cri, celui de mon choix... Elle tendait les bras, je la repoussais... Peu à peu, saisie d'horreur, je la détestais avec une violence qui me rappelait mon suicide raté, mon crime raté et ce corps luisant de sueur brune se couvrait d'écailles vertes, dorées; la tête s'aplatissait, pointait une langue venimeuse pour m'attaquer... Je plongeais sur ce serpent avec les mains... Léna poussait un cri... Je venais de la gifler... Elle redevenait humaine, des larmes coulaient sur les tempes jusqu'à la racine des cheveux, accentuaient les cernes sous les yeux noirs, mouillés qui essayaient de comprendre ce qui me passait par la tête, avec la peur enfin de me déplaire et je ne lui refusais plus l'union parfaite de nos corps... Je cédais au regard fixe de Léna plongé dans le mien quand elle murmurait le prénom que j'attendais, qu'elle abordait seule, car même dans l'amour nous sommes seuls, une plage déchirée de marée haute en marée basse; en sanglotant, elle mêlait dans le déferlement de son plaisir le prénom d'un garçon tué, jamais enterré, au mien, vivant, tué pour Léna durant ce combat, mort en même temps que le partenaire regretté dans la même guerre, vingt ans plus tôt... Il était encore facile de nous pardonner cette dénonciation; je calais Léna dans mon temps en lui parlant de Viana mais elle hochait la tête en affirmant que cette période de ma vie ne l'intéressait pas, qu'il ne fallait pas nous détruire pour des amours désertés. Elle avait raison: rien ne s'était accompli entre Viana et moi, entre Léna et le garçon de ma guerre, que le souvenir d'une frustration mal digérée pour elle et moi.

Je la rassurais en lui faisant à nouveau l'amour, elle était de ces femmes qui pensent posséder un être dans cet acte, elle ne se lassait pas de m'appeler et j'allais à elle dans un balancement régulier de navire en croisière, nos souffles au grand large des draps bleus froissés sous nos corps en débandade prolongée. Calmement, je remontais ses poignets enserrés dans mes mains au-dessus de sa tête pour dévisager sa joie; elle écoutait ce que je désirais d'elle car, exécutant ce geste, je lui expliquais qu'elle m'appartenait (tout au moins de corps, ce que je ne lui disais pas) et c'était ce qu'elle voulait entendre, c'était ce à quoi elle voulait se soumettre; elle souriait enfin de notre délire renoué et, en même temps qu'elle, je roulais dans la vague écrasante de la possession dépossédée.

Il fallait beaucoup de passion à cet amour puisque je ne me rendais pas compte que Léna venait de me perdre, qu'une heure plus tard, seule chez moi, l'abandon rebondirait comme un écho répété de la gifle sur la joue de Léna; lorsque je lui demanderais de divorcer pour que nous vivions ensemble, ce qu'elle refuserait naïvement, je ne réalisais pas encore que ce n'était pas moi qu'elle aimait (d'ailleurs elle l'ignorait) mais la continuité que je lui offrais, jeunesse, beauté, androgynie, tout ce qu'une femme peut rêver de tendresse entre le garçon que je n'étais pas et la jeune femme que je deviendrais un jour. Léna, pas plus que moi, que les autres, ne possédait assez de disponibilité morale pour n'aimer qu'une seule forme d'être et ce phénomène, elle l'avait compris à sa première visite mais l'avait trop tôt oublié en vivant d'une manière normale notre amour. Le passé est plus fort que nos résolutions; les hommes, les femmes, plus âgés, que je devais rencontrer par la suite me le confirmeraient; nous croyons recommencer une chose neuve, un événement unique et ce n'est que la continuité de nos échecs qui s'accumulent; ces hommes, ces femmes, même Viana qui m'imposait son ami, ne se leurraient pas et ils avaient bien raison (Viana s'était soumise si facilement à la volonté de sa grand'mère) quand j'essayais de leur apporter une expérience nouvelle et qu'ils me regardaient avec effarement, déjà apeurés d'une brûlure au cœur sur une ancienne cicatrice et JE s'acharnait à ne pas croire à la fidélité non-souffrante d'un homme et d'une femme, mais à celle, plus virile, de deux hommes, plus narcissiques, de deux femmes, comme si l'homme et la femme auraient été trop différents, incompatibles l'un à l'autre.

Je continuais donc à me saturer d'une vision qui ressemblait à un sommeil artificiel; les mois passaient et la promesse de l'été que nous vivrions ensemble nous réjouissait. Ce que Léna ignorait, en me quittant, aveuglée par sa confiance en moi que je ne méritais pas puisque je la trompais légitimement avec une femme que je pénétrais sans discourir; nous étions de vieux amants, de vieilles amies lycéennes, la nuit; et moi, les sortilèges ne me manquaient pas pour m'évader de la prison étroite où je commençais à étouffer sans le savoir; j'aurais dû, puisque je cherchais autre chose, peut-être une sordide aventure avec un homme pour mieux féconder le lendemain les mots dont je ne manquais pas de combler Léna. Elle faisait des projets pour deux; mon indolence l'irritait que je mettais sur le compte d'un travail trop routinier; j'inventais n'importe quoi pour me soustraire aux images qui liquéfiaient mon esprit, celle du corps de Léna transformé en serpent; ce phantasme à l'air libre soudain m'inquiétait comme si le portrait si beau de Viana, celui plus séduisant de mon père se ramifiaient de l'image parfaite de Léna pour enfin s'acharner tous les trois contre moi dans un acte contre nature (mes vieux instincts incestueux!); la nécessité (Nietzsche) de commettre LE crime anti-naturel, cette liberté physique, pas assez retenue, que m'accordait Léna ne me satisfaisait plus. Une passion se vit comme se transforme une civilisation avec des hauts et des bas jusqu'à la chute provoquée fatalement par une catastrophe naturelle ou humaine; elle se libère avant d'être anéantie et j'en étais là avec Léna, avec l'impression d'avoir vécu des siècles en appartenance totale à l'univers si restreint que je croyais démesuré, que Léna imaginait pour moi un travail titanesque; le mien m'intéressait de moins en moins, mes relents nocturnes de plus en plus, prisonnière que j'étais du déséquilibre que Léna ne pouvait combler, fragmentée entre sa famille et ma vie.

Le danger était en moi, celui de la vie de tous les jours que je désirais partager avec Léna et non plus ces allées et venues provocantes entre mon studio et le lieu de notre travail. Le tremblement de terre du réalisme nous menaçait chaque jour comme les citoyens d'Herculanum et de Pompéi qui, habitués aux fumerolles de leur volcan, creusaient patiemment leur perte en remettant constamment leur sort entre les mains des dieux; ils savouraient la décadence fascinante de leur temps jusqu'à la lie; ils oubliaient les heures responsables dont les dieux se fatiguaient, finissaient par déraciner un peuple en délire d'insouciance et d'ignorance. Ce danger silencieux était le plus révélateur et le plus destructif. Je travaillais si peu que Léna éclatait d'une rage folle; elle me comparait à son fils brutalement et je lui hurlais dans les oreilles que son fils et son mari lui suffisaient, qu'entre eux et moi, le choix existait constamment puisqu'elle remettait à plus tard une existence qu'il ne serait peut-être plus nécessaire de vivre si nous refusions la sincérité; l'éthique qui faussait nos relations reposait sur la décision que prendrait Léna. Je n'étais rien mais j'existais au niveau des os, de la chair, du sang, des muscles, un amas de sensibilité qu'il était encore temps de récupérer car je vivais pour être libre avec Léna et non sans elle. Je lui disais qu'elle me perdrait; je lui avouais qu'elle n'était plus seule dans ma vie, que la nuit me reprenait doucement à elle. Elle ne me croyait pas alors que JE, pareille aux dieux romains, se fatiguait de notre histoire qui tombait dans la facilité, le mauvais goût, parfois l'impolitesse, ce que je détestais le plus quand Léna se laissait aller à une mauvaise colère pleine de fiel, de mots injustes; elle ressemblait alors à n'importe quelle femme, étrangère à mes sentiments et à la douce Léna qui pleurait de devoir me quitter au début de notre liaison. Nos libertés communes se liaient entre elles, inexorables, vouées à la destruction qui les dirigeaient vers un été réparateur, ce que croyait Léna, un peu à la manière de la petite histoire d'un pays qui se bâtit dans un lit; je ne voulais pas de cette trivialité pour construire notre avenir et je pleurais intérieurement de cette lamentable petite histoire sur laquelle le temps du désastre sonnait comme un glas tout d'abord lointain, de plus en plus proche; j'étais persuadée qu'avec le son grave de cette litanie, je retournerais enfin à mes limbes originelles.

L'été ressemblerait à un gros orage qui n'éclaterait pas tout de suite dans nos cœurs et dans nos têtes. La nouveauté du paysage nous accorderait un répit, une atmosphère de pureté loin de la ville qui finit par pourrir ce qu'elle touche. Un été court, fait d'un mois de plage, de matinées laiteuses, de lectures, de soirées longues et lentes comme la mer sans marée qui nous unissait momentanément. Une sourde angoisse mutilait parfois ce contrat affectif entre Léna et moi qui se manifestait en silences prometteurs de retour dans un monde familier, inhumain au fur et à mesure de nos nuits si peu endormies, comme si nous savions enfin qu'elles seraient les dernières vécues ensemble (je devrais écrire, les premières), une illusion de l'existence que nous aurions partagée si Léna le voulait et me le demandait puisque mon amour, sans la vie séparée d'avec elle, serait tenace, irrésistible, magique, ressemblant étrangement à une paix que l'on ne trouve nulle part dans le monde.

Dans le village de pêcheurs que nous arpentions curieusement, surtout le soir, quand les hommes retiraient les lourds filets de la mer et que d'autres rentraient, le chalutier alourdi d'une pêche abondante, nous entendions le rire solide de ces paysans de la mer, et nous n'étions pas les seules, Léna et moi, à les attendre, à surprendre sur l'horizon un point jaune, gris, vert, rouge, qui se balançait allègrement, prenait la forme fragile d'une coquille de noix qui se débattait sur une eau coquette, rieuse, chevelure bleue et blanche autour du bateau qui, à son tour, creusait un sillage ronronnant vers le port. D'autres pêcheurs recousaient des filets abîmés sur la plage, visages fermés, burinés comme celui de Samuel; la mer et la terre se labourent de différentes manières mais elles vivent, elles parlent à des hommes silencieux, ardents, jaloux du ciel, le scrutant sans lassitude, se méfiant des nuages qui raseront les récoltes de blé ou enterreront le poisson dans des eaux plus chaudes, plus noires jusqu'au retour du bleu au-dessus de la mer et de la terre. Léna s'émouvait plus que moi; tout l'attirait, la retenait à n'importe quelle heure du jour et de la nuit. J'aimais ce temps qu'elle ne me consacrait pas comme si de notre vieille passion, elle réinventait du neuf, se servant de ses motifs éternels, la curiosité enfantine qui la faisait rire aux éclats, l'oubli de la ville capiteuse qu'il faudrait rejoindre, son insouciance à laquelle je finissais par succomber, mille raisons qui nous éternisaient dans des ruelles étroites, blanches, presque fanées de soleil trop implacable; nous retournions en pleine nuit surveiller de près les barques à lamparo, dans le port bien clos, une flotille légère et grave qui agacerait la mer jusqu'au matin brumeux. Nous vivions de ces heures primitives, essentielles; nous nous nourrissions de coquillages et de fruits; j'avais appris à Léna la joie ancestrale de nous baigner nues dans une crique déserte, de nous endormir dans cet espace rocheux, le clapotis hérissé des vagues à nos pieds, puis au réveil, la dégringolade acagnardée de nos corps dans une eau ni bleue, ni verte, en attente du soleil qui déciderait de sa parure journalière.

Un soir tendre dans la crique de nos amours, je demandais à Léna de ne plus repartir vers la capitale, vers sa famille, vers son travail. Nous trouverions le moyen de vivre dans d'autres endroits comme celui-ci et je lui rappelais que d'un jour ajouté à un autre jour, elle avait fait un mois, que d'un mois ajouté à un autre mois, elle avait fait une année, plus d'autres jours qui commençaient à former un délai mathématique qu'il faudrait bientôt additionner à l'année vécue l'une pour et par l'autre. Je plaidais une cause sans espoir, celle des trois jours qui nous restaient à manger des fruits, à dormir et à nous baigner nues. C'était un soir de fin du monde et d'amour sur cette côte inhospitalière où personne ne pouvait nous surprendre; un grand soleil rouge étendu sur les eaux calmes et basses de la mer, je regardais Léna assise entre le sable et les petites vagues, seuls mouvements dans ce paysage nonchalant. Elle ne répondait rien. Je m'éloignais d'elle en marchant vers le large aux teintes indéterminées, du vert au rouge, des flasques de couleurs molles et glauques, un horizon énorme, plein de vide qui m'attirait, les jambes bridées dans une étendue d'eau, un brumeux d'infini et, au moment où je me laissais couler, je penchais mon visage si brun, si pointu pour le noyer des larmes qui ne voulaient pas couler de mes yeux; une image mouvante s'inclinait au-dessous de la surface liquide mordorée, une image inattendue et souriante que je plongeais pour la saisir de l'autre côté du miroir. Je ne trouvais que l'épaisseur de l'eau salée contre ma bouche qui s'emplissait du nom de Viana, m'étouffait; je surgissais à l'air libre; je replongeais pour y retrouver l'effleurement trop vite disparu de mon adolescence. J'abandonnais mes membres au ciel et à la mer, à ce mélange soyeux des bruits étouffés, le corps, la tête renversés sur une immense bande rouge, horizontale: la distillation du soleil qui détendait ses rayons énergiques avant d'unifier le paysage.

Viana! Viana! Je l'avais quittée, oubliée, des promesses, des bouquets, oui! des bouquets, des gerbes, des champs d'oubli à cause de Léna... Des instants, des minutes, c'était tout, aucun avenir; que des rêves sortis tout droit de la mémoire de Viana qui ne savait pas vivre avec l'imagination qu'aujourd'hui j'imposais à une autre femme comme je l'avais fait pour Viana. L'instant n'était pas anéanti que je passais déjà à la seconde suivante; j'allais trop vite, trop loin; je demandais trop de ressources aux êtres qui en possédaient plus que moi mais je les exigeais sous une apparence qui n'avait rien à voir avec leur personnalité et, ainsi, je perdais toute notion d'humanité, de sentiments terrestres; je cataloguais mes émotions avant de les avoir fait naître; je les jugeais bonnes ou mauvaises, au détriment de la partenaire, chose inerte, livrée à mon plaisir de la conquête, à la domination de JE sur moi, avec l'idée de m'enfuir, de m'échapper, de souffrir, ouverte à toutes les sensations et non à la vie. Je me retournais vers Léna; elle n'avait pas bougé. Lentement, je revenais vers la plage, dans un crépuscule épais de noir et de rouge, un sang d'amour frais sur le corps de Léna, luisant comme un bronze de Maillol; elle posait inconsciemment dans l'attitude de sa « Méditerranée », une jambe pliée, un coude appuyé sur le genou, la tête rivée à la main qui finissait l'avant-bras, geste pesant, angoissant, lourd, le ventre arrondi autour des hanches, l'autre jambe pliée elle aussi, mais sur le sable, le second bras équilibrant le poids du corps. En entendant l'eau qui s'ouvrait devant moi, elle levait la tête et me souriait. Je m'approchais d'elle doucement en m'accroupissant. Je murmurais son nom, interrogative, apeurée de la solitude où je l'avais laissée. Je défaisais l'équilibre de son corps pour le coucher dans le sable qui frissonnait un peu contre le mien, mouillé, énorme goutte d'eau brune, fraîche, suspendue dans l'air marin. Ses mains dans mes cheveux, elle me renversait à son tour, m'allongeait, me détaillait, sculptait en parlant, de ses doigts brûlants, la longueur filiforme de mon corps qui n'avait jamais été aussi beau... Un Giacometti, disait-elle... Tes hanches étroites... Tes seins menus... Ta taille à peine marquée... Le corps d'un adolescent... Je t'admirais dans l'eau... Mon joli bronze...

Penchée sur moi, elle tourmentait ma bouche, mon ventre. Puis ces paroles étranges: « J'ai remarqué tes incisives, elles sont transparentes et dentelées, elles manquent d'émail; c'est un signe que tu mourras jeune... Tout en toi est fragile... » Léna qui préférait me savoir morte que d'appartenir à un temps sans elle, innocent aveu qui commandait un crime... Ces mots incessants comme les vagues à nos pieds: Fragile... Fragile... Fragile... Je ne m'étonnais pas... Léna s'allongeait contre moi, me serrait dans ses bras et, dans un geste inconscient, venu du fond des âges, je me recroquevillais contre elle, un sein gonflé de lait, de désir maternel que je tenais sous mes lèvres; Léna haletait ne sachant plus ce que nous commettions; je m'acharnais dans cette chaleur de femme mûre; je descendais jusqu'au ventre; je roulais ma tête sur ses spasmes qui m'invitaient à descendre jusqu'au sexe ouvert que je buvais à petite goulée d'eau salée, de sable, de source vitale. Je le fouillais comme jamais je ne l'avais fait, lui ôtant toute intimité; pour en naître, je devais le pénétrer une ultime fois de ma langue, de mes doigts, de tout mon visage; j'en écartais les lèvres sublimes, transpirées, songeant que cette femme m'enfanterait, qu'elle serait ma mère, qu'elle me rendrait forte physiquement. L'acte de la naissance est un acte d'amour entre la mère et l'enfant; une jouissance douloureuse pour l'un et l'autre... Mes mains accrochées au ventre de Léna qui se tordait dans le rythme éternel de la femme en gésine, qui gémissait de la douleur du sexe que je creusais, que je faisais saigner; Léna poussait un cri, ouvrait encore plus ses cuisses, les pliait, devinait ce que nous voulions atteindre. Un temps de repos avant une nouvelle douleur. Léna: « Je voudrais un enfant comme toi… » Moi: « Je voudrais être dans ton ventre… » Nous souffrions l'une et l'autre de cet enfantement survenu à temps et qui, d'une certaine manière nous sauverait, nous disculperait de notre séparation devenue inévitable. Le plaisir n'existerait plus jamais entre elle et moi; ses cris me parvenaient et je me demandais dans quelles douleurs elle se débattait, son corps maintenant assis, se retenant à mes cheveux, la tête rejetée en arrière, la gorge ouverte dans un râle continu, elle m'invitait à ne plus interrompre mes terribles caresses; elle les précipitait comme les douleurs de l'enfantement deviennent de plus en plus rapprochées, vont enfin délivrer le ventre du fœtus, ce point de non-retour que Léna attendait d'une seconde à l'autre comme un miracle. Une secousse de son corps, de son ventre, ses mains dans le vide décrochées de mes cheveux pour prendre leur élan, me jeter hors d'elle, dans l'eau, en poussant un cri inhumain suivi d'un rire histérique.

Je nageais très loin; je vautrais mon corps souillé dans la mer, matrice généreuse de la nature, dans la spume organique de toute vie. Là-bas, une tache longue sur la plage: Léna qui se reposait, Léna la terrienne et moi biologiquement conçue pour retourner, dans des millénaires, à l'écume originelle qui ferait de moi un varech, un corail, et c'était peut-être là ma véritable identité future. Je nageais, les jambes soudées, à la manière des dauphins, des grands mammifères sous-marins; longtemps je jouais dans l'eau avant de retourner vers Léna que je trouvais endormie; je m'allongeais à côté d'elle et veillais sur elle jusqu'au lendemain pour surprendre son réveil, son épanouissement de femme-mère pour la seconde fois. Je voulais tout d'elle avant notre rupture. Je l'entraînais dans la mer, dans mon sillage et, sous l'eau, j'accrochais ses jambes aux miennes pour la prendre à nouveau. Elle étouffait, nous remontions en surface; je l'entraînais vers la plage pour qu'elle reprenne pied; épuisée, elle rampait, demandait grâce, la bouche emplie d'eau, les yeux révulsés de sel, le corps à la dérive; je lui faisais l'amour lentement, sexe contre sexe, le souffle court, je la sauvais de la noyade en même temps que moi... J'avais vingt ans civilement, l'aventure au bout de la journée qui me restait à vivre avec Léna... Le soleil... Nos fruits... Nos baignades... Le corps de Léna, le mien... C'était tout ce qui nous restait à faire avant de rentrer dans la capitale dévastatrice qui réglerait notre compte sur un quai de métro, une semaine plus tard; ensuite, sans revoir Léna, je déciderais de ne plus travailler avec elle alors qu'elle l'ignorait.

L'été brûlait encore nos peaux, nos mémoires. Je regardais Léna avec une insistance légère et elle s'abattait dans mes bras ce dernier après-midi. Elle secouait la tête négativement en pleurant. La vie ne serait pas ce que nous avions connu durant nos vacances; elle serait un remords perpétuel si elle quittait son mari et surtout son fils; elle ne voulait nous perdre, ni les uns, ni les autres. Elle ne pouvait abandonner son travail... D'un mouvement de colère, je la libérais de mes bras car je prenais conscience qu'elle agissait par devoir, au nom de je ne savais quels principes éducatifs, fidèle qu'elle était aux théories anciennes qui nous conditionnent dès l'enfance. Je n'avais pas eu d'enfance et je me refusais à comprendre qu'il était temps de me laisser vivre à ma guise puisque Léna tournait le dos à nos libertés communes et qu'elle dédaignait suivre ma jeunesse. Elle me trahissait en agissant comme n'importe quelle femme anonyme. Elle se trahissait puisqu'elle reniait ce qui avait été son bonheur, celui des sens, d'une vie que personne ne troublait. Elle mettait son âge en cause, tout ce qui lui passait par la tête (l'impulsion des mots est souvent une forme connue de mensonge), je ne la croyais pas. Je comprenais qu'elle usait de clichés vieux comme le monde pour me faire admettre la fugacité des sentiments, des événements, qu'il faut que l'amour meure de lui-même, doucement, pour en conserver le charme, ce que je désirais avec Viana et que personne n'admettait; nous évitant ainsi une souffrance inutile, je souriais avec humour, songeant que nous retrouvons dans chaque être la défaite que nous avons éprouvé avec un autre.

Plus rien ne possédait son importance. J'avais été un joyeux divertissement dans la vie de Léna, une récréation de dix-sept mois et, toujours ironiquement, observant Léna qui me rendait ma clé, je souriais. Vivre au grand jour ne servait à rien. J'allais retrouver mes nuits fatales que plus personne ne me disputerait. Léna, il est vrai, avait soigneusement protégé mes yeux de la lumière quotidienne, m'avait jalousement bordée dans un lit pour que la nuit ne puisse soulever les couvertures, me traîner dans ses sillages insondables. Une fois de plus, j'avais été le rêve à portée d'une disponibilité physique, parfois morale, l'offrande désirée et désirable. Entretenue depuis ma naissance dans les choses du vague à l'âme, comme l'interprète du merveilleux, j'étais la proie idéale, prodigieuse pour assouvir les instincts décadents, les vieux désirs refoulés auxquels on ne croit plus. J'offrais l'instant, on m'aimait pour cette raison. J'offrais l'avenir, on me fuyait. L'instant se protégeait car ce regain de vitalité ne se présente pas souvent dans une existence désenchantée; toutes ces vies confiées au cours de mes sillages entre des personnages usés, fatigués, je représentais un portrait abstrait comme celui de Dorian Gray dans son grenier sous sa bâche mais, celui-ci effacé, il me suffisait d'apparaître pour que les cœurs se mettent à grincer, à tourner à vide, à remonter le temps à l'envers et enfin à rassembler les pièces essentielles d'une aventure possible, plus souvent imaginée, comme le faisait mon père, mythomane de grand style, enfoncé dans son fatras de visages féminins comme dans l'étau du géant Polyphème. De l'instant étonné, on se servait de mon silence comme d'un confessionnal, le voile sombre de l'indifférence pour encourager la confiance, un regard de biais, chinois, impénétrable et la vérité du puits d'une existence s'encanaillait de détails que j'écoutais le cœur grand de la curiosité de JE qui accumulait des notes sur les pages d'un carnet invisible.

Les choses de l'âme n'ont rien à voir avec celles de la vie. La cruauté des autres ne méritait pas les qualités, que certains jugeront méprisables: le désintéressement d'un esprit, celle plus efficace d'un corps. J'accompagnais Léna jusqu'au métro en serrant son bras sous le mien. Nous étions dépourvues de larmes, car je restais convaincue que Léna ne pensait pas à une séparation définitive. Elle me demandait ce que j'allais faire, avec un calme poli qui égalait le masque inscrit de la souffrance sur nos visages et ravalait les mots essentiels au fond de nos gorges. Je haussais les épaules; je ne savais pas encore... Le pire était contenu dans nos avant-bras noués l'un à l'autre et qui allaient se dénouer pour longtemps (je n'osais pas penser: *pour toujours*). J'avais vingt ans une fois de plus, deux excès de jeunesse vécus pour Viana et pour Léna. Deux échecs qui ne concernaient que moi seule car, au fond de moi, la souffrance me faisait du bien; il arrive que l'on éprouve cette sensation après une longue maladie, que l'on espère entreprendre des choses jamais imaginées dans un temps normal, et j'allais toujours me lasser des personnes en trop grande forme physique, en trop bonne santé que je considérais comme un handicap spirituel. Je serais une grande solitaire maintenant que Léna partait, avec dans la mémoire, le réconfort du temps qui, lui, ne s'oublierait pas, ce temps que je regretterais quand une nuit pleine du visage de Léna que je n'aimais plus m'obligerait à me contenter de la nostalgie souriante et me ferait dire enfin: « Ce n'était que cela. »

Sur le quai du métro, j'interrogeais silencieusement Léna. Elle baissait les yeux. Je l'embrassais doucement sur les lèvres, les yeux embués de larmes; elle montait

dans le wagon; je lui murmurais, sans qu'elle l'entende:
« À un jour, peut-être dans un monde où ensemble nous
aurons vingt ans. » Je la laissais partir sans me défendre.
Elle non plus ne se leurrait pas. Ses yeux noirs brillaient
d'un feu mal éteint qui ne renaîtrait plus jamais des
cendres d'un garçon de vingt-trois ans, d'une fille, d'une
plante, d'un cristal, d'un minéral. Les portes du métro
claquaient. Léna et moi, ne bougions pas dans cette fatalité. Le meilleur de nous-mêmes venait de mourir dans
un endroit puant, banal, tout ce que nous détestions,
tout ce que nous évitions... Cette station, son nom,
retenus dans ma mémoire comme le visage crispé de Léna,
un léger mouvement de sa main, de ses lèvres et enfin
le noir... le noir... l'écho d'un grand amour qui refusait
de mourir... Le désir de hurler... Un grand fracas dans
mes oreilles et je tombais inanimée sur le quai...

VII

Quand deux mains secourables m'avaient retenue au bord
du quai, m'obligeant à me désespérer un peu plus, n'ayant
aucune pitié de moi, je m'étais dégagée farouchement;
je me traînais le long des couloirs, les pieds raclant le
sol, une main attardée sur la porcelaine des murs, la
tête sur le cœur; je sortais enfin à l'air propre, chaud, non
pas à l'air libre; un carcan de souffrance, une lente asphyxie
enrayaient mes poumons sans qu'ils puissent éclater d'un
sang trop épais par le nez, les oreilles, la bouche; sans
le moyen de hurler comme je l'aurais désiré, je montais
lourdement les étages jusqu'à mon studio, ne reconnaissant plus rien, ces teintes folles de bleu et d'orange inventées pour moi, le vase vert grandi de marguerites
sauvages cueillies par Léna, partout sa marque, ses mains
posées sur le dossier d'une chaise, un tissu froissé jeté
dans un éclat de rire sur un meuble où traînaient encore
deux boucles d'oreilles qui lui allaient parfaitement un
certain soir de concert.

Je me jetais sur le lit, les lèvres sèches, le cœur
mouillé de mots perdus, déjà oubliés; jusqu'aux traits du
visage de Léna que je ne parvenais plus à capter; une
douleur insensée tenaillait ma nuque comme la marque
meurtrière des dents de JE; une petite musique sifflait
entre mes dents, un lied d'une plénitude nostalgique que
Léna chantait lorsque seule, la tendresse unissait nos

silences; je l'écoutais encore plus silencieuse que la complicité tendre de nos sentiments, les soirs de grande et profonde vesprée qu'il nous plaisait de guetter entre les volets fermés; cette tombée sur le jour délimitait nos vies, ce qu'il en restait hors de nous car Léna me rejoignait de plus en plus tôt pour partir de plus en plus tard et moi je ne possédais plus d'amis, plus de famille; si j'ignorais Charvy en compagnie de Léna, la richesse factice, artificielle de nos décors en valait bien d'autres que je ne voulais pas souiller saisie d'une crainte enfantine dont je ne me défaisais pas, et qu'importait à Léna d'imaginer un lieu, un paysage sans défense contre mon imagination qui, trop complaisante, les aurait mythifiés d'une enfance rêvée, d'arbres aux noms étranges, d'un jardin aux essences paradisiaques comme si ce paysage existait réellement ailleurs, cachait une nature que Léna aurait devinée avec terreur, celle d'une mort prématurée qu'elle ne dissociait pas du sens intelligent que je décrivais lorsque je lui parlais de la beauté qui existait dans les plaines, les campagnes, la mer, cette nature vers laquelle je me retournais de plus en plus; je devinais très tôt que la ville nous serait néfaste même quand Charvy, synonyme de Samuel, ne me troublait plus; nos sentiments entre Léna et moi vécus au grand jour de la mer, il m'était facile de nous déplacer par l'esprit aux endroits féconds, le plus souvent, au cœur de villes en ruines grecques ou romaines; je trouvais entre deux pierres le myrte et l'asphodèle que je piquais dans la ceinture d'un péplum de nudité, l'hibiscus rouge, couronne vite fanée sur la peau olive de son corps; autant d'assauts fleuris nous encerclaient dans mon studio comme la légitimité fragile de vivre ensemble durant quelques heures, un semblant, une parcelle de l'existence qui dehors me devenait antipathique; je ne craignais pas alors de perdre Léna dans mes courses à travers la ville quand elle me commandait quelque recherche pour un article qui ne m'intéressait pas. Mais peut-être avais-je besoin de ces failles pour m'affranchir, marcher, dormir comme les autres à des heures normales et si Léna n'avait pas vaincu ma torpeur amoureuse, ce qui au fond devait lui déplaire, elle transgressait pour me permettre de vivre un peu mieux, à son niveau social et spirituel qui par la suite devait être le mien, les lois de la nature et, malgré sa jalousie, Léna n'était pas faite pour continuer à piétiner dans les chemins incestueux que je lui imposais; elle y trouvait le plaisir des sens, une certaine paresse à chercher ailleurs, dans un homme, ce que je ne lui offrais qu'à demi, c'est-à-dire le réconfort illusoire de monologues, chansons de paroles et de gestes, qui la plongeaient dans une sorte de béatitude que l'on ressent dans le noir d'une salle de concert, béatitude négative comme l'est certaine musique trop enivrante qui épuise les nerfs et nous transporte dans un théâtre d'acteurs, d'interprètes qu'il ne faudrait pas voir à la lumière du jour, ni dans les coulisses souvent modestes de ces lieux qui symbolisent réellement l'illusion, la fragilité d'heures que nous délaissons derrière nous, le plaisir amer, lucide, au bout de notre mémoire qui les déforme de la même manière que nous envisageons les obsèques d'un agonisant et le temps nous rend insupportable envers lui; impatiente la douleur que nous éprouvons déjà si peu, nous lui accordons juste un dernier soupir avant de nous jeter sur lui, de renier ses défauts, de pleurer, de vanter les qualités qu'il ne possédait pas, de le rendre responsable de quelques-unes de nos défaites, en principe sentimentales; nous oublions que ce n'est pas l'homme qui construit une vie mais les événements et, par-dessus eux, le temps qui les modèle patiemment avant de nous tomber dessus en dérangeant les plans glorieux d'un avenir préconçu.

Il m'avait fallu des mois pour souffrir des débats moraux dans lesquels j'entraînais Léna, ce qu'elle n'aurait jamais dû admettre, une souffrance aussi lâche que tous nos actes rares car elle prenait la place d'une absence où je virais très vite dans un rêve qui me suffisait pour continuer à vivre et j'aurais été déçue de rencontrer Léna dans un lieu public, de l'autre côté d'une rue; je me serais demandée quelle inconnue me souriait, se vantait de tant d'amour échangé; j'aurais écouté son histoire à la terrasse d'un café, me taisant pour mieux dévorer ses mots car seuls savent écouter ceux qui se taisent; le silence ressemble à un immense panneau blanc où l'œil complaisant peut projeter toutes les couleurs ou bien isoler le regard pour écouter davantage, offrant au silence une autre dimension plus spectaculaire, la palpitation sur ce même panneau blanc de milliers de sons. Et pourquoi ce lied prometteur d'un calme qui ne voulait rien dire, au moment où je vivais une souffrance têtue, interrompait-il ma vie, l'achevait-il, la démantelait-il comme les strophes saccadées d'un mot à l'autre, sans aucun rythme? Il me semblait que je m'étalais sur un éther infini, celui dont j'avais ressenti les prémices, là où le vide n'existe plus, là où la noirceur n'a plus aucune raison de se nommer ainsi, seulement l'encre venimeuse d'une pieuvre géante qui élargirait ses ventouses sous elle pour saisir, une à une, les planètes de tous les systèmes solaires et qui finirait, elle aussi, par condenser le trop-plein de ses tentacules, prenant le risque de recommencer le cycle universel du petit grain de sable aux précipices insondables en passant par la mémoire sclérosée d'un être jeté sur son lit aux prises avec les paroles d'un lied de Schubert, toujours le même.

Je dormais deux jours et deux nuits avant de me réveiller au début d'une autre nuit; une amnésie douce aux tempes, j'oubliais les mots que je chantais avec Léna. Je me repliais sous la couverture avant de me jeter, recroquevillée, fœtale, dans l'escalier qui sentait bon la cire, juste au coin de la rampe lisse sous mes doigts; j'épiais de mon sixième étage, la spirale blonde où, à chaque palier, des rayons de soleil un peu mièvres, forcenés derrière des vitres poussiéreuses, ajoutaient à cette blondeur une tache rousse, jamais à la même place, bougeant dans le vide restreint qui descendait jusqu'au rez-de-chaussée; je restais à observer cette lumière vivante; bouche cousue, je retrouvais enfin le mystère du mouvement silencieux mais efficace de la vie, non plus avec des angles meurtriers mais seulement avec le désir de ne plus lâcher cette longue boucle qui s'assouplissait comme une écorce à mesure que je faisais d'elle un étrange palliatif entre la douleur encore à fleur de raison et l'oubli d'une période illicite, périlleuse que JE fomentait pour personnaliser son livre à venir d'une souffrance qu'il me serait impossible de partager avec elle. Arrachée du silence par une porte claquée à l'étage inférieur, je m'enfermais dans l'antre luxueux des ombres qui nous protégeaient si bien, Léna et moi, quand la chaleur moite et lourde des gestes s'égarait dans une inconscience trompeuse, soutenue par l'impossibilité d'un partage que Léna ne proposait jamais, la seule ressource possible de ne pas nous haïr plus tard, ce que, livrée à mes sentiments aussi pauvres que ceux des autres, puisque sans le savoir, je faisais d'eux une continuité, je n'admettais pas sans geindre sur mon sort privilégié par la bonté maternelle de Léna qu'elle décomposait par un trop-plein de désirs qui ne lui accordait plus le temps du remords, acceptant plutôt de se livrer à l'impudeur de toute sa personne, manière comme une autre d'oublier ce que les béotiens entendent par vivre: le refus de ne rien voir mais de tout accepter machinalement, conformistes, sans imagination, et seul l'artiste a le droit de contempler, de plonger les yeux du plafond universel vers la terre, ce que Léna ne me refusait pas; elle était l'engouement des premiers mois, l'héliotropisme physique tendu vers moi pour que j'assouvisse le manque d'une tendresse, d'une passion inespérées, la préoccupation des mois futurs de mes exigences qui troubleraient Léna de son confort corporel; elle ne se rendait pas compte avant de m'enfanter que je n'étais que l'objet, le sexe, le dénuement absolu d'un corps, et il avait fallu une soirée exceptionelle, faite de vert et de rouge crépusculaires pour que le bronze de ma jeune beauté lui soit enfin révélé comme une réalité et non plus une entité qu'elle traînait accrochée à son bras dans des lieux publics tels que les théâtres, les concerts, les expositions, tout ce qui me faisait sourire, ces décors trop figés, tableaux suspendus trop haut à ma vue un peu myope, ces opéras qui usaient les nerfs à force de trop grand maniérisme, et quand je manifestais un geste d'ennui, expliquant à Léna que la vie était ailleurs, dans des poèmes jamais écrits, sur la feuille blanche et dans la solitude de Rimbaud, pire dans son renoncement, je comprenais la vision réelle et primitive de Samuel, génie, poète, paysan, musicien; j'allais à contre-courant, comme je l'avais fait à Charvy et au lycée; aux livres appris par cœur, aux grandes symphonies gravées d'un nom, je préférais de loin l'art anonyme des bâtisseurs des cathédrales moyennâgeuses, des troubadours qui passaient d'une cour à l'autre sans se demander si la postérité existerait pour eux... Léna enrageait et me demandait triomphalement si *la culture était un vocable démodé?* Je frémissais à ces mots et j'entraînais rageusement Léna dans les forêts; je l'obligeais à m'écouter en lui apprenant, saison après saison, l'histoire de la nature comme celle indéniablement liée de la vie et de la mort; j'essayais de l'accoutumer à d'autres croyances en lui inculquant l'amour de la mort, ce qui ne veut pas dire se soumettre désespérément à la vie mais, au contraire, aimer, palper tout ce qui vit avec une curiosité intense; je lui expliquais la réciprocité de ce raisonnement puisque aimer la vie à ce point, c'est aussi se préoccuper de la mort qui est indissoluble avec elle, les jumelles séparées d'un cercle autour duquel elles marchent avant de se rejoindre en chemin ou bien au point de départ du même cercle, ce qui situe l'extrémité de la terre selon la longueur accordée à une existence, allant de zéro à un nombre d'années qui s'érodent lentement au contact du temps.

Je prenais parti contre Dieu que je considérais comme une tare dans notre civilisation plusieurs fois millénaire, et j'avais trop souvent frôlé la mort sans éprouver le besoin d'un secours spirituel pour avancer mes affirmations qui affolaient Léna lorsque je comparais Dieu au ventre maternel qui nous empêche de vivre librement, de penser librement à cause du fil ombilical qui se présente à nous comme la première contrainte et qui ne nous libère de rien du tout quand le ciseau du chirurgien sépare l'enfant de la mère. L'émerveillement ne pouvait pas venir de Dieu qui n'était pour rien dans la structure de l'univers. Il y avait des êtres comme Samuel qui déversaient de leurs fibres nerveuses un fluide de sensibilité, comme d'autres, Adrienne, la hargne, la femme blonde aux yeux verts, ma mère, l'indifférente agressivité d'une rancune mal définie, et je devais à Samuel, à lui seul, et pas à un Dieu qui ne se montrait qu'aux hérétiques mais ces derniers font un Dieu de tout bois, la romance aux couplets innombrables d'une nature qui se renouvelait sans s'occuper des hommes; et c'était en elle seule par l'intermédiaire d'un homme-arbre, d'un homme-pierre, que je trouvais l'émerveillement d'une Beauté cathartique; je ne la mêlais jamais à mes amours dissemblables, je m'enfermais momentanément dans une imperfection sentimentale que chaque être concerné me rappelait dans l'ordre chronologique du provisoire qui, au fond de moi, me suffisait et que je n'avouais pas à Léna, malgré le vieillissement que nous subissions chaque jour. Ainsi, entre deux arbres, entre deux sources, entre deux champs, il m'arrivait de penser à choisir entre la vie et l'écriture et, là encore, je choquais ma compagne à qui je confiais qu'entre la vie et l'écriture, je choisirais la vie (alors que JE vivait pour écrire) mais qu'entre la mort et l'écriture, j'explorerais des paysages sans en parler avec des mots mais avec des sensations joyeuses ou amères je m'appliquerais à murmurer les mots des autres du haut d'une montagne comme Dante, Plutarque, tous ceux qui ne voulaient plus parler d'eux-mêmes et se grisaient de la poésie d'hier et de demain avant de mourir, un grand air retrouvé dans la mémoire obscurcie par les ambitions, un relâchement de l'œuvre inachevée et qui, dans l'instant, la seconde qui ne s'accomplira pas dans la vie mais dans la mort, nous délie enfin des conventions, de la hantise créatrice, trop souvent mesquine, si fidèle, insignifiante, continuant notre histoire plus intelligente au niveau de l'oubli. Léna prétendait qu'un long repos me serait salutaire et me ramènerait à plus d'enthousiasme. Je souriais. Elle ne voulait pas m'encourager dans la voie marginale des échecs retentissants, ce qu'elle appelait des échecs, ce besoin, ce savoir oriental de ne rien faire, d'attendre que la vie passe à côté de nous et que j'avais hérité de mon père, le pessimisme bien connu des latins, une faiblesse lourde comme le travail que me faisait faire Léna et ne m'intéressait pas. Une liberté surveillée, montre en mains, une heure de plus, une heure de moins, transformait mes idées, mes désirs, mes rêveries et je ne possédais plus le temps de m'attaquer à un laisser-aller visuel: des pigeons dans la ville, un homme ou une femme plus pittoresque que les autres rencontrés soir et matin et qui me désolaient de monotonie alors que celui-ci ou celle-là, relâchait ma tension; je ne songeais plus à codifier les heures que l'on me payait généreusement à flâner d'un quartier à un autre, en posant des questions indiscrètes, en couchant leurs réponses dans un cahier dissimulé dans la poche d'un imperméable pour faire plus vrai... J'avais honte de tout et de tous. De moi surtout, du semblant fébrile d'intérêt que je m'efforçais de tirer de mon peu d'énergie; parler, parler demande des forces physiques que je ne possédais pas, d'autant plus que mes articles s'harmonisaient avec le talent des autres, de mes collègues qui ne comprenaient pas ce que je faisais dans cette ambiance si proche d'une ruche d'abeilles, que, désespérée, je m'asseyais sur une chaise, attendant douloureusement qu'un peu de fatigue s'épuise avant de rejoindre Léna à une terrasse de café ou parfois chez moi quand une heure supplémentaire d'attentions la retenait dans cette revue qu'obscurément je maudissais pour le peu de vérité qu'elle contenait.

Un soir de vent et de froid, je décidais de quitter le pays de Léna et le mien, ne pouvant plus supporter de me cogner à tous les murs, à toutes les avenues, aux feux rouges, aux feux verts, à la foule, forteresse douteuse qui m'empêchait de vivre; trop égratignée dans ce coin de ma vie, je devenais impersonnelle; les chevilles boulonnées de splendeurs stupides, insultantes, je me laissais écraser les pieds, les jambes, bientôt le corps entier au point de ne plus savoir respirer dans cette capitale où chaque coin de rue devenait suspect, chaque trottoir, le graphique multicolore du visage de Léna qu'il me fallait protéger pour le reconnaître et, combien de fois, ne m'étais-je pas arrêtée au milieu de la ville pour sortir de mon portefeuille une photographie de Léna; je la détaillais scrupuleusement avant de la glisser dans une poche et, aussi vite, je ne distinguais plus ses traits comme nous le faisons d'un objet qui fait partie d'un ensemble que nous aimons mais dont nous sommes incapables de décrire les détails qui nous le font justement aimer.

Il n'était pas encore temps de reconstituer dans un juste équilibre les raisons qui m'avaient fait si mal aimer Léna, alors qu'il avait fallu un trou de mer ou d'océan pour accabler mon visage de celui de Viana; je trahissais Léna si belle au fond de la plage et, à ce moment-là, je me demandais qui serait la victime qui redonnerait vie à Léna dans des proportions purement humaines; quand je me trouvais sur une autre plage, seule, je me retournais pour lui parler ou j'avançais le bras pour la toucher mais ce n'était que du sable en mouvement. Mirage identique au fond d'un désert africain quand un ciel dur d'étoiles gigantesques, grouillantes, saupoudrait mon regard d'yeux noirs, confondants au point que je me relevais d'un bond et que je trouvais à mes côtés le sourire étonné d'un jeune bédouin... Je croyais avoir quitté Léna pour des paysages plus forts qu'elle mais, partout, dans la beauté de la nature je la retrouvais parce qu'elle m'avait enfanté dans la nudité choisie de nos rapports sexuels et que, peut-être, savamment, elle avait su me faire éprouver l'acte d'amour et non de continuelle souffrance entre la mère et l'enfant qui les divise au moment de l'enfantement, les déchaîne l'un contre l'autre dans le débat, le combat pour la survie individuelle.

Survolant les pôles terriens, je me dispersais, je recréais d'autres passions à la seule lueur d'un regard, à l'incertitude d'un sourire; je suivais sans les connaître des hommes aussi bruns que mon père, des femmes un peu âgées comme Léna, d'autres plus jeunes, la nuque, les épaules envahies de cheveux bruns et légers comme Viana. Je m'éblouissais de sensations furtives pour que le passé n'éclabousse pas les avenues d'asphalte mordoré, étouffant sous le soleil puisque je choisissais des pays où la pluie chaque année donnait lieu à une fête. Je ne possédais que la fascination du mal et, quand la nuit s'accrochait un peu partout comme une bienfaitrice, je me cuirassais d'un visage psychédélique, une gouache étalée à plein tube sur mes joues, un plâtre gainant le sourire; munie de grands cernes mauves sous les yeux, je m'engageais dans les rues les plus sordides, les plus obscures; je ravageais en quelques minutes la tranquillité superbe des hommes qui me suivaient avidement; je les encourageais d'un battement de cils, rien de plus; je ne les autorisais pas à surprendre le désarroi de mon profil égaré quand de leurs lèvres un nom s'échappait qui n'était pas le mien mais peut-être celui d'une mère, d'une sœur qu'un détail de ma personnalité nocturne arrachait de leur mémoire, de leur subconscient, à savoir que les désirs défendus ne surgissent que dans les nuits chaudes et moites, presque irréelles; il suffisait d'un souffle de vent venu du désert et le choc de cette brûlure inattendue frappait une imagination à la dérive. Je m'enfuyais vers le port, vers le danger vaseux d'une eau noire qui n'appartenait plus à l'océan des plages au sable blond. J'entrais dans un bar douteux, viril, la peur au ventre mais la joie de résister à cette peur me donnait toutes les forces nécessaires pour accomplir mon numéro d'actrice sans contrat; je jurais à la face d'hommes méfiants, de filles aguichantes, que j'avais commis mille crimes, en me forçant à boire un mauvais alcool. La haine virait dans des mots échangés que je ne comprenais pas; la peur aussi virait au centre de la troupe infernale de mes intestins et j'avais beau justifier mon assurance d'un geste plus hardi, personne ne me croyait; je ne réussissais qu'à éveiller le mépris jusqu'au moment où, l'alcool aidant, ils riaient tous des mes crimes inventés, de l'histoire de ma conception et de mon enfantement sur une plage; ils finissaient par me bousculer du comptoir empli de verres sales et en chancelant je sortais, je me glissais furtivement entre deux ombres malignes qui essayaient de saisir un pan de robe, une poignée de mes cheveux et ma joie momentanée mourait dans le relent mauvais des haleines puantes, dans la prunelle exténuée d'un homme qui m'offrait pour le reste de la nuit un plaisir gratuit, une sorte d'œuvre sans auteur puisque nous n'échangions jamais d'identité et que l'anonymat me rendait invulnérable, pour la première fois rivale des filles du bar, leurs yeux rendus hagards, dans un autre port, par la force de la drogue qui diluait leurs yeux clairs; la plupart étaient blondes; je cherchais en elles ce que des inconnus cherchaient en moi; trompeuse sous mon masque, je murmurais le nom de la femme blonde aux yeux verts, ma mère, demeurée dans le bien-être de Charvy; elle avait enfin réussi à capturer mon père dans sa vieillesse; je me disais qu'un rien aurait pu faire dévier leur vie, qu'un rien et un tout aurait pu les faire se rencontrer dans un tel endroit répugnant; qu'issue de leurs amours passagères, une heure de repos au quai d'un navire en feu sur une mer froide, je les aurais aimés pour leur authentique indifférence; grâce à elle le silence complice des retrouvailles sans espoir aurait élargi les prunelles vertes, le cœur pas assez vaste de ma mère et l'homme-père, le mien, entrevu quelquefois entre deux voyages sans heure et sans jour aurait comblé mon enfance d'histoires extravagantes, de vraies maîtresses, de frères et de sœurs de toutes les couleurs sur des îles de perles rares et de jade, dans des pays jaunes apparemment nus comme le désert et, descendu d'un navire noir aux voiles rouges d'une planète étrangère par le nom, j'aurais cru ce père idéal, sa fantasmagorie, ses rires éclatants; nous aurions fait l'amour ensemble avec tous les parfums d'Arabie débridant ses poches, nos imaginations ahuries d'être la cause de nos folles randonnées en compagnie d'une femme échevelée, tous les plus beaux bijoux pour elle, les senteurs les plus exigeantes, et à nouveau, pour mon père, la conquête insoumise d'un nouveau départ.

Je parlais ainsi à ces hommes incrédules, à ces femmes un peu absentes au point de croire moi-même que l'un d'entre eux, l'une d'entre elles se lèveraient et me diraient, un amour défaillant plein leur regard, « je suis ton père, je suis ta mère... » mais personne ne bronchait, personne surtout, n'était dupe de mes airs maladroits, de mes gestes élégants, trop nonchalants et tous m'insultaient, la rage au cœur, l'envie peut-être d'en savoir plus long sur moi qui mélangeais, avec une incroyable agilité intellectuelle, le vrai et le faux, la saveur du conte à l'endroit de ma gorge et de mes lèvres qui ne cessaient de débiter, pour un verre d'alcool, des poignées de joie immense ou de tristesse désenchantée.

Fatiguée, les traits neufs d'une grande toilette d'eau glacée, je partais vers un nouvel aéroport pour aller plus vite et, sautant de frontière en frontière de capitales plus captivantes les unes que les autres, bétonnées, exténuantes, je rejoignais d'autres quais pour suivre des hommes, des femmes; ce semblant de débauche ne m'allait pas et je bouleversais la partie d'échecs qui se jouait au niveau du cosmique; le chiffre 4 dans la tête, je représentais l'unique pièce du jeu d'un partenaire inconnu qui gagnait du terrain chaque fois que je bougeais sur l'échiquier universel; j'avançais doucement vers le troisième point cardinal de mon trèfle à quatre feuilles, vers Hugo qui déclenchait l'histoire de JE, une nuit où me dirigeant dans son ombre incendiaire, je murmurais des paroles prophétiques. Mais avant de le reconnaître, j'exterminais les ressources diaboliques de la médiocrité; de rencontre en rencontre minutieuse, j'attisais ce qui plaisait et étonnait sur un être dont je faisais vite le tour, le laissant paniqué au bord d'un recommencement possible, intolérable pour moi puisque son histoire banale, comme la mienne, mais que JE fertilisait de fioritures empoisonnées, elle se considérait comme la dernière, la véritable romantique de ce siècle, mettant le pouvoir des sens et de l'imagination au-dessus de tout, même du rêve souvent alimenté d'une aventure finie, mal vécue, une expérience de la vie en général.

Heimatlos de jour en jour plus profondément, je devenais une citoyenne du monde; j'acceptais toutes les politiques, toutes les cultures, toutes les religions sans ne jamais rien pratiquer, ni m'engager dans des luttes que la société mettait à portée de ma main. Là encore, j'observais le militantisme, le nationalisme, les vieilles lois raciales qui montaient en surface partout où je passais. N'étant de nulle part, je restais neutre, n'ayant aucun droit à me servir de mes convictions pour convertir ou déconvertir ceux ou celles qui se laissaient prendre à la violence déterminée du moment présent. Je parlais peu: j'écoutais sans conclure ce qui entraînait des foules à des luttes sans fin. Je pensais qu'un bonheur non agressif ne serait jamais possible; que l'homme ressemblait trait pour trait à la nature qui se battait et se débattait chaque saison pour perpétuer le contact avec d'autres courants, d'autres désirs, surtout quand je remarquais que chaque nation se concentrait trop souvent dans un nationalisme rituel à cause d'un passé discutable et intérieur qui se colonisait lui-même et régressait, prisonnier qu'il devenait, sans s'en rendre bien compte, de ses traditions qui finissaient par étouffer la critique objective. La contestation de ces peuples en général pacifiques devrait venir du dehors comme les spectateurs assis devant la scène d'un théâtre admirent ou démolissent une pièce de leurs applaudissements ou de leurs sifflets, et ce sont eux qui ont raison, qui apportent aux comédiens le ton voulu pour la soirée prochaine. Le spectateur est le symbole du socialisme par excellence, car toute liberté de critique devrait lui être acquise, et les citoyens d'un pays devraient faire comme eux, aller au-devant du spectacle et bousculer le jeu trop surfait de mauvaises habitudes qui pervertissent l'effort intellectuel ou imaginaire.

J'étais encore trop pessismiste pour entreprendre de grandes choses, pour posséder de grandes espérances. Les autres agissaient pour moi et je les admirais de tant vouloir avec l'acharnement qui construisait peu à peu le monde à la mesure de sa démesure. J'aurais voulu faire partie de cette moitié du monde qui réalisait, interprétait, abandonnait, recommençait. Mais je me heurtais au vide de ma paresse, conduite par le rêve de mes aventures à venir. Mauvaise comédienne, je n'offrais pas assez de qualité à ma vie et trop de lucidité à mes doutes lorsque je me décidais à quitter les pays de chaleur encombrante; mon Afrique et mes Indes pour moi seule, je ne donnais aucun nom aux pays que je traversais comme une fulguration durant le jour; ne vivant que pour séduire, je croyais à un certain moment être issue d'une végétation luxuriante, de plantes au suc doucereux; je croyais prendre forme vraie, lorsqu'une pipe de haschisch entre les dents, mon corps devenait froid du bout des doigts au bout des orteils, qu'un long frisson tissait ma peau en yeux compartimentés de mouches, qu'une pâleur du jour si bleu et vert faiblissait la vue des objets comme au temps de leur découverte, lorsque je dégringolais de ma petite hauteur et que je croyais à l'animation spontanée du bois, de sa forme. J'échappais volontairement à ces oublis illusoires quand le visage de Léna, un soir de grand vent sudiste, se balançait en ricanant entre les feuilles dentelées d'un bananier qui ombrait le patio complice de mes jouissances éphémères. Je poussais un cri en tendant les mains; je grimpais au tronc lisse de l'arbre; je sanglotais sur mes voyages perdus pour ne parvenir qu'à une hallucination solitaire, le déblayage retrouvé des épaves chiffonnées comme autant de mots ressuscités sur de vieux bouts de papier que l'on retrouve avec peur et nostalgie au fond d'un tiroir. Je regardais ceux et celles avec qui je tentais ces expériences, tellement débordants d'humanité qu'ils en crevaient d'ennui. Ils ne pouvaient rien pour moi: les questions, les réponses ne les atteignaient pas, trop avancés qu'ils étaient dans un monde sans retour; éloignés de toute curiosité, grande ennemie jurée de la solitude, ils attendaient pour vivre ce que personne ne pouvait leur offrir ou de défricher leur âme d'une amertume innée, l'âme visible des êtres désaffectés. Les joues creuses, affamée de neige et de froid, déshydratée par les vents désertiques, je courais une fois de plus vers un aéroport, un avion; je me renfrognais pendant plusieurs heures près du hublot en attendant, ne l'espérant pas tout à fait, un grand dépaysement.

Cétait un jour de neige dans ce pays blanc et bleu, qui jetait un mystère voilé sur la ville inconnue et, délaissant mes valises défoncées, je l'avais parcourue sur plusieurs kilomètres sans gémir, sans résister contre la vie exceptionnelle qu'elle émettait dans mes poumons; le contact dur de son haleine contre mes lèvres me faisait mal à en crier quand elle mordait de ses canines, stalagmites et stalactites miniaturisées sur le bout de mes oreilles, les transperçant aux lobes délicats comme pour les parer de bijoux personnels, cadeau de bienvenue. Je ne connaissais pas ces vagues, cette mer froide ajustée au grand fleuve que je prenais plus tard la peine de remonter, de redescendre. Mais ce jour-là, la ville n'était qu'un immense jardin public, qu'un parc gelé, la cruauté d'une blancheur céleste qui me faisait cligner des yeux, pousser des soupirs pour le plaisir de respirer, de redécouvrir une énergie salutaire à mon corps trop faible, trop mince comme si un appétit soudain de dévorer un festin me prenait, et je me promettais de mieux me nourrir, de dormir, de dormir... En marchant, je stoppais des regards sous des fourrures. Ce jour-là, je récupérais mes valises pour m'installer dans la ville pour y vivre une année complète. Je ne pensais plus qu'ailleurs il y avait eu Charvy et son climat si doux, ses chênes centenaires, le deuil perpétuel des vieilles femmes, la compagnie paisible de Samuel. Le silence cotonneux qui ci-

255

saillait la ville en plusieurs parties m'emplissait de vertige
lorsque la neige violente déversait pour deux jours un ciel
bas, si bas que plus personne ne sortait; j'attendais
l'accalmie bleue et le miracle opérait toujours sur mes
espérances anéanties. Alors je reprenais mes longues marches dans la ville cachée momentanément de son bitume,
mes pas au-dessus de lui grandie de quelques centimètres pour plusieurs semaines. Les refuges ne manquaient
pas à force d'avancer de mon humeur vagabonde dans
des campagnes et soudain je découvrais la colline qui
promettait tant, au fur et à mesure que la ville reprenait
ses formes réelles sous mes yeux attentifs, refaisait peau
neuve, éclatait du cocon duveté avant de se réaliser
pleinement en alliance avec des arbres sauvages et rouges
que je découvrais sur la colline, un après-midi radieux
et jeune, enfantin, timide, reflet printanier de journées
plus chaudes comme aux beaux jours de Charvy avec
Samuel.

L'exil s'avérait tendre puisque sans regret; je me
lançais dans les échappées du souvenir de Samuel et je
comparais la saison que je vivais à un rythme aussi lent
que nous attendions avec patience pour bien comprendre
le langage de la nature, sa transformation radicale et, quand
un geste d'impatience tenaillait mes petites forces, Samuel
me retenait de courir pour rien, sachant que le lendemain, malgré un sommeil précaire, le miracle aurait eu
lieu, que je pourrais contempler de mes yeux, sentir de
tous mes pores une nouveauté mélangée aux ronces épi-
neuses, aux aubépines blanches, aux églantines roses, une
délicatesse de teintes mauves au pied des arbres, l'apparition frileuse des iris jaunes au bord des étangs, un étalage
de violettes multicolores que je ne trouvais qu'à Charvy.
Un songe qui réconfortait ma fatigue et que Samuel
m'apprenait à découvrir, mes petits pieds dans les siens
grands, et quand, n'en pouvant plus de ces palpitations,
je me laissais tomber dans une herbe humide pour dormir
une heure, le temps que Samuel méditait, le temps qu'il
prenait pour entrer dans une communion étrange, mysti-

que, saluant d'un respect sans nom ce renouvellement cellulaire de la vie sur la mort; il me disait qu'aucun être humain ne parviendrait à conserver tant de beauté. Un caillou le surprenait par sa forme, une teinte insolite, qu'il glissait dans mes poches et, plus tard, je le retrouvais dans une boîte, au milieu de coquillages; je gardais cet amour pour les minéraux, les végétaux; une vie parallèle, visible, décalée à quelque millionième près de la nôtre, éclipsait l'existence des humains, celle de leur corps, de tout un système compliqué qui racornissait au lieu de s'épanouir. Vie microscopique, équilibrée, où j'aurais dû continuer à rassasier mes curiosités enfantines de manière à prolonger le miracle savant de Samuel, ces forces m'allant mieux que la passion dévastatrice des hommes et des femmes envers qui je n'étais pas tout à fait présente, quelque chose de moi dans la vieille peau de l'enfant endormi autour des bouquets de joncs qui bordaient les étangs, plus vivante dans le monde sensitif des plantes et des pierres que dans celui, agité, des adultes, ce laisser-aller des sentiments, les distractions du cœur qui s'ennuie et ne sait plus reconnaître ses battements essentiels.

Par le pouvoir immortel de Samuel qui ne m'abandonnait pas, j'avais eu raison de penser sur sa tombe qu'il planait au-dessus de moi, de tous les autres, que des larmes versées pour sa mort physique n'auraient eu aucun sens, et plus fort, un certain sacrilège envers lui qui maintenant promenait dans les airs un ectoplasme bienheureux; je ne voulais plus avoir d'âge au bout du cycle héraldique de ce troisième point cardinal. Je devais m'ennoblir d'actes indépendants, lisses comme des galets, et non dans une action agitée de soubresauts, commune, bonne à tout faire, prétexte à ne rien faire. Autant de résolutions que je ne tiendrais pas tout en lavant mon visage d'une neige moelleuse; décrassant mes traits de leur gouache expressionniste, j'emprisonnais dans le cadre d'un miroir le film de terreurs contenues et je me demandais pourquoi j'avais tant souffert. Une buée sur le miroir inscrivait des yeux mauves, tranquilles, une petite phrase d'une grande histoire; je retrouvais la petite note musicale qui nous fait supporter et parfois aimer une sonate sans pouvoir nous en expliquer la raison; nous sommes seulement étonnés de chantonner dans la rue la même petite phrase inconsciemment en observant tout d'abord ce qui nous entoure, nous cause une envie plus grande à vivre; nous cherchons ailleurs la réponse et subitement tout s'éclaire; le ciel, ce jour-là que nous avons cru plus bleu que les autres journées d'été, est simplement exalté par quelques notes musicales qui n'ont rien à voir avec la vie quotidienne. « All lost, nothing lost... »

Il me semblait qu'un repos inhabituel, à moins que la prédiction de Léna, ce soulagement qu'elle éprouvait en m'annonçant sur un ton si naturel une mort prochaine, devint le rituel de ce repos que je cherchais d'aéroport en aéroport, d'une escale à une autre sans ne jamais savoir où et comment je parviendrais à stopper la fatigue qui découlait de nuits exigeantes, la sombre parodie d'une existence antérieure, le pastiche de sentiments récalcitrants qui me prenaient à témoin, se servaient de moi, m'initiaient aux sensations spectaculaires de JE qui se parjurait afin d'écrire son roman dans un style bien à elle, un peu vaincue, un peu désavouée, puisque JE devait attendre une fois de plus la fugue, le détour que j'exécutais du côté de Hugo et qui ne lui servirait pas à grand' chose sinon à sourire d'un amour aussi conventionnel entre un homme et une femme; JE se faisait une joie prématurée de notre rupture inévitable; ayant quelqu'un à séduire, peut-être à détruire vers l'Ouest, je comprenais que je partirais un jour ou l'autre malgré Hugo, sa disponibilité à vouloir me garder. Mais l'impression désagréable de m'être laissée emporter par Léna, l'impression d'une marche arrière, les yeux devant moi, discontinuait par à-coups pénibles le désir que j'avais de rejoindre Hugo; j'étais passée près du temps, sans lui, d'une manière si légère (j'avais dormi au milieu de mes valises, de mes fagots de branches fleuries et mortes) que j'éprouvais déjà l'arrière-goût d'un échec qui ne surviendrait que dans plusieurs mois, sûre pourtant de ne pas me tromper; la continuité de Viana et de Léna tellement imprégnée du personnage de Hugo, nous ferions l'amour ensemble et je me souviendrais des autres, ce qui ferait sombrer Hugo dans l'oubli; je dénaturerais son visage, l'être entier qui me tiendrait dans ses bras. Je n'y pouvais rien quand je le rejoignais au commencement si pâle d'une journée printanière et que, depuis deux jours, malgré son ordre inscrit sur un meuble, je me passais de lui sans remords, la tête pleine, le cœur vide de Léna, toute splendeur éteinte; qu'on le veuille ou non, chaque amour est le même sous une forme physique différente, toujours le premier parce que les autres ne sont que le prolongement du précédent, d'autant plus surprenant que très souvent, il ne ressemble en rien au genre de personne que nous préférons et que nous nous promettons de découvrir, ce qui occasionne des joies ou des peines inattendues, frivoles et nous ramène à la réalité de notre nouvelle erreur. Dire « je t'attendais depuis si longtemps... » appartient à notre intelligence consciente, alors que notre subconscient ricane et sait que nous mentons une fois de plus, que nous y prenons un certain plaisir jusqu'au moment de la lassitude où tous nos amours se mêlent, se démêlent, se fondent les uns dans les autres; notre cœur desséché se contente de n'aimer vraiment que deux ou trois fois dans une vie, ce qui est déjà trop et, quand beaucoup de temps a réduit en poussière nos anciennes douleurs, il nous arrive alors de trouver la personne idéale mais il est trop tard et nous sommes étonnés de l'observer avec autant d'indifférence, de la trouver aussi banale, insignifiante; elle ne sert qu'à nous étonner une seconde, à nous ridiculiser d'avoir gâché une partie de notre vie à rêver ce qui aurait pu être facile alors que nous avions mieux, ce qui nous faisait si cruellement souffrir, c'est-à-dire l'impossible.

J'arrivais dans le jardin, le sourire aux lèvres, celui de la tendresse de l'humour lorsqu'il ne reste plus rien qui nous amuse. Je m'attardais sous un lilas fleuri et rouge dont les lourdes grappes pliaient légèrement les branches vers le sol; je respirais à grandes goulées un parfum d'enfance, les yeux clos, mes bras repliés autour de mes genoux, attitude à la fois fermée et ouverte à tous les carrefours de mes désirs comme si je revenais du pays des mythes, du pays des dieux figés dans leurs pierres, les yeux éternellement ouverts et aveugles; mon désir ne les concernait pas; je me laissais remonter par la force de Hugo dont j'avais entendu le frôlement dans les allées du jardin. Il me regardait, je me laissais juger, je pâlissais à ses points d'interrogation.

— D'où viens-tu?

— Je ne sais pas...

Il arrachait une grappe de fleurs qu'il pétrissait entre ses doigts et la peur engourdissait mon corps, refroidissait ma mémoire. Nous n'avions que des instants à vivre ensemble, ce que Hugo ignorait encore. J'étais l'enfant Amour qui ne restait jamais au même endroit. Hugo m'emportait dans ses bras, une grappe de fleurs rouges dans une main; il me couchait sur un tapis de laine noir et blanc; il m'accueillait comme une innocente et c'était bien ce que j'étais, disposée à aimer un peu ce mort six millions de fois plus trois fois. Il murmurait des mots dans une langue incompréhensible et belle, rugueuse, ancienne, en me retirant mon chandail et mon pantalon noirs. Il cherchait la blancheur de la peau sous les vêtements, une blancheur d'olive verte, de feuilles argentées; il cherchait ce que je possédais d'oriental, de pareil à lui qu'il ne voulait pas perdre et surtout ne pas identifier à un autre corps polonais, à l'abri d'un jardin aux grilles forgées mais rouillées, cadenassées, un jardin à la débandade du temps qui moisit l'immobilité des choses. Dehors, je savais la nuit des rues désertes, presques ingrates; je savais les barricades qu'elle plaçait comme une révolutionnaire pour mieux s'épanouir. Hugo tranchait dans le vif de mon corps nu, à la merci du sien. Des pétales de lilas rouges écrasés sur mes seins qu'il pétrissait de sa bouche, il me faisait rugir d'un plaisir d'avance accepté. Des taches de sang fleuries sur mon ventre, sur ma taille à peine démarquée par l'étroitesse de mes hanches où ses mains glissaient, je me laissais ouvrir en deux, en croix, le sexe en sang de lilas, en eau de désir peureux; je me débattais contre la force dominatrice de Hugo qui profitait de cet élan pour me pénétrer lentement; je poussais un cri en le regardant et pour la première fois je régnais sous le corps d'un homme qui m'aimait, qui ne cessait de nous balancer dans le vide, accrochés l'un à l'autre aux ventouses de nos bouches, de nos sexes.

Si je prostituais mon corps, je n'exploitais pas des sentiments aussi fous que ceux de Hugo. Je lui accordais la négativité mais non pas la négation de mon être décadent, la hantise de la moisissure sur le luxe de l'exprit, la nécessité de tout recommencer à partir de Maryse pour mieux y voir clair. Histoire décadente, me soufflait JE à l'oreille; pendant que la jouissance physique déferlait sur moi à petites vagues, je connaissais trop bien mon visage sous celui de Hugo et j'avais le mérite, par le biais de Léna, de me voir telle que nous avions été et que nous ne serions plus jamais, nulle part, ni plus tard. Je laissais l'ambiguïté de cette histoire à ceux qui sauraient la deviner car, au moment du raz-de-marée qui m'anéantissait, j'ouvrais une seconde les yeux, je surprenais Hugo qui me surveillait, mais ce n'était plus lui penché sur moi. C'était JE ou moi, c'est-à-dire être décadent qui faisions l'amour ensemble et nous assistions avec fascination à ma propre agonie, comme reflétée dans un miroir devant lequel je pourrissais lentement, face à ma mort culturelle. J'avais le droit de refuser cet état mais JE, Hugo, Léna, me soumettaient à une rupture corporelle, comme l'évolution fondamentale de tout être humain dans la culture qui va contre elle, retour inconscient, mais désiré, à la barbarie. Hugo reprenait forme sur moi calmée de sa possession. Il disait ne pas vouloir me perdre, ses cheveux désordonnés contre ma joue. Il me racontait l'histoire d'un homme et d'une femme aux prises avec les reins cabrés du désir: un homme brun, une femme blonde aux yeux verts. Il s'attardait trop longtemps au passage du sexe des anges: Viana, Léna. Il aboutissait sur l'attente, sur notre rencontre et j'écoutais, lointaine, absente, amoureuse éphémère et polie qui userait de son indifférence les sentiments définitifs de Hugo. Il parlait, et comme avec les autres, je me taisais, je pliais ma volonté peu curieuse au récit de Hugo qui ressemblait de plus en plus aux inconnus d'une nuit, ne savait pas garder pour lui le mystère de son existence et si, dans ce moment-là, je souriais, c'était d'une assurance calculée. Je n'avais plus rien à faire que d'attendre un mois, une année, la dérobade de mon corps dans les nuits d'un hiver blanc et je n'avais pour cela qu'une ressource, qu'une possibilité unique, fascinante, celle dont Hugo m'avait dit, une autre nuit moins étrangère que celle-ci, croire en sa divinité puisque ce qui est providentiel est vite oublié, rejeté, banni: le Temps.